『十二五』國家重點圖書出版規劃項目

散曲研究

任中敏 著
金 溪 輯校

⊙任中敏文集⊙
王小盾 陳文和 主編

鳳凰出版社

圖書在版編目（CIP）數據

散曲研究 / 任中敏著 ; 金溪輯校. -- 南京 : 鳳凰出版社, 2013.10（2018.10重印）
（任中敏文集）
ISBN 978-7-5506-1891-6

Ⅰ. ①散… Ⅱ. ①任… ②金… Ⅲ. ①散曲－文學研究－中國－古代 Ⅳ. ①I207.24

中國版本圖書館CIP數據核字(2013)第246333號

書　　名	散曲研究
著　　者	任中敏
輯　　校	金　溪
責任編輯	樊　昕
出版發行	鳳凰出版社(原江蘇古籍出版社) 發行部電話025-83223462
出版社地址	南京市中央路165號,郵編:210009
出版社網址	http://www.fhcbs.com
照　　排	江蘇鳳凰製版有限公司
印　　刷	江蘇鳳凰通達印刷有限公司 南京市六合區冶山鎮,郵編:211523
開　　本	890×1240毫米　1/32
印　　張	6
字　　數	173千字
版　　次	2013年10月第1版　2018年10月第2次印刷
標準書號	ISBN 978-7-5506-1891-6
定　　價	30.00圓

(本書凡印裝錯誤可向承印廠調換,電話:025-57572508)

解放前夕於廣州，中爲任中敏先生

隋唐五代燕樂雜言歌辭集
隋唐五代燕樂雜言歌辭集
敦煌歌辭總編
敦煌歌辭總編
敦煌歌辭總編
唐戲弄
唐戲弄
唐聲詩
唐聲詩
中國戲曲理論叢書
敦煌曲校錄
教坊記箋訂
唐戲弄
唐戲弄
唐聲詩
教坊記箋訂

任中敏先生的部分著述

任中敏先生文集序

本文集是任中敏先生學術著述的總集。

先生名訥，字中敏，江蘇揚州人。早年治北曲和北宋詞，故自號“二北”；晚年從事唐代文藝研究，故又號“半塘”。他出生於 1897 年，即戊戌變法的前一年；辭世於 1991 年 12 月，即蘇聯解體的同一個月：享壽九十五年。他一生經歷了很多歷史事件，其中關係最直接的有“五四”運動、抗日戰爭、社會主義改造和“文化大革命”。先生一直以最積極的態度應對複雜多變的社會環境，所以在九十五年間，不僅有過像普通人一樣的生存，而且有過作爲社會活動家、教育家、學者的生存。本文集正是對於他的學術人生的記録。

先生最重要的學術業績是創立了散曲學和唐代文藝學。本文集圍繞這兩個中心而編成，可分爲四個部分：

第一部分散曲研究，包括《散曲叢刊》、《新曲苑》兩部叢書以及《散曲之研究》、《曲録補正》、《詞曲合併研究》、《詞曲通義》等單篇論述。這些著作有兩大內容：一是把古典文獻學的目録、版本、校勘、輯佚、辨僞之法同詞曲學的曲調、韻律、題目、體例研究結合起來，對元、明、清三代的散曲創作和評論做了系統總結；二是在和詞體相比較的基礎上，考訂了散曲的名稱、體段、用調、作法、內容、派别，亦即確認了散曲在文體、風格、功能上的特徵。這兩項工作，建立了散曲學的文獻基礎，釐定了散曲學的術語體系，構築了散曲學的基本框架，從而結束了散曲與戲曲混沌不分的局面，標志著近代散曲學的成立。

第二部分敦煌歌辭研究，包括《敦煌曲校録》、《敦煌曲初探》、《敦煌歌辭總編》等著作。這些著作始於對《雲謡集雜曲子》的著録與考訂，擴大至於對全部敦煌曲子辭的整理與研究，最後成爲關於“在敦煌發現的、一切有音樂性的歌辭寫本”的研究集成。《敦煌曲校録》、《敦煌曲初探》完成了前兩步,其特點是針對五百四十多首敦煌曲子辭,把校訂考釋與理論研究分别爲兩書;《敦煌歌辭總編》完成了第三步,其特點是收録作品一千三百多首,“合歌辭與理論爲一編”。所謂“理論”,有一個重要項目是辨體,亦即把敦煌歌辭分别歸入隻曲、普通聯章、重句聯章、定格聯章、長篇定格聯章等體裁。經過這項工作,先生不僅提供了一批翔實可靠的音樂文學資料,而且提供了一個結構清晰的學術系統。

第三部分唐代戲劇研究,包括《唐戲弄》、《優語集》以及《唐戲述要》、《戲曲、戲弄與戲象》、《駁我國戲劇出於傀儡戲、影戲説》、《蕭衍、李白〈上雲樂〉的體和用》、《對王國維戲劇理論的簡評》等一批論文。其中《優語集》從表演者及其言論的角度,對中國幾千年戲劇史作了資料展示;《唐戲弄》則用細緻的論證,顯示了唐戲在脚本、戲臺、音樂、化妝、服飾、道具等方面的特徵,爲建立一部以演員和表演爲中心的中國戲劇史作了斷代示範。在先生的著作中,影響最大的也許就是這部《唐戲弄》。它打破“無劇本便無戲劇”的狹窄戲劇觀,重新確認了戲劇的本質;它衝擊以戲曲代替戲劇的舊習慣,既展示了戲劇形態的多樣性,也提升了戲劇研究的資料品質。中國的戲劇研究從此開了新途,從以文學爲中心轉變爲以表演爲中心,從一元的進化研究轉變爲多元的形態比較,視角和視野都有了很大改變。

第四部分唐聲詩研究,包括《唐聲詩》一書,也包括作爲資料準備的《教坊記箋訂》和作爲理論準備的一系列詞學論文。《教坊記箋訂》有兩個重點:其一考訂唐玄宗時期的教坊制度和人物事跡,其二考訂當時教坊所保存的 46 支大曲和 278 支普通曲子。後一内容,正好爲《唐聲詩》研究提供了資料基礎和認識基礎。《唐聲詩》是以配合燕樂曲調的齊言詩爲研究對象的。其操作方法是:先輯成唐代齊言歌辭約兩千首,從中提出曲調百餘名;次以相關記載排比溝通,建立理論;再據此理論重審各曲,著録一百五十餘調、一百九十餘體;最後從以上三者之間抉剔矛盾,相互改正,完成全書。在這項工作中,燕樂曲調既是理論與資料之間的交叉點,也是把握音樂與文學之關係的樞紐。以燕樂曲調爲綱領,既可以觀察詩與樂的多種形式的關聯,又可以觀察決定歌辭體式的音樂因素和表演方式因素。通過這種深入觀察,先生把詞調形成這一學術爭議問題提升爲對中古音樂文學的全面探討。

總之,以上四方面工作,都具有建設學術方向、轉變學術風氣的意義。

先生的學術生涯起始於 1918 年。此年他進入北京大學國文系,師從瞿安(吴梅)教授研治詞曲。1922 年畢業以後,他利用瞿安教授奢摩他室和南京江南圖書館的藏書,蒐集了大批散曲資料。1926 年至 1931 年,他在教學之餘,向學術界貢獻出《新曲苑》、《散曲叢刊》、《詞曲通義》、《曲諧》、《詞學研究法》等一批重要著作。這時他只有 34 歲,但他的學術生涯却形成第一個高峰,彰顯出重視實證、富於批判精神的個性,其具體表現則是重視原本不上大雅之堂的表演性文學,因而重視文學在社會生活中的多樣存在。這種個性事實上貫穿了他的一生。1950 年前後,他離開經營多年的漢民中學,在四川大學回歸學術。對於他的教育救國之理想來説,這也許是一個退求其次的選擇;但他的學術個性却因此而得以充分發揚。1951 年,他從詞學進入敦煌學,後來又把敦煌曲子辭研究擴展爲敦煌歌辭研究,事實上,這便是把面向作家文學(詞)的研究擴展爲面向社會各階層之文藝的研究。1955 年以後,他在好幾項工作上對王國維先生做了糾補,例如繼《優語録》之後編成《優語集》,變《宋元戲曲考》的戲曲研究而爲《唐戲弄》的戲劇研究。表面上看,這些工作的意義是資料範圍的擴大,而究其實質,却是藝術觀念的改變。比如,在《宋元戲曲考》那裏,衡量戲劇的標準是從宋元南戲、明清傳奇到京昆劇的主流戲曲系統,也就是同文人雅士生活相聯繫的表演藝術;而《唐戲弄》却更關注民衆生活中的藝術。依據這一觀念,先生提出了周有戲禮、漢有戲象、唐有戲弄、宋元有戲曲的主張。這個主張意味著,中國戲劇史實即若干戲劇形態相更疊的歷史;不同形態的戲劇有不同的社會功能,但它們具有同等的學術價值。

在近代中國,先生代表了一種不多見的人物類型。他曾經長期從事政治活動和教育活動,但學術却成爲他實現生命意義的最好方式。他到五十五歲才正式選定作爲學者的道路,但他由此改寫了學術史上的某種記録:讓寫作高峰出現在花甲之年,並使學術創造力延續到九十高齡。他一貫以獨立特行者的面貌出現在學術舞臺之上,研究作風和任何人都不相同。他全力以赴從事資料工作,却使這種零度風格的工作充滿熱情,成爲富於理論意義和人格力量的工作。他很少參加學術活動,一生都以邊緣人的身份"閉門造車",而這種情況却恰好成就了他的學術個性。作爲一個成功的學者,在他身上似乎隱藏了一些特殊的秘密。

秘密應當在於:他是把學術當作一種生存方式來看待的。他始終以奮發的態度進行學術工作,學術是他陳述生命的語言。如果説,真正的學者總是具有同學術合一的傾向,那麽,我們可以用"不平則鳴"、"激憤出詩人"的比喻,來解釋他投身學術活動的動力。

1919年,他曾攜帶"五四"的風烈南下揚州,在二十四橋張貼了一批激揚的文字。這一姿態,也就是他走上學術舞臺的姿態。他把這一姿態保持到教育活動中;而當他的教育事業夭折之時,他又在全部研究工作中刻下了作爲批判者的印記。他懷疑聖人和經典,於是矚目於通俗文學。他崇尚"蒸不爛、煮不熟、捶不匾、炒不爆、響當當"的銅豌豆性格,於是弘揚具有豪放本色的北宋詞和元代北曲。他偏愛不入大雅之堂的文學,於是以極大熱情投入對這種文學作品的整理——早年是《一半兒》,晚年是敦煌曲子辭。他的目光不斷被具有平民色彩的事物吸引,於是越來越深地進入那些發生狀態的文體和文學現象。他輕視正統和權威:面對戲曲和戲曲研究的貴族化傾向,他提出飽含民間色彩的"戲弄"概念;面對詞學研究中的正變尊卑觀念和因之固定下來的"詩變而爲詞"的成見,他提出"唐代無詞"的主張和"曲－詞－曲"的文體演進綫索。他的工作不免有某種主觀性,但幸運的是,他所信奉的批判精神,作爲20世紀中國學術的寶貴建樹,天生地包含了某種科學傾向。所以他總是能夠敏鋭地認識對象的本質,找到最具前途的學術課題。此外,他始終不渝地倡導嚴正的爭鳴。他和幾位親密朋友的往來書信,均貫穿了激烈的學術爭論。他一生只具體地指導過一篇學位論文,他的指導意見也可以概括爲簡單的兩句話:"要敢於爭鳴——槍對槍,刀對刀,兩刀相撞,鏗然有聲。""震撼讀者的意志和心靈!"

事實上,先生的批判精神或反傳統精神不僅使他比同代人更加接近科學,而且,也使他更頑强地戰勝了逆境。20世紀50年代以後,學術成了他砥礪意志、張揚個性的手段。他的生活軌跡表明：環境越是惡劣，他越能成功自己的學術。20 世紀 60 年代中期，作爲一個政治身份晦暗的古稀老人，他曾就敦煌曲子辭的校勘問題和創作年代問題，發起一場有中國臺灣潘重規、中國香港饒宗頤、日本波多野太郎等知名學者參加的國際大討論。這一事件，可以看作他對於當時環境的特殊反應方式。同樣，他也向自己所面臨的種種極限反復提出挑戰：總是按大禹治水的方式設計學術工作，在所研究的每一個課題範圍内，細大不捐地疏理全部問題；總是用竭澤而漁的方式搜集資料，上窮碧落下黄泉，不放過有關研究對象的蛛絲馬跡。他的學術具有堅實而强健的品格。

面對先生的學術業績，我們不免會去思考研究方法的意義。我們發現，方法其實是聯繫研究者和研究對象的媒介，是研究者的精神個性同作爲研究對象的資料品質的相互適合。先生的研究方法，也明顯表現了受制於個性與資料品質的特點。學術個性使他進入了一系列處女地，這樣一來，他勢必以最大力量來進行資料建設，採用資料工作與理論工作並舉的研究方法。他所處理的資料往往是非經典的資料，這樣一來，他勢必從文化角度或伎藝角度認識文學，採用社會史的研究方法。以文本爲中心的文學研究一旦讓位給以事物關係爲中心的文學研究，他又自然要把以書籍爲單位或以作品類别爲單位的文獻整理，轉變成以課題和問題爲單位的文獻考訂與理論總結。此外，課題和價值觀的更新，使他在敦煌歌辭校勘等工作中，採用了勇於按斷的治學方式。人們往往依照文獻學的常規對這一方式加以批評，却没有想到，它同樣有研究個性與資料品質方面的緣由——敦煌歌辭資料其實不是"典籍"資料，而是"文書"資料。它多爲孤本，往往殘缺，且由於經過口頭流傳以及由民間書手謄寫等原因，有大量不易死校的訛字異體。爲了取得一份可讀的文本，難免要根據訛别規律、名物制度、通假字音變的時代特點等知識，作較爲大膽的"理校"。這也就是清代校勘家所説的"考異"。這件事説明，先生工作中的種種不圓滿，是應當從積極角度來理解的。因爲它可能不屬於舊的學術範式，而包含某種前指意味，需要後續的開拓。

由於以上理由，今把先生的學術著述整理出版。本文集除副主編陳文和教授以外，其他整理者都是先生的弟子門生。其分工如下：

喻意志、吴安宇：整理《教坊記箋訂》；

楊曉靄：整理《唐戲弄》；

金溪：整理《散曲研究》；

曹明升：整理《散曲叢刊》；

許建中、陳文和：整理《新曲苑》；

王福利：整理《優語集》；

張之爲、戴偉華：整理《唐聲詩》；

樊昕、王立增：整理《唐藝研究》；

何劍平、張長彬：整理《敦煌歌辭總編》；

張長彬：整理《敦煌曲研究》；

李飛躍：整理《詞學研究》；

伍三土：整理《名家散曲》。

另外，本文集所用照片由鄧傑教授提供。

王小盾

2013 年春分日

目　　録

散曲之研究

一　概説

曲始自元季，而源於宋詞。較其各調體段之長短，則詞有單調、雙疊、三疊、四疊之分，而曲則單調居多，雙疊已少，三疊、四疊更無論焉。南北套中，雖有么篇换頭、前腔换頭之曲，但既爲换頭，即不啻另成一調，可以舍么篇、前腔而獨用，與詞之换頭，必與上闋連續一首中者不同也（亦略有例外，如南曲中之《四换頭》等調，特極少耳）。换言之，即曲牌體段，視詞爲短，大抵當詞中之引、近而已。蓋詞至南宋，慢曲之外，又有所謂四片（即四疊）之序子（見張炎《詞源·鶯啼序》是其例），已極盡長調之變，易爲曲體，遽反短製，正是物極而反耳。

曲之單調名小令；合單調若干成套爲套數；一套或四五套而插以科與白者爲雜劇；如此再益至四五套以上，則爲傳奇（此僅就形式長短而言）。處今日而言曲，尋常多知有傳奇，知雜劇者已較少；知套數者乃益少；知小令者則更少。即知套數小令者，亦多目爲曲中餘事，而絶不重視之也。即就後世曲家之著作統計之，亦以傳奇爲多，而雜劇以下則遞減。有清一代之曲，傳奇固汗牛充棟，以數千計，而雜劇則其半猶不及焉（晨風閣本《曲録》所載，清人雜劇粗具，傳奇脱略尚多，猶未足據以爲定數也）；至於套數小令之專集，誠不數遘矣。

其實曲中套數小令之體段長短，正可謂與詩詞相埒：蓋一首小令，猶一首絶句律詩也，亦猶一首短調中調之詞也。作者緣調填詞，既寫一首，倘意有未盡，則同調不妨連拈二三首，四五首，乃至七八首，隨意增附——明人謂之“重頭”。或不願取同調爲重頭者，則竟選宫調或套數，其格局長短，仍可從人取捨，絶無一定，要不過與詩中之聯章，詞中三四叠之長調相當而已。

故吾人果沿曲之流，盡曲之變，方爲雜劇，爲傳奇；若探曲之本，溯曲之源，則轉爲小令，爲套數也。世有好曲體之活潑生動，俊爽風流，而亟欲染指其間，藉以陶寫情性者乎？則幸勿因傳奇之板重，雜劇之骨董，遂駭而斂手；須知用此種文字，衹須輕描淡寫，而即能得個中風趣者，固有小令與套數在，正不妨相從一試也。

套數小令，總名曰“散曲”。揚搉其篇章之類别，鈎稽其體調之因宜，務令學者知所謂曲苑者，其中境界，亦正有與詩壇詞囿，恰好相當者，既不以卑靡而鄙遠曲，亦勿因繁重而厭棄曲，是述兹篇之大旨也。

二　書　録

散曲書籍，自來冷僻；購求既覺爲難，借讀亦鮮其處。兹所勉爲著録者，一爲曾經考見部分，列在前，凡選著之人、卷數、刊本、年代，悉詳備焉；一爲粗識名目部分，列在後，選著之人各項，不能備具，因未曾寓目，但知舊有此書耳。淺陋疏略，何足當博雅一盼，特以自來專門彙録此等書名者，尚未有人，姑從草創，徐圖補正也。

甲選集

元

陽春白雪十卷　楊朝英　至正初刊

殘元本陽春白雪　楊朝英　存一卷　至正初刊

太平樂府九卷　楊朝英　至正辛卯刊

樂府群玉五卷　無名氏　明鈔本

樂府新聲三卷　無名氏　舊鈔本

自然集一卷

中州元氣十册

天機餘錦

明

盛世新聲十二册　無名氏　正德丁丑刊

詞林摘豔十卷　張禄　嘉靖乙酉刊

雍熙樂府二十卷　郭勛　嘉靖庚子刊

南詞韻選十九卷　沈璟　萬曆刊

北宫詞紀六卷　陳所聞　萬曆甲辰刊

南宫詞紀六卷　同上

詞林逸響四卷　許宇　天啓癸亥刊

太霞新奏十四卷　顧曲散人　天啓丁卯刊

青樓韻語廣集八卷　方悟　崇禎辛未刊

吴騷合編四卷　張旭初　崇禎丁丑刊

北雅三卷　寧獻王權

彩筆情詞六卷　張栩

雅音彙編十二卷

詞林選勝

三徑詞選

樂府群珠

百一選曲①

風月錦囊一册

南北宫詞十八卷②

南北宫詞紀年一卷

南北詞廣韻選十九卷

名賢珠玉集一册

---

① 今校:《百一選曲》,黄虞稷《千頃堂書目》、錢大昕《元史・藝文志》、吴梅《中國戲曲概論》均載爲元代曲選。

② 今校:《南北宫詞》十八卷,黄虞稷《千頃堂書目》、錢大昕《元史・藝文志》、倪燦《補金元藝文志》、吴梅《中國戲曲概論》均載爲元代曲選。

吴歈萃雅
遴奇振雅
選唱賺詞一册
諸家宴燕詞三十册①
十英曲會二册
停雲館袖珍樂府

以上皆專門曲選;如明人《情籟》等書,詞與曲兼選者,尚不與焉。惟未經考見之本,是否純爲曲選,亦未敢言耳。所列之中,《殘元本陽春白雪》現存者二卷,全書若干卷失考;然即此二卷中,已有一百十一首,爲十卷本所無;則二者雖名目同,選者同,似亦未能認爲一書,故分列之也。《詞林逸響》風花雪月四卷,惟風、花二卷爲散曲,餘非。《南北宫詞》十八卷,乃南北詞各六卷,北詞別集六卷。此書錢、倪兩家《元史藝文志》皆列之;但南曲雖始於元末,而南北分宫,並立對峙,則自明始,此書疑仍爲明人所纂。

乙別集

元

喬夢符小令一卷　喬吉　明李開先輯　隆慶丁卯刊
張小山北曲聯樂府三卷外集一卷　張可久　影寫元刊本
金縷新聲　吴仁卿
詩酒餘音　曾瑞
九山樂府　顧德潤
昇平樂府　朱凱
醉邊餘興　錢霖
本道齋樂府小稿　吴本世
小隱餘音一卷　汪元亨

① 今校:《諸家宴燕詞》,楊士奇《文淵閣書目》、傅維鱗《明書》作《諸家燕宴詞》。

雲林清賞一卷　汪元亨
月湖今樂府　周月湖
夾漈餘聲一卷①　鄭杓次
雙溪醉隱樂府十一册　耶律鑄
沈氏今樂府　沈子厚
雲莊樂府一卷

明

誠齋樂府二卷　周憲王有燉　宣德甲寅刊
寫情集二卷　常倫　正德刊
沜東樂府二卷　康海　嘉靖甲申刊
碧山樂府一卷　王九思　嘉靖癸巳刊
王西樓先生樂府一卷　王磐　嘉靖辛亥刊
陶情樂府四卷　楊愼　嘉靖辛亥刊
楊升庵夫人詞曲五卷　徐渭　訂本　嘉靖刊
柏齋何先生樂府一卷　何瑭　嘉靖辛亥刊
南曲次韻一卷　李開先 王九思　嘉靖辛亥刊
江東白苧四卷　梁辰魚　嘉靖刊
海浮山堂詞稿四卷　馮惟敏　嘉靖丙寅刊
蕭爽齋樂府一卷　金鑾　萬曆刊
花影集五卷　施紹莘　崇禎刊
詞臠一卷　劉效祖　康熙庚戌刊
淮海新聲等一卷　朱應辰等　清末刊
秋碧軒詞稿　陳鐸　有新輯本
唾窗絨　沈仕　有新輯本
齒雪餘香　史磐
敲月軒詞稿　張鳳翼
宛轉歌　馮夢龍
情癡寱語一卷　沈璟
詞隱新詞一卷　沈璟

① 今校:"夾漈餘聲",原作"夾漈餘音"。今據清鈔本《千頃堂書目》改。

曲海青冰二卷　沈璟
方諸館樂府　王驥德　有新輯本
南峰樂府一卷　楊循吉
息柯餘韻　陳鶴
欸乃編[①]　王澹翁
鷗園新曲　夏言
林石逸興十卷　薛論道
清明曲一卷　陳繼儒
清江漁譜
清溪樂府一卷
閑情雜擬一卷
義山樂府一卷
缶歌一卷

清

自怡軒樂府四卷　許寶善　乾隆癸丑刊
香消酒醒曲一卷　趙寶熔　道光刊
養默山房散套一卷　謝元淮　道光刊

以上皆專門曲集，或與詩詞集合刻，而絕非詩詞卷中之附載也。至於詩詞卷中附載之曲，如元人喬吉之《文湖州集詞》、李齊賢《益齋亂稿》之詞曲、沈禧《竹窗詞》之樂府、明人蜀成王讓栩《長春競辰餘稿》之擬元人樂府、李禎《僑庵詩餘》之北樂府、瞿佑《樂府遺音》之北曲[②]、俞琬綸《自娱集》之詞餘[③]、王與端《栩齋集》之詞曲、魏荔彤《懷舫集》之雜曲等，尚不與焉。清人散曲，則專集特少，而詩文詞集後之附載者居多。如沈謙《東江別集》之南北曲、朱彝尊《曝書亭集》之《葉兒樂府》、陳維嵋《亦山草堂集》之南曲、厲鶚《樊榭山房集》之北樂府、吴綺《林蕙堂集》之填詞、尤侗《西堂雜俎》之《百末詞餘》、蔣士銓《忠雅堂集》之南北曲、吴錫

---

① 今校："欸乃編"，原作"欸乃篇"。今據明天啓五年毛以遂刻本《曲律》改。
② 今校："瞿佑"，原作"瞿吉"。今據明鈔本《樂府遺音》改。
③ 今校："俞琬綸"，原作"俞琬倫"。今據明萬曆四十六年刻本《自娱集》改。

麒《有正味齋集》之南北曲、劉熙載《昨非集》之附曲、許光治《江山風月譜》之散曲、楊恩壽《坦園叢書》之詞餘等，殆難備舉。曩曾有《清人散曲雜鈔》數册，已羅致者三十餘家，誠得其萬一耳。

元人專集，散佚最多。如喬吉詠西湖《梧葉兒》百首、李顯卿作《賺煞》成四百篇等，見《録鬼簿》，其尤著者也。即馬致遠東籬、徐再思甜齋、貫雲石酸齋等人之作，及今散見於諸選本者，尚各近百首，則當時未必無彙稿，有彙稿未必僅此數，可以想見也。間嘗輯《元初四家散曲》（關、白、馬、鄭）、《酸甜樂府》等帙，雖有意綴拾叢殘，顯揚幽晦，而涉獵未廣，蒐採無多，終未足以盡酬所志耳。

至於專門論散曲之書，自來無之。元周德清《中原音韻》後所附《作詞十法》，乃專爲北曲之散曲而發者。餘則曲論、曲話中間及之耳。

三　名　稱

“散曲”二字，自來對“劇曲”而言。惟普通以爲凡演故事者謂之劇曲，雜劇、傳奇皆是也；凡不演故事者，即爲散曲。以余所知，則此種解釋殊非也。蓋凡所謂“事”者不過包含“言”與“動”兩層，而散曲中紀言者有之，紀動者亦有之紀，紀言兼紀動者亦有之（詳下節《體段》），謂演故事即非散曲，斷斷不可矣。特散曲所紀之言動，畢竟爲零碎片段者，且無科白。科白者，散文也；曲乃韻文也。若純以韻文紀事，而又必其有首有尾，於勢爲不能。劇曲紀事，必具首尾，故不能離科白。散曲紀事之所謂“紀”，畢竟描寫居多，叙述有限，故亦不需科白也。然則欲爲散曲下一定義，或者曰：“凡不須有科白之曲，謂之散曲。”當較爲妥帖矣。至於本爲雜劇中有科白之套曲，而選者削其科白，僅登曲文，如《詞林摘豔》、《雍熙樂府》等書所載者，當然勿能誤認也。

據前列定義，統屬於散曲之下者，有散套與小令兩種。“散套”二字，對劇曲中不散之套而言；“小令”二字，對套曲體製較大者而言。“散曲”爲總名，“散套”、“小令”爲分别之名——此原則也。惟明周憲王有燉《誠齋樂府》二卷，後卷題曰“套數”，前卷題曰“散曲”，而一按其究竟，則前後卷皆普通所謂散曲，前卷所載，小令而已。是乃又以“散曲”二字與“套數”相對而稱，不成套之謂“散”矣——蓋例外也。且此處“套數”二字，亦是借稱，本來應稱散套；特此項借稱，已極習慣，“套數”不啻即爲“散套”之別名矣。

散曲名稱之可述者，原不過如此而已，乃元燕南芝庵《論曲》有曰：

成文章曰樂府；有尾聲名套數；時行小令喚葉兒。套數當有樂府氣味，樂府不可似套數(此二字乃衍文當删)街市小令，唱尖新倩意。①（“倩”一作“茜”，俱未明其用意。或者因街市小令祇取聲調尖新，足令俗耳美聽，故曰“倩意”也。作“茜”者，或爲誤文）

周德清《中原音韻》又繼之曰：

樂府小令兩途。樂府語可入小令；小令語不可入樂府。

是於前列四名以外，又添“樂府”、“葉兒”兩名；而所謂“套數”者，其意義範圍，又與前不同；所謂“小令”者，本意之外，又生別意：皆不可不一辨矣。兹爲該括簡明起見，連前列四名，一並條訂如下：

（一）散曲　㊀本意：無科白相聯貫之謂“散”，對於有科白之劇曲而言。分散套與小令兩種。㊁別意：即小令也。無成套之聯絡之謂“散”，對於套曲而言。

（二）散套　爲散曲之一種。各套獨立而不聯貫之謂“散”，對於劇曲中有聯絡之套而言。

（三）小令　㊀本意：爲散曲之一種，體製較爲短小，對於成套之曲而言。與詞中所謂五十字以内之小令者不同。㊁別意：即街市俚歌。雖亦合樂可唱，但其辭未經文學上之陶冶。

（四）樂府　曲之別名(原無論劇曲、散曲，皆包含在内，但用者多以指散曲)。表示曲之爲曲，乃曾經文學上之陶冶而後始成者，所以能入樂府，充一代雅樂之樂辭，與尋常街市中之俚歌不同也。

（五）套數　㊀本意：有首有尾者(兼包劇曲之套，與散曲之套)。因

---

① 今校：“尖新倩意”，元刻本楊朝英輯《樂府新編陽春白雪》卷之一《唱論》(燕南芝庵先生撰)載爲“尖歌倩意”。

必以“套”計數，曰一套、兩套……故名。❷別意：即散套。

（六）葉兒　即小令。小令中在元時風行之調，又别名葉兒。

（七）大令　即散套，惟馮惟敏《海浮山堂詞稿》内用之。

芝庵《論曲》中，所謂“套數”，皆其❶本意也；所謂“時行小令”之“小令”，亦其❶本意也；所謂“街市小令”之小令，則其❷別意也。《中原音韻》所謂“小令”，亦❷別意也。《中原音韻》評于志能曲曰：“此乃張打油乞化出門語也，敢曰‘樂府’！”是可爲“樂府”乃與“俚歌”對立之證。王驥德《曲律》論套數曰：“套數之曲，元人謂之‘樂府’。”——《九宫譜定》總論曾引其語——將“樂府”二字範圍看得太小，殊非。

總之：前人書中稱散套處，固必爲散曲，即稱葉兒處，亦無不爲散曲也；稱樂府套數處，僅有時爲散曲；而稱小令處，於最少機會，且並非曲（爲俚歌），更無論爲散曲矣。

四　體　段

散曲雖大别爲散套、小令兩類，而體段由短至長，形式、性情，種種不一。兹先表列其名類，而後一一略予説明：

- 散曲
  - 小令
    - 不演故事者
      - 尋常小令
      - 摘調……猶詞中摘遍
      - 帶過曲（北帶北、南帶南、南北兼帶）……北曲爲盛
      - 集曲……南曲爲盛
      - 重頭……兩首以上
    - 演故事者
      - 同調重頭……多至百首
      - 異調間列……問答體
  - 散套
    - 有尾聲者
      - 尋常散套
        - 南北分套
        - 南北合套
      - 重頭加尾聲
    - 無尾聲者
      - 尋常散套無尾聲
      - 重頭無尾聲

（一）散套與小令之分。“有尾聲名套數”，乃通常情形也。元曲散套，已多無尾聲者（詳下文〔十一〕），明時散套，更不待言矣。夫套曲之普通情形，本來有三：（甲）至少二首以上同宫調之曲牌相聯。（乙）有尾聲。（丙）首尾一韻。（詳下文〔九〕）此三點中，自小令有重頭之一體，而後無論南北，（甲）之一層，已不必散套爲然矣。而（乙）又無論南北，都往往不然。是所餘南北套曲規模，始終不渝者，惟有（丙）耳。故散套與小令間，嚴爲剖别，其異處並不在一大一小、一短一長、一單一複、一有尾一無尾，惟論小令則無論單複，都可以首各爲韻（帶過曲之數調，祇算一首）；論散套則無論短長，全套要必叶一韻。——斯乃二者顛撲不破之分别也。故檢古人之作，前後幾曲，若用韻偶同者，雖不必其爲一套；但前後幾曲，若叶韻既已不同，則絶無再認爲套曲之理矣（此種《雍熙樂府》十六卷内甚多。如《吴騷合編》等書，又慣將前人四首或六首小令題旨彷彿者，强爲聯成一套，而分别注明其用韻，混亂體例，割裂成文，毫無足取）。

（二）尋常小令。此指單闋之曲而言，爲散曲中之至簡者，亦即曲中之至簡者。此與詩之一首，詞之一闋相當，而尤較爲簡；蓋一首中一韻到底，不若詩詞之能换韻，且雖有换頭，而大抵分離而另立也。既屬至簡，則即認此一體爲曲中之單位，亦無不可已。

（三）摘調。此指套曲中之一二調精粹者，從全套内摘出，作爲小令，本來非小令也。自來套曲文字，多敷泛之詞，其精粹部分，每僅在尾聲；顧尾聲非可單獨摘出，以供傳唱者，於是論文者對於其全套固不屑取，而對於此尾聲，亦無能爲力也。然精粹部分，倘並不在尾聲，且所在之調，又可單獨傳唱，作爲小令者，於是讀者爲愛惜文字計，乃可以刊落其餘，但存此調已。此種例子，在前人選本中，雖難考見，而《中原音韻》之《作詞十法》後，附有定格四十首，其中有《雁兒落帶得勝令》詠指甲者，周氏忽於題下，注一“摘”字，其意云何？蓋即謂此首本非小令，是從一套曲内摘出者耳（此套全文待考）。又《作詞十法》中，第四法“用字”條有曰：“套數中可摘爲樂府者能幾？”據此，所謂“摘調”一種辦法，元人固確有之，特不甚著耳。按詞中大曲，多者有二十餘遍，體段之長，超過曲中長套；乃在宋時，爲便於歌唱，對於此種冗長之大曲，久有“摘遍”之辨法，即就大曲之若干遍中，摘取其聲音美聽，且可單獨傳唱，起結無礙者一遍，作爲慢曲，如《泛清波摘遍》、《熙州摘遍》等是也。夫詞中摘大曲之遍而爲慢曲，曲中則摘套曲之調而爲小令，二者固情勢相當，意趣相類也。觀於此，然後覺於散曲中別立此“摘調”之一體，當非無知妄爲，自我作古矣。

（四）帶過曲。帶過曲本來僅北曲小令中有之，後來南曲内與套數内亦偶爾仿用耳。即作者填一調畢，意有未盡，再續拈一他調，而此兩調之間，音律又適能銜接也。倘兩調尤嫌不足，則可以三之；但到三調爲止，不能再增，再欲有增，則進而改作套曲可也。

“帶過”二字，或連用，或任用其一，或用“兼”字代，都可。有北帶過北者，有南帶過南者，有南北兼帶者；其調皆詳見（八）用調一節中。

又北曲中如劉伯亨散套，有雙調《沙子兒攤破清江引》、《農樂歌兼破雁兒落》、《二犯白苧歌》等[①]，並非二三全調之相聯，乃彷彿南曲中之集曲矣。——是帶過曲而類集曲者，又一種也。

（五）集曲。集曲猶詞中之犯與攤破，專屬於南，可與北之帶過曲相當，而内容絶異。蓋帶過曲乃許多整個之調相聯續，其名亦即用各調原名相聯；集曲則擷取各調之零碎句法相聯續，而另爲定一新名也（如《雍熙樂府》所載《集賢賓》“太平年”云云之南北合套中，有《北元和令》、《上馬嬌》、《勝葫蘆》，三調相帶過，而别立新名，曰《元和上馬勝》[②]，儼同南集曲之情形，而又各調全用，絶非集曲，實爲自來北曲中，或南北合套中所絶無僅有者，不足爲據，且並不能與於前述劉伯亨散套中帶過曲而類集曲者之例也）。自南曲由元音而漸至崑腔，傳奇家於全部數十齣中，不欲複用同調，以爲當行，於是始盛此等集曲之作，梁辰魚或竟爲首創之人。《江東白苧》集中，所載《九疑山》、《巫山十二峰》等，視其名似仍爲一單調，而實則有九調、十二調之句法，參雜其中也（集曲最長者，莫

---

① 今校：“二犯白苧歌”，明嘉靖刻本《雍熙樂府》作“三犯白苧歌”。

② 今校：“元和上馬勝”，明嘉靖刻本《雍熙樂府》卷四《集賢賓・中秋》“太平年”中有《元和令》、《上馬嬌》、《遊四阿》三調相帶過，未見《勝葫蘆》一調，亦未見《元和上馬勝》之名。不知任先生所據爲何本。

如《三十腔》，乃於三十枝不同之調中，綴句而成）。且其取調，有時並及尾聲，或竟用尾聲全部以爲殿，則更覺成爲非套非令之物，元人體製，至此蕩然，無一毫存矣！夫論聲音，集曲多細腔贈板，自足闡發崑腔妙處，若無體格，則全出拼湊，因而論其文字，亦大抵餖飣，讀之陳言泛語，味同嚼蠟者居多，豪情勝概，固難以言，即首尾一貫，不支不複者，亦鮮見也。吾每謂曲中轉變，至於崑腔之集曲，不能□□並茂，詞樂兼諧，實爲大憾。在傳奇中，有情節、賓白，及前後部分互相襯搭，猶不嫌其如此；若散曲中，余詳考前人製作，文章方面，集曲直無立足餘地。《江東白苧》一書，自來矜爲此中典重，至張旭初於《吴騷合編》中，且推爲曲中之聖，亦全爲其首先採用崑腔而已，無乃過之甚歟？

《江東白苧》中，有中吕入雙調《楚江情帶金字經》一調。按，《楚江情》乃集《香羅帶》、《皂羅袍》、《一江風》，三調中各數句而成者①，初名《羅江怨》，後名《楚江情》也。然則以《楚江情》而帶《金字經》，是以集曲而帶尋常小令也，較之二三調尋常小令之互帶者，乃又複一層矣。

（六）重頭。重頭者，頭尾悉同之調，一再重複之謂也。其名用於曲中，始見於徐渭所編之《楊升庵夫人詞曲》②，而其體則元人自來即有之，直似詩詞中之聯章，並不奇也。晏殊詞有"重頭歌韻響琤琮"之句。《中山詩話》云："重頭、入破，皆弦管家語。"其説不詳。大約詞中前後闋完全相同者，即謂之"重頭"；起頭數句前後不相同者，即謂之"换頭"；曲中於重同之調，亦遂借稱"重頭"矣。此名甚古，則可斷言，然未暇詳考也。論其重複次數多寡，則全無一定；至少兩首，漸加而四首、六首、八首、十首……都無不可。即成單數，作三首、五首……亦從來無禁文。重頭之至多者，莫如李開先之百闋《傍妝臺》，王九思和之，各重至一百首（兩

---

①　今校：《楚江情》，明萬曆刻本《嘯餘譜》、明天啓刻本《太霞新奏》、明天啓刻本《詞林逸響》、明刊本《南音三籟》、明毛氏汲古閣刻《六十種曲》本《西樓記》所載《楚江情》均爲集《香羅帶》與《一江風》二調各數句。惟明刻本《續江東白苧》卷下稱其"前段是《香羅帶》，中段似《皂羅袍》，後段是《一江風》"。清康熙停雲室刻本《京腔譜》卷十六所載《楚江情・西樓》似爲此體。

②　今校："升"，原作"叔"。今據明刻本《徐文長重訂楊升庵夫人詞曲》改。

種合刻，名《南曲次韻》）；他如下文所引之《摘翠百詠》，亦《小桃紅》之百首重頭也。重頭與帶過曲較，形式之不同有二：㊀帶過曲至多三調相帶過；重頭多寡無定，至多有百闋者。㊁帶過曲乃異調各一首相帶過；重頭則同調若干首相重複也。至於性質之不同，亦有二：㊀帶過曲數調帶過，即當認作一闋；重頭之一調多闋重複，每闋仍各算一首。前者既爲一首，故一韻；後者既爲多首，故可首各一韻也。㊁帶過曲僅一題，而重頭可闋各一題。如元張可久《賣花聲》四首重頭，總題爲“四時樂興”①，而各首分題，則“春”、“夏”、“秋”、“冬”；且“春”叶《歡桓》、“夏”叶《江陽》、“秋”叶《庚亭》、“冬”叶《支時》，闋各一韻，亦闋各一詠也。然二者性質，亦有一大處相同者，則皆爲尋常小令與散套之過渡體也。故南曲中兩調或四調重頭，即可成套（詳下文〔十一〕〔十二〕）；此種套曲中重頭與小令中重頭之分別，即在一韻與不一韻耳。

（七）同調重頭演故事之小令。據上文，重頭無不同調者；茲曰“同調”云云者，對下一種“異調間列”者而言耳。既欲演故事，則故事必有情節，往往非一調所能盡，其必借重重頭，本無待言也。如《雍熙樂府》十九卷所載《西厢十詠》，以十首《滿庭芳》分詠張生、鶯鶯、紅娘、夫人、法聰、杜確、鄭恒、孫虎，及作《西厢雜劇》之人關漢卿、王實甫，一共十人，並不紀事，是不過爲尋常之重頭耳，尚非此一種也。至同卷又載《摘翠百詠小春秋》，以《小桃紅》一百首，從張生離洛陽叙起，直至崔、張團圓，一同之官爲止，倘謂之劇曲，則無科白；倘謂之散套，則又調各爲韻，且爲北曲而無尾聲；倘謂之尋常重頭，則内容叙演故事：故不得不爲别立名目，曰“同調重頭演故事者”矣。原文每首皆有標題，如“生離洛陽”、“鶯和生詩”、“夫人許親”、“惠明發怒”等等；但此又與尋常重頭之分題，不容一例看待，亦正以其内容爲叙演故事者也。茲摘録百首之八，以概其餘：

摘翠百詠小春秋　此七字爲目録内所標。以下所録，概依卷内原式。

---

① 今校：“四時樂興”，原作“四時行樂”。今據明嘉靖四十五年李開先刻本《張小山小令》改。

小桃紅　　　西厢百詠　此爲卷内百首前所標。

……

五十九　　　事聞夫人

清白相國重當朝，這妮子先不肖。潑賤奴才聽他調，往來挑。誰知養下家生哨！把咱氣倒，等他來到，粗棍打折腰。

六十　　　紅行鶯囑

若還你到母親前，見責休埋怨。款裏慢把良言勸。問根源，覷些喜怒承機變。望姐姐可憐！替説些方便，善爲我辭焉。

六十一　　　夫人詰紅

叮嚀行坐守閨房，誰料你將心放！夜静更深没攔當，小花娘，勾引小姐同胡創。有何勾當？因甚狂蕩？實與我説行藏！

六十二　　　紅娘受責

家翻宅亂鬧啾啾，諕的我難開口。惱犯尊顔怎收救？没來由，自家攬得愁來受。雨點似棍抽，火急般追究，做媒的下場頭！

六十三　　　紅答夫人

既然奶奶問根苗，只索從頭道：當日寺中解危鬧，那功勞，至今一向何曾報？俺姐姐意好，怕哥哥心惱，因此效鳳鸞交。

六十四　　　鶯鶯自念

這場煩惱怎周折？老母尋枝節。暗箭連珠把人射。枉咨嗟，兢兢戰戰心喬怯。臉兒羞怎遮？懷兒愁怎卸？有甚話兒説？

六十五　　　紅勸夫人

尊前敢掉巧舌頭！有事當窮究。看了張生那清秀，本風流，胸中志氣冲牛斗。與姐姐既有，望奶奶將就，結末了燕鶯儔！

六十六　　　夫人允諾

養女從來氣不長，惱得我魂飛蕩！家醜不可外談揚，這一場，吞聲忍氣難和他講①。沉吟了半晌，你説的言當，何必再商量？

……

① 今校："講"，明嘉靖刻本《雍熙樂府》作"强"。

通體以詞紀言，以題紀事，通體遂有脉絡，遂成穿插，其格頗覺新奇。姚華《菉猗室曲話》曾引全詞，謂《小桃紅》亦南詞，絶非；又謂其製題頗開《南西厢》之先，余則謂其全篇内四字題目，實别有作用耳。夫同一崔、張事迹，趙令畤先以十首《蝶戀花》詞檃括之，此繼以百首《小桃紅》曲檃括之。雖二者之爲詞曲異，爲"十""百"異，所以檃括之法異，而爲聯單調以演故事，固二者之所同也。且在詞爲大曲聯套之緒餘，在曲爲雜劇省白之别調，亦足資詞曲間之參互比較矣。

"摘翠"是摘取精粹之意；"小春秋"恐猶謂小故事耳。姚氏曰："用韻遣辭，可斷爲元曲。"余亦謂然。所惜者，捨此以外，别無他例足資參證耳。

（八）異調間列演故事之小令。元鍾嗣成《録鬼簿》曰："王曄，字日華，杭州人。體豐肥，而善滑稽。能詞章樂府。臨風對月之際，所製工巧。有與朱士凱題《雙漸小卿問答》[1]，人多稱賞。"此所謂《雙漸小卿問答》者，嚮不知爲何體；及見《樂府群玉》載《問答》全部，乃知亦散曲中小令之别體耳。《群玉》一書，通本皆小令，無一套曲，是不獨爲元人選本中所絶無僅有，即有明一代，號爲鼓吹風雅，冗編濫選，充實一時者，亦未見有獨張小令之專書也。夫《群玉》體例既彰明如此，今《問答》竟載其中，其爲小令，而非他體，尚有疑乎？余見明鈔本《群玉》卷二所載，末一人曰"王日華樂府"，小字注曰"錢塘南齋"，是可知王氏之號爲南齋也。其次一行題"《慶東原》"，小字注曰："《風月所舉問汝陽記》。自黄肇退狀至議擬，凡計一十六首。"此所謂《風月所舉問汝陽記》者，必爲一雜劇名（歷考元、明以來紀劇之書，皆無載此名也，可據以補前書之遺也），而兹十六首問答之辭，即檃括自退狀至擬議之一段情節，爲本劇中之所原有者也。十六首之調名、題目、用韻，具録如下：

〔慶東原〕　黄肇退狀天田　〔天香引〕　問蘇卿庚亭　答真文
〔鳳引雛〕　再問庚亭　答天田　〔凌波仙〕　駁天田　招天田
〔天香引〕　問馮魁江陽　　　〔凌波仙〕　答蕭豪

---

① 今校："卿"，原作"青"。今據民國誦芬室讀曲叢刊本《録鬼簿》改。

〔天香引〕　問雙漸江陽　　〔凌波仙〕　答庚亭

〔天香引〕　問黄肇姑摸　　〔凌波仙〕　答家麻

〔天香引〕　問蘇媽媽天田　〔凌波仙〕　答蕭豪　議擬庚亭

據上所列，十六首既無尾聲，又不同韻，則不得謂之套曲。既用〔慶東原〕、〔天香引〕、〔鳳引雛〕、〔凌波仙〕四調，則不得謂之同調重頭。四調之於十六首，占數既不均匀，排列又甚錯綜，故余謂之“異調間列”也。十六首中，除一起一結外，餘則七問七答而已，故余謂之“問答體”也。所謂“舉問”者，即舉發審問之意；“退狀”者，即原告；“議擬”者，即判決也。雙漸小卿事，元曲中播詠甚盛，僅亞於崔、張而已。王曄之文字亦不惡，兹摘録六首以明之：

……

〔鳳引雛〕再問(此調即〔殿前歡〕)

小蘇卿！言詞道得不實誠①，江茶詩句相兼併。那件著情？休葫蘆提提面應②，相傒倖。端的接誰紅定？休教勘問，便索招承。

又答

滿懷冤！被馮魁掩撲了麗春園。江茶萬引誰情願！聽妾明言：多情小解元，休埋怨，俺違不過親娘面，一時間不是，誤走上茶船。

……

〔天香引〕問馮魁

馮魁嗏你自尋思：這樣嬌姿，效了琴瑟，不用紅娘，只留紅定，便繫紅絲。量你啊是甚麽風流浪子，怎消得多情的俊俏猱兒③！供

---

①　今校：“言詞道得不實誠”，原缺“得”字，據上海古籍出版社1982年版《類聚名賢樂府群玉》補。

②　今校：“休葫蘆提提面應”，上海古籍出版社1982年版《類聚名賢樂府群玉》卷二作“休胡盧提二四應”。

③　今校：“猱”，上海古籍出版社1982年版《類聚名賢樂府群玉》卷二作“猱”。

吐實詞，説了緣由，辨個妍媸。

〔凌波仙〕答

黄金鑄就劈閑刀，茶引糊成剗怪鍬。廬山鳳髓三千號，陪酥油儘力攪。雙通叔你自才學，我揣與娘通行鈔，他掂了咱傳世寶[1]，看誰能够鳳友鸞交！

……

〔天香引〕問蘇媽媽[2]

蘇婆婆常只是熬煎，臨逼得孩兒，一迷地胡掮。使會虛脾，著些甜唾，引起頑涎。用力的從教氣喘，著昏的一任頭旋。只爲貪錢，將個嬋娟，賣上茶船。

〔凌波仙〕答

有錢問甚紙糊鍬！没鈔由他古定刀[3]。是誰俊俏誰村拗，俺老人家不性索。馮員外將響鈔遞著，雙生呵休乾鬧，黄肇嗏且莫焦，價高的俺便成交。

……

異調間列之例，亦惟見有此一組。其體既重在問答，可以謂之紀言者；而前一種同調重頭，則言事兼紀者也。觀於此，演故事之不僅於劇曲，於散曲亦有之，應毋待贅矣。又尋常散令中如孫周卿《蟾宮曲》題琵琶亭云：

到潯陽夜泊星槎，送客江頭，忽聽琵琶。下馬維舟，迴燈借問："何處人家？""妾本是京師館娃，嫁商人淪落天涯。"再轉龍牙，細撥

---

① 今校："傳世寶"，上海古籍出版社 1982 年版《類聚名賢樂府群玉》卷二作"轉世寶"。

② 今校："蘇媽媽"，原作"馮媧媧"，據上海古籍出版社 1982 年版《類聚群賢樂府群玉》改。

③ 今校："古定刀"，上海古籍出版社 1982 年版《類聚群賢樂府群玉》卷二作"古錠刀"。

輕爬，聲裂檀槽，月滿蘆花。

見樂天細問根芽，襟搭鮫綃，玉笋籠紗。"家住長安，十三學樂，髻綰雙鴉。今老却朝雲暮霞，再休提秋月春花。自嘆咱家，兩鬢霜華，有錦難纏，淚濕琵琶！"

似此言動兼紀，亦可謂爲演故事者。故散曲之演故事，實隨在多有，且不僅以上所述兩種，是亦不可不省耳。

（九）南北分套。"南北分套"，本無此名，此特對下列一種南北合套而言，假設如此耳。兹分别論之：

（甲）套曲普通情形：套曲之組成，普通有三種情形：

（子）至少二首同宫調之曲牌相聯。若宫調雖異，而管色相同者，亦可互借入套。但北曲中小令之專用牌調（詳下文《用調》節），及南曲中特殊數調（如仙吕〔美中美〕、〔油核桃〕之與〔醉羅歌〕、〔醉花雲〕，越調中〔下山虎〕、〔五韻美〕之與〔包子令〕、〔撲頭錢〕等），則雖宫調管色無不同，亦不能聯套也。最長之套，如元劉致上高監司正宫〔端正好〕套，竟有三十四調之多。

（丑）有尾聲，以示全套之樂已闋。

（寅）全套首尾一韻，此層最緊要。

（乙）南北套之異同：

（卯）北散套應發生在北劇套之前。二者無大區别，惟劇套體製，較之散套，進而稍繁耳。南散套應發生於南劇套之後。因傳奇齣數較多，所謂排場，各種不一，其曲套情形，亦遂繁夥，與散曲之套多異矣。

（辰）南套部分爲引子、過曲、尾聲三部分，甚顯著。北曲於尾聲以外，無可分劃。又南有賺曲一種，以調節或聯絡前後調之板拍，北雖間亦有之，而不顯著。

（巳）北套借宫之風極盛，有全套連尾不過五六調，而借他宫之調，多至四五闋者，南套不然（間有如楊慎《陶情樂府》内正宫〔錦纏道〕《春日懷蕭楚雲》套，全套除引子與尾外，祇餘三調，乃兩借南吕，一借仙吕，借宫之多，正與北曲情形無異，但極少見）。

（午）北套尾聲，繁簡、長短不一。每與他調混合爲一體，如〔後庭花煞〕、〔好觀音煞〕等是。且其煞尾之部分，有非常之長，非一調所能盡，乃分若干段以盡之者，如十三煞、十煞、七煞等，無論劇套散套中，皆數見不鮮者也。南尾聲則極簡單。句法平仄雖隨宮調而異（詳沈璟《南曲譜》），而大抵十二板，故尾聲有十二紅之别名。又北尾聲亦稱煞、尾、煞尾、收尾、結音、慶餘；南尾聲亦稱餘音、意不盡、餘文、十二拍尾。

（未）南套聯法未失傳，變化更動，作者倘爲知音，今日猶可自主。若北套中，首尾數曲，雖似一定，而中間各曲，則聯法不詳，惟有遵守前人程式而已。

（丙）南曲情形（此就一般南套略述之。若劇套之排揚配搭，具詳近人許之衡《曲律易知》，王季烈《螾廬曲談》等書内）：

（申）引子：不論宫調，每牌不必全填，與過曲不同；唱時衹點鼓板，不和弦管。至於過曲之各調相聯，或以其性質爲準，如有贈板細唱者在前，無贈板粗唱者在後，乃其犖犖大者；或以向來之習慣爲準，在劇套中，有排場關係，習慣尤多。

（酉）南套成因，各種不同。宫調之選定，悲喜剛柔，必按合文字内情，此通例也。此外有因題定套者（如詠八景則成八調之套，詠四時則成四調之套），有自南北合套中抽去北曲而成者（例如《南詞韻選》所載，中吕〔泣顔回〕“薄情忒情雜”一套，即是抽去北詞者），有集同韻之小令數首而成者（例如白雪齋集李日華、金鑾、沈仕、張鳳翼四人〔玉芙蓉〕各一首，爲四時閨思一套）。此外特殊情形尚多，一時難以備舉也。

（十）南北合套。元鍾嗣成《録鬼簿》云：“沈和，字和甫，杭州人。能詞翰，善談謔，天性風流，兼明音律。以南北調合腔，自和甫始。……”是南北合套，由來甚早，有南曲未久，元人即創行之。蓋北曲每套限一人唱，歌者久以爲苦，南北聲音又各有所偏，宜相調和，二者融合成套，則各捄其弊，得中和之美矣。此種在劇曲與散曲中，並行不廢。《曲律易知》中舉合套式七，又謂通行者衹有四，殊不然。查《九宫大成譜》中，仙吕以下十一宫調，各舉南、北合套二式，末仙吕〔入雙角〕一調内，所舉獨多，凡十二套，合共三十四套；其他各選本中所列，出此三十四式之外者，粗粗計之，尚不下十餘式；是自來合套究有若干，雖未得其確數，要必在五十以上，而必不照七與四之數，則可斷言者也。

合套規律，要在南、北兩調之聲音，恰能銜接而和美；在知音者，原不妨按律配合，多出新巧，若不知音者，則惟有遵從前人常用之成式，不容妄事連綴，多出笑柄也。考以上所云數十式中，普通情形，固是一南一北，相間不亂（其開始或以南起，或以北起，皆可），但有少數亦不盡然者。大抵所用北調中，如有帶過曲在，則雖將二曲相帶過者衹作一曲算（用三曲之相帶過者未之見），實際上亦已成兩北一南之偏勢矣。此種於《大成譜》所載仙吕入雙調之合套中最多。又如《雍熙樂府》所載，越調南〔綉停針〕、北〔小桃紅〕一套中，一北之後，繼以二南，又繼以三北（並非帶過曲），《北曲拾遺》所載雙調北〔錦上花〕、南〔銷金帳〕一套中，一南之後，繼以二北，又繼以二南，又繼以四北。於此可見合套之中，各調相連，衹要音律和美諧應，亦不必定守一南一北相間之成例也。

（十一）重頭加尾聲之套。由一調重頭以成套，南曲中始有之。北套之至簡者，有僅一調一煞者，稍長則爲一調、一么篇、一煞；此一調、一么，加以一煞之局格，不啻即南套中重頭加尾聲之濫觴也。套中重頭，與小令之重頭不同：凡調之能爲小令者，即無不可爲小令重頭；至於調之可以聯套者，則不必其皆可重頭加尾而成套也。觀許氏《曲律易知》於配搭一節之類别諸調中，有“宜叠用”與“勿叠用”之兩種，可以知矣。蓋宜叠用者，方可以屢用前腔，加尾成套，勿叠用者，必不能如是也。綜許氏所列各宫調曲宜叠用者，不過四十有六：

仙吕五　羽調一　正宫三　大石一　中吕七
南吕五　黄鐘二　越調四　商調四　雙調九
仙吕入雙調五

許氏又謂叠用至六枝成套者，在前人所已用，不過〔鎖南枝〕、〔香柳娘〕、〔懶畫眉〕、〔桂枝香〕數調。此其所述，雖不無脱略狹隘，大概要不過如是也。

重頭成套，本以不加尾聲爲原則（詳下文〔十二〕），所以加尾聲者，多因文意方面，必有幾句結束之語耳。其重頭之數，爲二、爲四、爲六，皆成雙；間有如《三仙橋》，用者多作三枝，是特殊者也。

（十二）尋常無尾聲之套。套數在元人，輕易無無尾聲者。其無尾聲者，大抵有下列三種情形：（甲）所用曲調有特別情形者，不用尾。如無名氏《貨郎擔》雜劇，南吕一套，〔一枝花〕後，用〔九轉貨郎兒〕，九轉既完，樂遂闋，不用尾，因〔九轉貨郎兒〕爲特製之曲也。（乙）用帶過曲結者，則省尾。如喬吉南吕《雜情》套[①]，〔一枝花〕、〔梁州〕後，用〔罵玉郎〕、〔感皇恩〕、〔採茶歌〕之帶過曲，則不用尾。張酷貧《汗衫記》劇雙調〔新水令〕套，末用〔雁兒落〕、〔得勝令〕之帶過曲，則亦不用尾。（丙）所用末調，可以代尾者，則不再用尾。如商調套以〔浪來裏〕結，雙調套以〔清江引〕結者甚多。此外劇套中亦有無尾而不得其故者，如無名氏《詈詈旦》劇，中吕〔粉蝶兒〕套以〔古竹馬〕結，張國寶《羅李郎》劇雙調〔新水令〕套以〔水仙子〕結等是[②]。又有原文本屬有尾，而傳本脱誤者，如《詞林摘豔》所載白樸《箭射雙雕》劇，中吕〔粉蝶兒〕套無尾，實則有尾，而《摘豔》脱之；又《北詞廣正譜》雙調載白氏〔喬木查〕套無尾，實亦有尾，而譜脱之也。

至於南曲尋常無尾者，在散曲中極少，有之，則下列所謂重頭無尾者也。

（十三）重頭無尾聲之套。重頭無尾聲，惟南曲中有之。沈璟《南曲譜》曰："一個牌名做二曲，或四曲、六曲、八曲，及兩個牌名各止一二曲者，俱不用尾聲。"——此重頭無尾聲最早之説也。沈氏所云種種，於《曲律易知》等書中，得其例皆甚易，惟所謂兩個牌名各止一曲者，既非重頭，其形又酷似北帶過曲，其例頗不多見。如梁辰魚《續江東白苧》内所載中吕入雙調〔攤破金字令〕與《夜雨打梧桐》之遇張一兒，商調〔黄鶯兒〕與〔簇玉林〕之幽蘭是也[③]。

一牌做兩曲、四曲等等，與兩牌各做二曲，以成一套，固可無尾聲，即三牌或四牌各做二曲、四曲不等，以成一套，亦可無尾聲；此三牌、四牌之前，加用引子者，亦有之，是皆在重頭無尾聲之列也。又兩三牌之

---

① 今校："喬吉"，原作"裔吉"。今據清鈔本《喬夢符小令》改。

② 今校："羅李郎"，原作"羅索郎"。今據明萬曆刻本臧懋循《元曲選》改。

③ 今校："簇玉林"，原作"簇御林"。今據明末刻本《續江東白苧》改。

重頭,有相間以列者,惟其每牌不止一首,而爲重頭,故亦可無尾聲。如“引,〔白練序〕、〔醉太平〕、〔白練序〕、〔醉太平〕、〔白練序〕、〔醉太平〕”,除引以外,兩牌各重作三首,而相間以列,並無尾聲,亦遂成套矣。

總之,既以一調或諸調重頭以組套,則引與尾之有無,皆可任意焉,特尾聲之無,益爲注目耳。

五 用 調

劇套用調甚多,而又不欲重複,故有時搜及冷僻。散套欲便於歌唱,習於句讀,故冷僻不用;南北分套如此,合套亦如此。合套定式,詳於《大成譜》;重頭套用調,詳於《曲律易知》:已如前所言,兹概從略。至於小令之用調,則普通所見,似乎層出不窮,而實際按之,亦無幾也。顧自來未有統計及之者,因於此一詳之。

小令用調,大抵以聲音美聽,可以單獨歌唱,不病割裂者爲標準。惟元曲唱法,今已失傳(北曲諸調,在今崑腔中,雖亦有譜可唱,但適成其爲崑腔而已。每調中原腔幸而尚存者,不知究剩幾分之幾。自明初南曲盛行,北調即漸成絶響矣,何論後世?觀何良俊《四友齋叢説》、沈德符《顧曲雜言》等書所紀,可以知之),所用爲小令之諸調,究竟在當時歌唱,如何美聽,除周德清《中原音韻》之《作詞十法》中,所言各調平仄陰陽,如何爲妙,如何爲尤妙外,他即無可揣擬矣。在南曲中,則習爲小令之諸調,大抵爲腔細婉而板繁密者(即有贈板之曲);尾聲、引子,固不能填作小令,即過曲中之粗急直率者,小令中亦從來無人援用也。兹分别南北,著録其牌名如次:

(一) 北曲小令。北曲小令用調,又應分作三種:

(甲)小令專用者。此一類見清李玉《北詞廣正譜》各卷目録後,兹彙録之,得五十調,皆不能與他調相連而入套者也。

[黄鐘] 晝夜樂　人月圓　紅衲襖　賀聖朝

[正宫] 黑漆弩　甘草子　漢東山

［仙吕］錦橙梅　太常引　三番玉樓人

［南吕］乾荷葉

［中吕］山坡羊　喬捉蛇　鶻打兔　攤破喜春來

［大石］百字令　喜梧桐　初生月兒　陽關三叠

［小石］青杏兒[1]　天上謡

［高平］木蘭花　於飛樂　青玉案

［商調］秦樓月　桃花浪　滿堂紅　芭蕉延壽

［越調］憑闌人　糖多令

［雙調］新時令　十棒鼓　秋江送　大德樂　大德歌　祅神急　楚天遥　青玉案（與詩餘同）　殿前喜　皂旗兒　枳郎兒　華嚴讚　得勝樂　山丹花　掃晴娘　魚游春水　驟雨打新荷　河西水仙子　河西六娘子　百字折桂令

以上五十調中，〔太常引〕、〔初生月兒〕二調，來氏譜原未列入小令，兹按兩調，套曲中從未用過，故爲補入。〔掃晴娘〕調，李譜且未收，兹援〔天上謡〕例（兩調同爲明人創作）補入[2]。又李譜本來所列，尚有南吕之〔金字經〕、商調之〔水仙子〕及〔蝶戀花〕、越調之〔小絡絲娘〕、雙調之〔播海令〕、〔蟾宫曲〕諸調。兹按〔金字經〕有時借入雙調之套曲中；〔水〕、〔播〕兩調，譜中所引之例，已明爲套數中作；〔蝶戀花〕在譜中，商調則僅有其名，並無曲文，其名當指詩餘中之〔蝶戀花〕也，雙調所列，則又是套曲，並非小令；〔蟾宫曲〕在元人皆以爲〔折桂令〕，李氏據一二首字句之小異者，便别爲一調，其實正可不必；〔小絡絲娘〕實即〔絡絲娘〕之末兩句，斷不能獨自成調，而況譜中引例爲《西厢記》，《西厢記》中又明標爲〔絡絲娘煞尾〕，從來固已無人用作小令，即論其句法，亦絶不成爲小令之調也。——凡此種種不合者，兹爲一概删去。再譜中中吕尚有〔齊天樂過紅彩兒〕一調，因明明爲帶過曲，已劃歸下文（丙）種内。

此五十調，雖爲小令專用者，乃通常並不習用；習用者惟〔山坡羊〕、

---

① 今校："青杏兒"，原作"青吉兒"。今據清青蓮書屋刻本《北詞廣正譜》改。

② 今校："天上謡"，原作"王上謡"。今據清青蓮書屋刻本《北詞廣正譜》改。

〔憑闌人〕、〔大德歌〕三調而已。其次爲〔河西六娘子〕、〔百字折桂令〕，餘外皆屬冷僻。如商調中〔桃花浪〕以下三調，惟賈仲明《金童玉女》雜劇中，曾用作附唱之小令，除此直未見有人用過也。

（乙）小令套曲兼用者。共六十九調；兹擇其實習用者三十調[①]，著圈以别之：

［黄鐘］刮地風　出隊子

［正宫］○塞鴻秋　叨叨令　○醉太平　小梁州　六幺遍　白鶴子

［仙吕］後庭花　醉扶歸　遊四門　○寄生草　○醉中天　節節高　金盞兒　○一半兒　憶王孫　賞花時

［南吕］○金字經　○四塊玉　玉交枝　梁州

［中吕］○滿庭芳　○喜春來　○醉高歌　○紅綉鞋　○普天樂　○朝天子　上小樓　迎仙客　四邊静　四换頭　掛枝兒

［般涉］耍孩兒

［商調］○梧葉兒　凉亭樂　醋葫蘆

［越調］○天净沙　○小桃紅　○寨兒令　黄薔薇　雪裏梅

［雙調］○折桂令　○水仙子　○慶東原　○駐馬聽　○撥不斷　○清江引　○落梅風　○沉醉東風　步步嬌　碧玉簫　沽美酒　○殿前歡　阿納忽　○慶宣和　賣花聲　得勝令　春閨怨　風入松　○胡十八　月上海棠　快活年　牡丹春

［待考］豐年樂　時新樂　霜角　阿姑令　雙疊翠

（丙）帶過曲調式。帶過之曲，前人習用者，爲格不多。兹彙録之，僅得三十二調；亦擇習用者六調，著圈以别之：

---

① 今校："三十調"，下文所列六十九調中，明顯"著圈以别之"的實爲二十八調。

[正宫] ○脱布衫帶小凉州　小凉州帶風入松

[仙吕] 後庭花帶青哥兒

[南吕] 罵玉郎帶採茶歌　○罵玉郎帶感皇恩採茶歌

[中吕] 十二月帶堯民歌　醉高歌帶喜春來　醉高歌帶攤破喜春來　醉高歌帶紅綉鞋　快活三帶朝天子　快活三帶朝天子四换頭　快活三帶朝天子四邊静　齊天樂帶紅衫兒

[越調] 黄薔薇帶慶元貞

[雙調] ○水仙子帶折桂令　○雁兒落帶得勝令

雁兒落帶清江引　雁兒落帶清江引碧玉簫

一錠銀帶大德樂　○沽美酒帶太平令

沽美酒帶快活年　○對玉環帶清江引

楚天遥帶清江引　梅花酒帶七弟兄

竹枝歌帶側磚兒　江兒水帶碧玉簫

[中吕帶雙調] 醉高歌帶殿前歡　滿庭芳帶清江引

[正宫帶雙調] 叨叨令帶折桂令

[南帶過曲] 朝元歌帶朝元令

[南北兼帶] 南楚江情帶北金字經　南紅綉鞋帶北紅綉鞋

以上皆小令中之帶過曲，其有在南套中偶見，而小令中從未見過者，如《風入松帶急三槍》等，兹概未列。又《樂府群玉》載曹明善有《三棒鼓聲頻》一調①，分明是三調相帶過者，則當查明補入。又帶過曲有用别名者，如《鴻門奏凱歌》，即《雁兒落帶得勝令》；《湘妃遊月宫帶折桂令》，即《水仙子帶折桂令》等，勿再混列。

以上北曲小令用調三種，共一百五十二調，約當北調全數（據《北詞廣正譜》爲四百四十七調）之三分之一强，而普通習用者，總不過四十餘調耳。

（二）南曲小令。南曲小令用調，可别爲原調與集曲兩種。原調對

---

① 今校："三棒鼓聲頻"，原作"三棒鼓聲歌"。今據上海古籍出版社 1982 年版《類聚名賢樂府群玉》改。

集曲而言，即南九宫十三調中原有之調，並非如集曲之用許多曲句，拼凑集合而成者也。

［仙吕］（原調）○皂羅袍　桂枝香　排歌　浪淘沙　○月兒高　傍妝臺　月中花　○解三醒　西河柳　春從天上來

（集曲）○醉羅歌　月雲高　甘州歌　解袍歌　一封羅①　解酲歌　醉花雲　香轉南枝　月照山　鬧十八　九迴腸　十二紅　醉歸花月渡　二犯桂枝香　二犯月兒高　二犯傍妝臺

［正宫］（原調）○玉芙蓉　錦纏道

（集曲）錦亭樂

［大石］（原調）催拍　兩頭南　兩頭蠻　紅葉兒

［中吕］（原調）泣顔回　○駐雲飛　普天樂　○駐馬聽　石榴花　永團圓　番馬舞秋風

（集曲）榴花泣　倚馬待風雲

［南吕］（原調）一江風　○懶畫眉　梁州序　大勝樂　賀新郎　宜春令　銷金帳　香羅帶

（集曲）○羅江怨　三學士　七犯玲瓏　六犯清音　梁州新郎　梁沙潑大香　浣溪劉月蓮　六犯碧桃花　七賢過關　巫山十二峰　九疑山　八寶妝　仙桂引　仙子步蟾宫

［黄鐘］（原調）侍香金童　傳言玉女　啄木兒　畫眉序

［越調］（原調）綿搭絮

［商調］（原調）黄鶯兒　○集賢賓　○山坡羊　高陽臺　水紅花

（集曲）金絡索　黄羅歌　鶯花皂　山羊五更轉　梧蓼金羅　黄鶯學畫眉

［小石］（原調）驟雨打新荷　象牙床

［羽調］（原調）馬鞍兒

---

①　今校："一封羅"，原作"一封玉"。今據明天啓五年毛以遂刻本《曲律》改。此調爲集〔一封書〕調四句與〔皂羅袍〕調五句而成。

（集曲）勝如花　四季盆花燈

［雙調］（原調）〇玉胞肚　〇鎖南枝　風入松　四塊金　玉交枝　柳摇金　朝天歌　江兒水　孝順歌　步步嬌　淘金令　轉調淘金令　錦法經　四朝元

（集曲）二犯江兒水　嬌鶯兒　江頭金桂　孝南歌　二犯柳摇金　孝南枝　玉枝供　六么令犯　落韻鎖南枝　攤破金字令　折桂朝天令　錦堂月　玉江引

［待考］征胡兵　彌陀僧　對美人　美櫻桃

以上南曲小令用調：原調五十八，集曲五十五，待考四，共一百十六調，約當南調全數（據《南詞定律》爲一千三百四十二調）十分之一弱，而普通習見者，不過十餘調而已。

以上南北小令用調各百餘，乃就選本專集中所得見者彙列之。料想元、明時作小令傳唱之調，必不止此。如永樂間所梓行之《諸佛名歌》，其編排分别南北，歌以調從，一調或數十歌、或數歌不等，絶無所謂聯套情形，是亦當歸入小令一類者；乃其所用之調，不但不見於以上所列者甚多，即自來各譜書内，亦每每未曾收採，於此可見小令之中，自來多佚調矣。

六　作　家

曲家大抵爲潦倒文人，既鮮知遇於當時，復少顯揚於後世，作劇曲者然，作散曲者又何獨不然？且散曲篇幅簡短，更易於遺佚，而作者興到弄筆，往往隨作隨歌，隨歌隨棄，不甚愛惜，蓋初不欲藉此以沽名也。於是履貫既多模糊，姓字復將湮没，篇章零落，人物消沉，歷覽詞場，莫此爲甚！其實論曲家所業，亦未嘗不承風雅之遺，而小道鄭聲，横施鄙棄，從來已覺非分，若千載以後，作者並一姓一字之亦不復傳，得毋過歟！緣就各書，彙集其名，聊存鴻爪。仕履不詳，難同繼先之《鬼簿》，品藻未備，亦殊涵虚之評林；並名字之分歧、時代之顛倒，有時亦所不免，蓋蒐採尚嫌未廣，考訂益復不遑矣。

元

喬吉　張可久　吴仁卿　曾瑞　顧德潤　朱凱　錢霖子雲　吴本世　汪元亨　周月湖　鄭杓次　耶律鑄　沈子厚　李齊賢　沈禧

以上十五人，有專集，或詩文詞後附集，已見《書録》一節中者。

王修甫　白賁無咎　彭壽之　張子益　京幹臣　石子章　閻仲章　王嘉甫　元好問　蒲察善長　王鼎和卿　鮮于樞伯機　吕元禮　劉秉忠　商政叔　徐琬子方容齋　芝庵　盧摯疏齋　胡祇遹紫山　姚燧牧庵　貫雲石酸齋　劉致逋齋時中　崔彧　李秋谷　奥敦周卿①　嚴實武叔②　庾天錫吉甫　馬九皋　阿魯威　阿里耀卿　史知州　馬謙齊　仇州判　馮子振海粟　吴克齋　張子友③　盍志學　侯正卿　吴仁卿④　關漢卿　白樸仁甫　馬致遠　王伯成　左敬之　鄭光祖德輝　鄭廷玉　杜仁傑善夫　亢文苑　吕止庵　趙文一　高文秀　李茂之　紀君祥　楊君擇　冀子奇　孫叔順　王仲誠　不忽麻　李邦基　高安道　董君瑞　陳子厚　趙明道　景元啓　李壽卿　楊朝英澹齋

---

①　今校："奥敦周卿"，原作"粤敦周卿"。今據明萬曆刻本《嘯餘譜》改。按：奥敦周卿即奥敦希魯，字周卿，號竹庵。

②　今校："武叔"，原作"忠濟"。依本書體例，小字注應爲曲家字號。然"忠濟"非嚴實之字，而是其第二子之名。嚴實字武叔。今據清乾隆武英殿刻本《元史》改。

③　今校："張子友"原作"陸子友"，今據元刻本《樂府新編陽春白雪》改。按：張子友即張九思，字子友。

④　今校："吴仁卿"，原作"吴正卿"。今據元刻本《樂府新編陽春白雪》改。按：吴仁卿與上文之吴克齋實爲同一人。鍾嗣成《録鬼簿》卷下載："吴仁卿，名弘道，號克齋。"又，吴仁卿已見於上文有專集十五人中。

以上六十六人,據殘元本《陽春白雪》增。

商挺左山　吕止軒①　吕侍中　楊果西庵　趙天錫　薛昂夫

以上六人,據十卷本《陽春白雪》增。

張養浩　吕濟民　周德清　鄧玉賓　查德卿　吴西逸　孫周卿　武林隱　王元鼎　阿里西瑛　衞立中　李伯瞻　趙顯宏　唐毅夫　高拭　李愛山　宋方壺　王愛山　朱庭玉　盍西村　李伯瑜　程景初　鍾嗣成醜齋　趙彦輝　杜遵禮　孫季昌　秦竹村　周文質仲彬　李致遠　童童　沙正卿　王仲元　睢景臣　曾褐夫　孛羅　吕天用　陸登善　任昱則明　姚守中　楊立齋　楊氏　趙瑩

以上四十二人,據《太平樂府》增。趙瑩一人,見何夢華舊藏鈔本。

趙善慶文寶　曹明善　王曄　陳德和　張子堅　丘士元　高克禮

以上七人,據《樂府群玉》增。

陳草庵

---

① 今校:“吕止軒”,原作“吕照軒”。今據清光緒隨盦徐氏叢書本《樂府新編陽春白雪》改。按:十卷本《樂府新編陽春白雪》載吕止軒《風入松》一首,吕侍中《六幺令》一首,而明嘉靖刻本《雍熙樂府》將這兩首作品均歸於吕止庵。故疑吕止軒、吕侍中與上文所載六十六人之吕止庵實爲一人。

以上一人，據《樂府新聲》增。

范居中　趙良弼　廖毅　李顯卿　王思順　蘇彦文　李用之　黄公望　蕭德祥　高可通

以上十人，據《録鬼簿》增，皆確言有散曲者。

方伯成　李邦祐　李文蔚　李好古　李子昌　沈和　吴昌齡　胡用和　范康　張鳴善　張碧山　貫石屏　黑老五　楊景華　王廷秀　劉庭信　蘭楚芳

以上十七人，據《詞林摘豔》增。

虞集

以上一人，據《雍熙樂府》增。

于伯淵　孔文卿　李泂溉之　李子中　狄君厚　施惠　馬彦良　班惟志彦功　康進之　薩都剌　蕭德潤　闞志學

以上十二人，據《北宫詞紀》增。

柴野愚

以上一人，據《太和正音譜》增。

滕賓　鄧學可　鮮于必仁去矜　陳克明　季子安　張子益　劉燕哥　劉伯亨

以上八人，據《北詞廣正譜》增。

王一山　王士熙[①]　史楚甫　朱經　白玉真人　李正則　伯顔　周誥　孟昉　邵元長　胡致居　耿子春　張天香妓　陳在山　盧彦威　崔雪竹　聶鏞　馮華　蘇彦文　賈伯堅　劉婆惜妓

以上二十一人，據《曲家姓字小典》增。

以上元人著有散曲者，共二百零八人。

明

朱有燉　常倫[②]　康海　王九思　王磐　楊慎　楊夫人　何瑭　李開先　梁辰魚　馮惟敏　金鑾　施紹莘[③]　劉效祖　朱應辰　陳鐸　沈仕　史磐　張鳳翼　馮夢龍　沈璟　王驥德　楊循吉　陳鶴　王澹翁　夏言　薛論道　陳繼儒　朱讓栩　李禎　瞿吉　俞琬綸　王與瑞　魏荔彤

以上三十四人，有專集，或詩、文、詞後附集，已見《書録》一節中者。

王越　王子一　王田　王子安　王子章　王文舉[④]　包應龍　丘汝晦　丘汝成　史直夫　吕景儒　谷子敬　寧齋　胡以正　恒軒　侯正夫　段顯之　徐知府　唐以初　耿子良　陳克明　張善夫　張禄　張氏　崔子一　曹孟修　朱權　湯式　楊彦華　楊景言　賈仲名　臧允中　劉東生

以上三十三人，據《詞林摘豔》增。

---

① 今校："王士熙"，原作"王十熙"。今據清乾隆武英殿刻本《元史》改。按：王士熙，字繼學，明刻本蔣一葵《堯山堂外紀》卷七二載其以《塞鴻秋》四闋贈名妓李芝儀事。

② 今校："常倫"，原作"倫常"。今據明嘉靖刻本《寫情集》改。

③ 今校："施紹莘"，原作"施紹萃"。今據明末刻本《花影集》改。

④ 今校："王文舉"，原作"王文峰"。今據明嘉靖刻本《詞林摘豔》改。

徐霖子仁　王春泉　胡賓竹

以上三人，據《雍熙樂府》增。

顧夢圭　祝希哲　劉龍山　李日華　虞竹西　張文臺　周秋汀　陸之裘　陶陶區　秦時雍　曹大章含齋　吴嶔　殷都　唐寅

以上十四人，據《南詞韻選》增。

王文昌　王寅　史沐　杜大成　吕涇野　李子昌　汪道昆　茅溱　高濂　倪民悦　孫湛　陳所聞　陳石亭　康濰川①　張五山　張伯純　張鍊　盛敏耕　黄祖儒　雲夢山人　趙南星

以上二十一人，據《北宮詞紀》增。

馮二酉　王寵　王守仁　王問　方洗馬　文徵明　史槃　皮元素　朱長卿　李如真　汪廷訥　沐石岡　周梅墟　邵寶　武陵仙史②　邢雉山③　胡汝嘉　胡文焕　范晶山　高明　高石樓　晏振之　徐惺予　孫幼如　孫百川　蘇子文　莫是龍　許然明　張茅亭　張月塢　黄參鳳　湯三江　湯東野　費勝之　程中權　喬卧泉　楊立齋　趙晉峰　鄭若庸　顧仲芳

以上四十人，據《南宮詞紀》增。内楊立齋與元人不同。

---

① 今校："康濰川"，原作"康緯川"。今據明萬曆刻本《新鐫古今大雅北宫詞記》改。按：康濰川即康海之弟康河。

② 今校："武陵仙史"，原作"武陵外史"。今據明萬曆刻本《古今大雅南宫詞紀》改。

③ 今校："邢雉山"，原作"邢雉三"。今據明萬曆刻本《古今大雅南宫詞紀》改。

錢福　吴無咎　羅欽順　顧木齋　吴載伯　杜圻山　燕仲義　薛常吉　周君建　毛蓮石　顧大典　張孺彝　李復初　梅鼎祚

以上十四人，據《詞林逸響》增。

卜世臣　王異　王厚之　方氏　沈則平　沈瓚　沈自晉　沈君善　沈自徵　范夫人　袁于令　凌濛初　陸包山　張少谷　馮延年　賀五良　董斯張　劉氏　蘄州伎①　顧應里

以上二十人，據《太霞新奏》增。

宛瑜子　朱鏡如　張叔周　楊德芳　王敬夫　沈懋學　顧起元　張解元　張景巖　馬孟河　孫子京　朱長卿　張含　沐希甫　王玉陽　王元和　沈清狂　馬綬妓

以上十八人，據《青樓韻語廣集》增。内王玉陽疑即王驥德。

王穉登　文彭　李文瀾　沈嵊　李東陽　何西來②　周幼海　秦冰澳　張伯瑜　張旭初　張熙伯　陳石坡　許彦輔　屠隆　虞交俞　駱永叔　關九思

以上十七人，據《吴騷合編》增。

虞味蔗　洗塵　景世珍　湖西主人

以上四人，據《北曲拾遺》增。

---

① 今校："蘄州伎"，原作"蘄州妓"。今據明天啓刻本《太霞新奏》改。
② 今校："何西來"，原作"何西成"。今據明崇禎刻本《吴騷合編》改。

李唐賓　黄良用　楊文奎　楊景言①

以上四人，據《北詞廣正譜》增。

趙王　王衡　王騏　王廷相　王廷陳　王世貞　王宗正　包郎郎　甘瑩　李夢陽　鎖懋堅　谷繼宗　何太華　楊一清　楊斗望　何景明　林廷玉　范甫　段炳　夏完淳　陸九疇　鄭思笠　戴梅川　陳沂　陳繼儒　許少華　楊君謙　楊維楨　董中峰　謝溱　韓苑洛　高珩　簡紹芳　顧乃大　姚小涞　扶摇②　余壬公　伍灌夫　張葦如　沈端惠女士　景翩翩　鄭雲璈　董如瑛　董貞貞　薛素素　顧長芬　呼文如（最後七人乃妓女）

以上四十七人，據《曲家姓字小典》增。

以上明人著有散曲者，共二百六十九人。

以上元明散曲作家，共著録四百七十七人，雖搜羅未備，要亦得其十之七八矣。大約兩代作者姓字，今日可考者，總在五百以上，是則可斷言者。此已録四百餘人中，凡知其名者，概用其名；字甚顯而名甚僻者，則注其字於名之下。惟就中尚難免將一人之名與字，分列爲二者，是猶待精密考訂者耳。

清代散曲家著作，既無選本，亦無紀載之專書，彙集其人頗難。須從詩文詞集後面，廣爲尋檢，非若輯元、明兩代作者，憑少數選本譜録、評論雜書，即能得其大概者也。兹姑以《清人散曲雜鈔》中所列者，移録於此，明知掛一漏萬，不足一盼，要爲博洽之士，具有同好，而有志斯道者，引其端緒而已。

許寶善　趙慶熺　謝元淮　沈謙　朱彝尊　陳維嵋　厲鶚

---

①　今校："楊景言"，原作"楊景輝"。今據清康熙文靖書院刊本《北詞廣正譜》改。

②　今校："扶摇"，原作"扶遥"。今據民國間任中敏抄本《情籟》改。

吴綺 尤侗 蔣士銓 吴錫麒 劉熙載 許光治 楊恩壽

以上十四人,有專集,或詩、文、詞後附集,已見上文《書録》一節中者。

湯傳楹 凌霄 陳棟 張景祁 沈起鳳 詹湘亭 韓朝衡 孔尚任 陳子龍 秦雲膚 周閑 魏熙元 張應昌 沈卓 毛瑩 石韞 左輔 袁崇冕 張九鉞 顧貞立 吴蘋香 孫雲鳳(最後三人爲女士)。

以上二十二人合共三十六人。

(原載《東方雜誌》第 23 卷第 7 號,第 24 卷第 5、6 號。1926 年 4 月至1927 年 3 月)

校補陽春白雪
提要弁言校例

提　要

此書乃元人散曲中第一部書，元青城楊朝英所選。除首卷之内附有當時所謂大樂——宋元人詩餘十首外，餘皆元人散曲中之小令套數；與宋趙聞禮所編之純粹宋人詞選，亦以《陽春白雪》爲名者無關也。楊氏初編此書，爲前後二集，各五卷；後又重編，不分前後集，卷數未詳：當時各有刻本，清黄丕烈俱曾藏訂。惟黄氏所得之重編者乃殘本，祇有一二兩卷；而就中已有一百十首小令爲初編所無者。兹加校補，乃以初編之前後二集爲主，而以重編殘本多出者爲補集，其事原黄氏有志欲爲而未及爲者也。惟書在當時，不過小曲唱本，初非經世大文，故兩編元刻，至今雖刀槧古勁可觀，而文字實嫌訛謬百出，展玩之餘，甚至不堪卒讀。初編十卷，曾經徐氏隨盦影刊，訛謬有增而無減；卷帙雖較流通，瀏覽更多窒礙。兹經校訂，乃遍據群書于訛謬痛加芟薙，而又字字有本，持之謹嚴，不爲一毫孟浪。前後十一卷中，雖尚有闕疑，未能盡通，要之，元人真面已十得八九。益以每曲提行，按譜斷句，眉目極清。舉元人散曲之恣肆奇詭，出神入化之技，數百年來，沉淪于榛莽蕪蔓，葛藤糾繞之中者，一旦得以開朗，使人人能讀，自屬快事，蓋又非黄氏向日之所及計者矣。補集百篇，穎俊詼詭，得未曾有，此楊氏所以重編補選，而黄氏所以屢謀增併者，海内向無流傳，得兹刊布，尤藝林之樂睹也。書之考訂編制，另有并言與校例詳之。

弁　言

讀一切古書，皆貴得宋元刊本以爲據，爲其字句精審，訛舛較少也。如讀宋詞者，能得宋槧，斯足依據，他可不顧矣。惟讀元曲者，則元刊之本，獨不能用，與其他者異。非元刊曲本之無用也，乃久于其事者用之，其用或彰，若一般讀者對之，鮮不爲其訛文脱字、省體、别寫、亂行、錯簡，迷惘而不知所歸者，一卷未終，雖欲廢書而歎矣。臧懋循點訂元劇百種，自清人葉懷庭以來，論者每覺元人其餘劇本，因是反而不傳，而傳者未必俱是真本，深致憾焉。然黄丕烈舊藏之元刊劇本三十種，今日固傳世矣，試問讀者披閱吟諷之間，覺臧刻爲便乎？抑元刊爲便乎？劇曲如是，散曲何獨不然。大概當時之曲本，入士大夫之目者，其數迥不及入販夫走卒、娼女弄人之目者多，其值欲廉，其文欲俗，而後其傳始廣。于是工省矣，字細矣，行密矣，别體訛句，無所不至矣。宋人平話小説之刻本，已坐是故，于四部諸書各種板式以外，别具一副面目；元人曲本，承訛其後，益變本而加厲焉。若《陽春白雪》、《太平樂府》、《樂府新聲》等集，今日尚有元刊可見者，固皆不免于此厄也。好事者欲流傳其書，輒付影刊影印，如此乃謂得保存其筆畫、雕鏤其古勁，其實此中亦半屬托辭耳。蓋另板重刊，别成行款，則于其書之訛文、脱字、省體、别寫，必須全加改訂，于勢甚難；若掛一漏萬，又不成體例；不如依樣葫蘆，出于影寫，是非正謬，概不負責者之爲便耳。然而讀者苦矣！而此等文字又若祇能托於模糊混沌之中以傳，永無見諸朗潔正確之望者，豈不謬乎！

楊朝英所選《陽春白雪》乃元人散曲中第一部書，《太平樂府》繼之。他如《樂府新聲》、《樂府群玉》等，作者時代，皆不可考。然大體以觀，似皆出楊氏二選之後也。元人散曲，雖爲劇曲之餘技，要爲曲藝之根本。當時朝野聲樂，莫不用之，流行極盛，造詣亦極高。高在情景逼真，詞語切至，材料極博，而意境極廣，于無意之中，力矯宋詞末流之弊，蔚成一代之絶藝，明人且未能傳，何論後世！顧藝之一時極盛者，亦每每極濫。

楊氏于此萬竅同唱之際，毅然首選是集，爲當時後世則，其功固不下于臧氏之于劇曲，而其書亦非不重于臧選矣。審其編制，首載唱論，次分大樂、小令、套數三類。于宋元詞曲歌唱之同，變遷之異，皆灼然以示後人。而所録之令與套中，除尋常題詠，無體不備外，如劉時中《上高監司》〔端正好〕套，聯曲竟至三十餘調之多，爲流傳元曲中最長之套式；其作用則絶非風月嘲弄，亦非林壑招邀，乃以散曲之體代公書，代條陳，代説帖，痛陳當時庫吏之藏私積弊，及改革之由，如何乃臻國利民福者。論其内容，有關一代民情致俗，固覺難得，即體例之新奇，篇章之壯闊，亦考據家、詞曲家尋常所不及料者。乃其文字除一載此書而外，元明曲選，紛紛十數種，未嘗一重見也。則此書所示後世以元人之藝術與思想者，其價值之高下，又豈自來之人所已經沽定者耶？

于此書版本經眼最多，而且有心董理之者，厥爲清黄丕烈氏。據黄氏此書之題跋中，知其所見，共有八本。兹綜各本之卷數，源流，與收藏家，列表如次——

甲 元刊	十卷		錢謙益、錢遵王、何元錫、黄丕烈、丁丙。今在南京圖書館。
乙 慶元刊	二卷	多寡分合，與甲不同	黄丕烈、丁丙。今在南京圖書館。
丙 元鈔	十卷	與甲同出一源	錢謙益、樸學老人、黄丕烈。今在聊城楊氏家。
丁 影元鈔	十卷	從甲出	何元錫、黄丕烈
戊 舊殘鈔	六卷	似從丁出	黄丕烈
己 舊鈔	卷數未詳	似從乙出	黄丕烈
庚 書鈔	九卷		周香巖
辛 刊本鈔本未詳	十一卷	較丁多外集一卷	袁壽楷

右八本中，刊本二，鈔本五，刊本鈔本不詳者一。黄氏于嘉慶十三年以前，最先得丁本，見辛本。十三年得乙本，見庚本。既于明年得甲本，見己本。再于嘉慶二十五年得戊本，終于道光四年得丙本。諸本題跋原文，已依黄氏紀年之序，附到卷末，其詳可按也。考諸鈔本之來源，

不出于兩種刊本。而實則恐皆出于甲本一種。至于乙，流傳極罕。黄氏跋中，雖謂己本似從乙出，而其語不詳，其事未實。余始認黄氏所謂己本即是戊本，既如戊本遠在嘉慶二十五年始構于武陵，而己本已見于十四年之題載中，决其爲兩本無疑。但己本如果從乙本出者，則乙存兩卷，豈己本適存兩卷耶？不然，其卷數究竟若干，黄氏何以獨不提及？意者黄氏謂己似從乙出者，不過懸想之辭，未經確實比較，殊不足憑耳。再則辛之較丁，多出外集一卷，亦復是一疑問。辛本之爲刊爲鈔，黄氏跋中無明文，倘果爲刊本，則此外集一卷，亦刊本歟？豈非于甲乙之外，又别有第三種刊本？黄氏跋中，紀不及此，可知必無其事。辛本殆亦鈔就，亦從甲出；至于所多之外集一卷，或即淵源于乙，亦未可知耳。於此兩點，俱嫌黄氏跋語未詳，無從考明，衹有存作疑案。至於黄氏雖獲見板本如許之多，而所從事者，不過手據丁本，補足戊之六卷而已。若以甲爲主，以乙己兩種，參補未備，以得此書之全者，則黄氏僅有其志，未曾實現。顧其書善本，聚散無常；黄氏身後，距今不及百年，僅甲、乙、丙三種知其尚存人間，餘悉不詳所在矣。清末徐積餘氏曾影寫甲種付刊，此書今日得以流布者，賴有此耳。然而甲之訛謬百出，不堪誦籀，已如上言；乙之較多者究有若干，亦自來無人省及。夫黄氏生平，獲睹板本八種，不幸而有志弗遂，未曾遍事校讐，此書之訛謬，乃終無以盡解。今日主要之元刊兩種，猶巍然並存于一地，設若干年後，又不幸而遷變者，則黄氏所志，將永無以見，而楊氏于此書中所遺吾人以元人藝術與思想者，將惟徐氏新刊之是托，模糊混沌，簡約不全以終矣，是果學者之所願歟？

且元刊十卷本，雖編製整齊，首尾完備，吾人實不待見殘元刊二卷，而已知其非全書也。何以見之？曰有兩點：一爲貫雲石序此書，謂陽氏選詞百家，今十卷中，共見五十三人。衹及半數，使其書已全者，序文不當誇而倍之也。一爲周德清序《中原音韻》，引《陽春白雪》〔得勝令〕"花影壓重簷"一首，十卷本不載，使其書已全者，更不當有此失也。及見殘刊二卷以後，則所謂〔得勝令〕者，固赫然在，所謂百家者，雖仍不足，而總計已八十五人矣。此較多之三十二人中，如崔彧、李秋谷、史知妙、左敬之、趙文一、楊君擇、冀子奇七人，皆他處絶未見及者，雖明寧王權《太和正音譜》前，曾博採元代諸選所登之作家，亦無七人之名。可見殘刊二卷，當明之初年，以寧王之尊，搜羅之富，亦未獲睹，遑論後世！遑論他人！遑論此刊之全書乎！此二卷中，爲十卷本所無者，計小令七調，百十一首。就中除張可久二十七首，已有陸氏專集流傳，另七首他書亦曾登載外，其餘七十餘首元人之曲，直賴此惟一之孤本，幸儔于今日，此外無一毫之假借矣。而張可久之《北曲聯樂府集》，余嘗增補至七百五十餘首之多，編所謂二十七首中之〔得勝令〕一首，仍在未補之列，可見元人極不經見之作，亦已由兹兩卷，遺享後世。所惜者，彼較多之三十二人之作，猶在兩卷以後若干卷中，吾人終無福快睹耳。黄氏跋曰："就此二卷，已多妙處，况全本乎？"又曰："倘後來獲見此元刻之全本，審定卷數分合之所由來，鈔補後集文句之所未備，不更然怡然涣然乎？"讀者若于其書之内容，未經詳密考證者，蓋猶不能篤信黄氏此言之論而且切，並覺其言外之所憾者實深，而所望者實厚也。

兹加校補，補則猶是黄氏之旨，殘刊二卷以内者無所遺，二卷以外者未能益，校惟其諸鈔本已無從訪求，而聊城楊氏所藏者亦無由寓目，若僅據兩種刊本，則黄氏之所際遇者毋乃太狹，因改而謀諸元明以來之曲選雜書二十餘種，綜計全帙無他本可以校勘者，僅套數中十之一二耳。校訂情形，另具條例。大概以顯著元人本來面目爲主，其分明爲明以後人所改竄者，亦備録之。此種多見于《雍熙樂府》中，不但在本書字句，可以借資比較，學者於此，且可窺得元曲明曲間，風格氣味之變遷焉。至于不能通解之字句，業經指明者，已有三十處。其忽略未經意，及在余已百思不解，而在讀者或能一觸而得者，必亦不少。淺陋之譏，所不敢辭；别逢異本，增訂盡善，則猶俟異日耳。憶自十年春日，寓清源山次鉢山精舍之旁，校録兩種刊本以來，稿存篋衍，已閲五歲，而余於散曲之業，仍鍥而未舍。年來國事日亟，同學少年，都謀遠大，獨余綴拾叢殘，搜討鄙舊，不忍棄垂卒之業，而暫改其趣。邇日蜩螗騷繹，益駴世途，乃蜷居小樓，賡續舊稿。含毫未拋，案食常冷；停燈深夜，至午不輟。行篋藏書，有所未備，則買車吴門，訪假師友。或以時艱道阻，不如緩圖爲勸者，笑不顧也。蓋世運尚難，生太吾短，一時興至，不忍過拂耳，人我輕重，又何計焉？十六年三月，二北書于海上寶昌寓廬之能正室。

校　例

一　本書以元刊之前後集十卷本爲主，以殘元刊三卷本補之。除殘元本外，並採元明以來之曲集、曲選、曲譜、曲韻、詞集、筆記等廿餘種校訂之。

一　原書前後集各五卷。後集一卷以上爲小令，二卷以下爲套數，茲保存其本來面目。所補者衹有小令，另爲補集一卷，列原書之後，不相弄混。

一　原書已成之體例，悉予保存；其有混亂者，悉爲釐正。如前集二卷之末，忽列庾吉甫〔黄鶯兒〕二套，非成例也；茲爲移在後集五卷之末。他如作家之概俱姓字；所作若爲小令，其下之必繫段數；題目之多在詞下；二曲帶過者中間之必空格；套數於大字總調名後，第一套前之必另標小字調名；第二套以下之必作"又"字等：皆成例也。其有字而不姓，或段數脱落，或改稱幾首，或詞前繫題，或題作黑地白文，或二曲連貫，或脱小字調名，及"又"字者，皆非例也，爲一一改訂。

一　於原書爲偶然之情形，而確有訂成體例之必要者，即爲增訂之，如每卷之前必標明"小令"或"套數"，小令每段畢必另行，幺篇换頭則僅空一格，而不寫出"幺"字，套數每調畢必另行等，皆是。

一　原書絶無，茲以爲必要而增入者，爲全書按譜斟酌斷句是。

一　原書調名錯誤者正之。如前集五卷末，姚牧庵之〔普天樂〕，原列同卷〔滿庭芳〕内，後集五卷〔夜行船〕詠堂蓮套，原列爲〔風入松〕等是。套數中調名偶誤者亦正之。如後集四卷〔斗鵪鶉〕"玉笛愁聞"套内之〔醉扶歸〕，原作〔醉中天〕等是。

一　原書作者之姓字，他本有與歧異，或足參考者，概入校本。稱字之外，有名可考者，于目録中見之。

一　原書題目，他本有與歧異者，大抵後人所擬，且皆淺近，無關考據，校文内概從略。

一　原書字句多脱誤顛倒之處，兹經增改更動，第一必爲非改動不可者；第二必有本書或他書他本可據者；第三必力求原書之本來。如後集二卷，鮮于伯機之〔八聲甘州〕末句，時"聽戍鼓䪞䪞"，"䪞"原作"䣭"，字書韻書皆無之，是非改不可也，因據《太和正音譜》改爲"䪞"。《雍熙樂府》等書作"逢"，亦是；但"䣭"、"逢"字形相去尚遠，不若"䣭"、"䪞"相去之近，改"逢"必非原書本來，原書必由"䪞"而誤"䣭"也。又如後集一卷吕止庵〔後庭花〕次段末二句，"經年佳醖，陶陶入醉鄉"，《雍熙樂府》改"醖"爲"釀"以叶韻，但〔後庭花〕此句可以不叶，有其餘一、三、六七諸段可證，故不改。

一　以上各項，凡經增改更動者，其原書本來如何，概于校文内注明。别本異文，凡可供參考者，亦概入校文。

一　原書字體，凡作行草，或别體，或省文，而實非其正者，概不保存。即曲中習慣借用之字，並無意義者，如"只"之借"則"，"提"之借"題"等，亦爲改過。惟校文内概不贅及。

一　凡明知脱誤，不能校訂，或已校訂，意猶未足者，概注明"待校"。其未經改動，而有所揣測者，則作"疑是某某"。

（原載《國立中山大學語言歷史研究所周刊》4卷37期，1928年7月）

詞曲合併研究概論①

江都任二北先生中敏，精研詞曲，海内無兩。曩在揚州，曾從受業。此作係先生教授廣州中山大學時之講稿，爰請諸先生以一部分載入本刊，用惠詞林。此作備極精密周至，讀者獲益當不淺也。

十八年，十二月，六日，編者　旭光謹識。

一　概　説

詞曲研究法者，詞學與曲學之研究法也。普通從事詞曲之人，大都學作詞曲之文字而已，其爲業也，先揣摩前人之作，以得其精神，再遵守一定之譜，以全其形式，則詞曲既成，而研究之事既畢矣，無多所謂學，亦無多所謂法也。乃間有品藻前人，孰爲正變，孰得源流，而立詞説，定選本者；或考證掌故，掇拾見聞，而爲詞話，編傳略者；或詳聲音之分合，以正韻部者；或辨平仄之是非，以修普式者；或校録舊文，蒐羅佚著，而刻總集别集者；斯專於此道，致力較多，可與言學與法矣，顧又難期望一般學者爲如此也。

且調樂久亡，詩餘固早限於文字，而曲音未泯，文人亦僅工於案頭；

① 1929年刊登于《清華週刊》的《詞曲合併研究概論》與同年發表於《新民半月刊》的《詞曲合併研究》内容完全相同，故本册僅收録《詞曲合併研究概論》一種，而將《詞曲合併研究》用於對勘。又，《清華週刊》所刊本文中錯字較多，凡明顯爲形近而誤的錯字，均逕改，不出校記。

於是詞林已狹而愈拘，曲苑雖宏而多廢，曰“習詞曲”，且未知個中包孕，廣幅何似，其所習者，不能有法而成學，又烏足怪耶？

抑又一弊：詞曲同爲合樂之聲文，同有由詩由詞蜕化遞變之歷史，體調則小部分相同，大部分相類——二者關係之密切，殆難縷盡。所以藝文目録，詞曲自來同部居；文學門類，詞曲自來相聯合；劉熙載融齋曰：“未有曲時，詞即是曲，既有曲時，曲可悟詞。”誠非附會之説也。乃一般詞家，絶口不談曲字，拒之惟恐不遠，蓋睨彼之卑，訪其褻己之高也；而一般曲家，於一部傳奇之中，家門、引子，衹知在在有需於詞，而詞之所以爲詞終亦置而不究。夫研究詞曲者之不聯絡如此，無怪乎自來曲家都不工詞，而詞家都不工曲也。至於詞中所有一切根本曲題，重大事業，從不克盡相輔而進之功，兼收相得益彰之效，以底於有法成學之域者，抑又何足怪耶？

詞曲皆美文；研究詞曲乃審美之事；審美多憑主觀。古人本其主觀，以研究所得示今人；他人本其主觀，以研究所得示吾人。但今人吾人亦自有其主觀，且未必與古人他人盡合。吾人之研究詞曲，若必憑於古人他人之所示，則根本之法非，而所審得之美浮矣。且於詞曲之真美，若不能自己體會而得，而徒震於古今大詞曲家之名，拾其唾餘，得一支離破碎之詞曲知識而已，亦非所望於大學學者之專意從事於此道者也。

故研究詞曲，正與研究其他學問同，亦貴盡得前人研究之材料，自我一一認識真切，自爲探討，自得結果。導之者與其歷舉前人研究之結果，納諸學者腦中，曰“詞學也如此，曲學也如彼”，則毋寧標其研究之法，指示材料之所在，整理之所由，門徑之所向，步驟之所歸，恢宏其範圍，而貫通其腠理，使學者由是而自得一完全之詞學與曲學，是述兹篇之旨與責也。

二　重要書目（凡尤要而購求較易者著○以别之）

（甲）總集　包含别集之彙刻與叢書，非普通選本之所謂總集也。

詞

◯(一) 全唐詞　全唐詩後
◯(二) 宋六十名家詞①　明毛晉
(三) 四印齋所刻詞②　清王鵬運
(四) 宋元名家詞　清江標
(五) 雙照樓刻詞　近人吴昌綬
◯(六) 彊村叢書③　近人朱祖謀
(七) 詞苑英華　明毛晉
(八) 詞學全書　清查繼超④
◯(九) 詞學叢書　清秦恩復
(十) 詞話叢鈔　近人王文濡

曲

◯(十一) 元曲選　明臧晉叔
◯(十二) 古今雜劇三十種　清黄丕烈藏訂
◯(十三) 六十種曲　明毛晉
(十四) 盛明雜劇　明沈泰
◯(十五) 暖紅室彙刻傳奇　近人劉世珩
◯(十六) 奢摩他室曲叢　近人吴梅
(十七) 讀曲叢刊　近人董康
◯(十八) 曲苑　近人陳乃乾

---

① 今校:"宋六十名家詞",原作"宋六十一家詞"。今據清光緒刻本《書目答問》改。

② 今校:"四印齋所刻詞",原作"四印齋刻詞"。今據清光緒十四年四印齋刻本《四印齋所刻詞》改。

③ 今校:"彊村叢書",原作"疆村叢書"。今據民國六年刻本《彊村叢書》改。

④ 今校:"查繼超"原作"毛先舒"。今據清乾隆武英殿刻本《四庫全書總目》改。

(乙)選集

詞

花間集　後蜀趙崇祚　(三)(五)有
尊前集　宋人　(六)(七)有
草堂詩餘　宋人　(三)(五)有
樂府雅詞　宋曾慥　(九)有
陽春白雪　宋趙聞禮　(九)有
◯花庵詞選　宋黄昇　(七)有
◯絶妙好詞　宋周密　清厲鶚箋
梅苑　宋黄大輿
樂府補題　宋王沂孫　(六)有
中州樂府　金元好問　(五)(六)有
花草粹編　明陳耀文
詞統　明卓人月
草堂詩餘四集　清沈際飛①
◯歷代詩餘　清沈辰垣等
◯詞綜　清朱彝尊
明詞綜　清王昶
國朝詞綜　清王昶
國朝詞綜續編　清黄燮清
詞綜補遺②　清陶梁,亦作陶梟
國朝詞綜補③　清丁紹儀
◯詞選　清張惠言
續詞選　清董毅

---

① 今校:“沈際飛”,原作“沈雄”。今據民國本《八千卷樓書目》改。
② 今校:“詞綜補遺”,原作“詞綜補”。今據清道光刻本《詞綜補遺》改。
③ 今校:“國朝詞綜補”,原作“詞綜補”。今據稿本《國朝詞綜補》改。

○詞辨　清周濟

宋四家詞選　清周濟

宋七家詞選　清戈載

唐五代詞選　清成肇麐

○宋六十一家詞選　近人馮煦

○宋詞三百首　近人朱祖謀

曲

陽春白雪　元楊朝英

○太平樂府　元楊朝英

樂府群玉　元人

樂府新聲　元人

詞林摘豔　明張禄　(十六)有

○雍熙樂府　明郭勛

南詞韻選　明沈璟　(十六)有

○南北宮詞紀　明陳所聞

詞林逸響　明許宇　(十六)有

太霞新奏　明顧曲散人　(十六)有

吴騷合編　明張旭初　(十六)没

○古今名劇選　近人吴梅

○百嘉室曲選　近人吴梅

(丙)别集

詞

○金匳集　唐温庭筠　(六)有

○南唐二主詞　中主後主　近人劉繼增箋

陽春集　南唐馮延巳　(三)有

○珠玉詞　宋晏殊　(二)有
○小山詞　宋晏幾道　(二)(六)有
○六一詞　宋歐陽修　(二)(五)(六)有
張子野詞　宋張先　(六)有
樂章集　宋柳永　(二)(六)有
○東坡詞　宋蘇軾　(二)(三)(六)有
○淮海詞　宋秦觀　(二)(六)有
片玉詞　宋周邦彦　(二)(三)(五)(六)有
東山寓聲樂府　宋賀鑄　(三)(六)有
稼軒詞　宋辛棄疾　(二)(六)有
○白石道人歌曲　宋姜夔　(二)(三)(六)有
○梅溪詞　宋史達祖　(二)(三)有
竹屋癡語　宋高觀國　(二)(六)有
○夢窗詞　宋吴文英　(二)(六)有
日湖漁唱　宋陳允平　(六)(九)有
○蘋洲漁笛譜　宋周密　(六)有
○花外集　宋王沂孫　(三)有
○山中白雲詞　宋張炎　(三)(六)有
○漱玉集　宋李清照　(三)有
遺山樂府　金元好問　(六)有
蜕巖詞　元張翥　(六)有
梅村詞　清吴偉業
○飲水詞　清納蘭成德
○曝書亭詞　清朱彝尊
○迦陵詞　清陳維崧
○樊榭詞　清厲鶚
小眠齋詞　清史承謙
媕雅堂詞　清趙文哲
茗柯詞　清張惠言
○水雲樓詞　清蔣春霖

復堂詞　清譚獻
〇半塘定稿　清王鵬運
雲起軒詞　清文廷式
樵風樂府　清鄭文焯
香宋詞　近人趙熙
鶩音集　近人朱祖謀、况周頤

曲

〇喬夢符小令　元喬吉　（十六）有
〇張小山北曲聯樂府　元張可久
沜東樂府①　明康海
碧山樂府　明王九思　（十六）有
寫情集　明常倫　（十六）有
〇王西樓先生樂府　明王磐　（十六）有
〇海浮山堂詞稿　明馮惟敏　（十六）有
〇蕭爽齋樂府　明金鑾
江東白苧　明梁辰魚　（十五）（十八）有
〇花影集　明施紹莘
唾窗絨　明沈仕
方諸館樂府　明王驥德
〇葉兒樂府　清朱彝尊　（十六）有
自怡軒樂府　清許寶善
〇香消酒醒曲②　清趙慶熹
江山風月譜散曲　清許光治

---

① 今校："沜東樂府"，原作"況東樂府"。今據明嘉靖三年刻本《沜東樂府》改。

② 今校："香消酒醒曲"，原作"香消酒醒曲"。今據清光緒刻本《香消酒醒曲》改。

以上散曲

〇董西厢　金董解元

以上諸宫調

〇西厢記　元王實甫、關漢卿　(十五)(十六)有

〇望江亭　元關漢卿　(十一)有

〇東堂老　元秦簡夫　(十一)有

〇梧桐雨　元白樸　(十一)有

〇范張雞黍　元宫大用　(十一)有

〇黄粱夢　元馬致遠　(十一)有

〇岳陽樓　元馬致遠　(十一)有

〇王粲登樓　元鄭德輝　(十一)有

貨郎旦　元明人　(十一)有

蕭淑蘭　明賈仲名　(十一)有

誤入桃源　明王子一　(十一)有

天香圃　明朱有燉

蘭紅葉　明朱有燉

義勇辭金　明朱有燉　(十六)有

曲江池　明朱有燉　(十六)有

繼母大賢　明朱有燉　(十六)有

遊春記　明王九思　(十六)有

中山狼　明王九思　(十六)有

中山狼　明康海　(十四)有

〇四聲猿　明徐渭　(十四)(十五)(十六)有

紅綫女　明梁辰魚　(四)有

洛水悲　明汪道崑　(十四)有

昭君出塞　明陳與郊　(十四)有

文姬入塞　明陳與郊　(十四)有

崑崙奴　明梅鼎祚　(十四)有

鞭歌伎　明沈自徵　(十四)有

簪花髻　明沈自徵　(十四)有

灞亭秋 明沈自徵 (十四)有
一文錢 明徐復祚 (十四)
鴛鴦夢 明葉小紈 (十四)有
◯通天臺 清吴偉業 (十五)(十六)有
◯臨春閣 清吴偉業 (十五)(十六)有
◯讀離騷 清尤侗 (十六)有
弔琵琶 清尤侗 (十六)有
龍舟會 清王夫之
浮西施 清徐石麒 (十六)有
買花錢 清徐石麒 (十六)有
大轉輪 清徐石麒 (十六)有
四絃秋 清蔣士銓
◯吟風閣雜劇 清楊潮觀
瓶笙館修簫譜 清舒位
以上雜劇
琵琶記 元高明 (十三)(十五)(十六)有
幽閨記 元施惠 (十三)(十五)(十六)有
香囊記 明邵宏志 (十三)有
◯荆釵記 明朱權 (十三)(十五)(十六)有
金印記 明蘇復之 (十五)(十六)有
◯浣紗記 明梁辰魚 (十三)有
玉合記 明梅鼎祚 (十三)(十六)有
紅拂記 明張鳳翼 (十三)(十五)(十六)有
◯紅梨記 明徐復祚 (十三)(十六)有
◯還魂記 明湯顯祖 (十三)(十五)(十六)有
紫釵記 明湯顯祖 (十三)(十四)(十五)有
邯鄲夢 明湯顯祖 (十三)(十六)有
南柯記 明湯顯祖 (十三)(十五)(十六)有
紫簫記 明湯顯祖 (十三)(十六)有
◯明珠記 明陸采 (十三)

南西厢　明陸采
○玉玦記　明鄭若庸　(十三)有
種玉記　明汪廷訥　(十三)(十六)有
紅梅記　明周朝俊　(十六)有
曇花記　明屠隆　(十三)(十六)有
蕉帕記　明單本　(十三)有
玉簪記　明高濂　(十二)
○東郭記　明孫仁孺　(十三)(十六)有
○燕子箋　明阮大鋮　(十五)(十六)有
○緑牡丹　明吴炳　(十五)(十六)有
情郵記　明吴炳　(十五)(十六)有
○桃花扇　清孔尚任　(十五)(十六)有
○長生殿　清洪昇　(十五)(十六)有
○臨川夢　清蔣士銓
帝女花　清黄燮清
桃溪雪　清黄燮清
以上傳奇

(丁)評紀

詞

○詞源　宋張炎　(九)有
作詞五要　宋楊纘　附詞源後
樂府指迷　宋沈義父　(三)有
碧雞漫志　宋王灼
浩然齋雅談下卷　宋周密
詞旨　元陸輔之　(三)有
詞品　明楊慎
詞評　明王世貞　與曲藻合刻

渚山堂詞話　明陳霆

古今詞話　清沈雄

柳塘詞話　清沈雄　(十)有

○歷代詞話　清沈辰垣等　附歷代詩餘後

○歷代詞人姓氏録　清沈辰垣等　附歷代詩餘後

詞衷　清鄒祗謨　(十)有

花草蒙拾　清王士禎　(十)有

詞荃　清賀裳　(十)有

詞繹　清劉體仁　(十)有

○詞苑叢談　清徐釚

詞林紀事　清張宗橚①

○西河詞話　清毛奇齡

窺詞管見　清李漁

詞名集解　清汪汲

○詞麈　清方成培

○詞曲概　清劉熙載　(十)有

樂府餘論　清宋翔鳳　(十)有

詞逕　清孫麟趾　(十)有

填詞淺説　清謝元淮　附碎金詞譜前

○論詞雜著　清周濟　附詞辨後

詞學集成　清江順詒

靈芬館詞話　清郭麐

蓮子居詞話　清吴衡照

詞綜偶評②　清許昂霄

芬陀利室詞話　清蔣敦復　(十)有

---

① 今校:"張宗橚",原作"張橚"。今據清乾隆刻本《詞林紀事》改。

② 今校:"詞綜偶評",原作"初白庵詞評"。按,此書附於張載華《初白庵詩評》之後,本非一書,作者亦不同。今據清同治刻本莫友芝《宋元舊本書經眼録》改。

　爰園詞話　明俞彦[①]　(十)有
〇賭棋山莊詞話　清謝章鋌
　聽秋聲館詞話　清丁紹儀
〇白雨齋詞話　清陳廷焯
　詞源斠律　清鄭文焯
　人間詞話　近人王國維
　宋大曲考　近人王國維
〇蕙風詞話　近人況周頤
〇詞史　近人劉毓盤

曲

〇録鬼簿　元鐘嗣成　(十五)(十七)有
　唱論　元芝庵　附陽春白雪前
〇南詞敘録　明徐渭　(十七)(十八)有
　曲律　明魏良輔　(十七)(十八)有
〇曲律　明王驥德　(十七)有
　曲藻　明王世貞　與詞評合刻
　曲論　明何良俊、徐復祚
　度曲須知　明沈寵綏
　絃索辨訛　明沈寵綏
　製曲枝語　明黄周星
〇顧曲雜言　明沈德符　(十七)(十八)有
　衡曲麈談　明騷隱居士　(十七)(十八)有
　曲品　明吕天成　(十五)(十八)有
　傳奇品　明高奕　(十五)(十八)有
〇閑情偶寄　清李漁

① 今校:"明",原作"清"。按俞彦爲明萬曆辛丑進士。今據中華書局點校本《明史》改。

韻白　清毛先舒　亦作南曲入聲客問　清毛先舒
劇説　清焦循　(十七)(十八)有
雨村曲話　清李調元　(十八)有
雨村劇話　清李調元
藤花亭曲話①　清梁廷枏　(十八)有
北涇草堂曲論　清陳棟
詞餘叢話　清楊恩壽
樂府傳聲　清徐大椿
傳奇彙考　清人
○宋元戲曲史　近人王國維
○曲録　近人王國維
録曲餘談　近人王國維
○顧曲麈談　近人吴梅
霜厓曲話　近人吴梅
○曲海一勺　近人姚華
菉猗室曲話　近人姚華
○曲律易知　近人許之衡
○螾廬曲談　近人王季烈　附集成曲譜前

(戊)譜

詞

欽定詞譜　清王奕清等
○詞律　清萬樹　杜文瀾校正
白香詞譜　清舒夢蘭　近人陳小蝶考正
自怡軒詞譜　清許寶善

① 今校:“藤花亭曲話”,原作“藤花館曲説”。今據清道光刻本《藤花亭十種》改。

碎金詞譜　清謝元淮

曲

太和正音譜　明朱權
南曲譜　明沈璟
南詞新譜　明沈自晉
○北詞廣正譜　清李玉
○南詞定律　清吕士雄等
南北九宫大成譜　清周祥鈺等
欽定曲譜　清王奕清等
納書楹曲譜　清葉堂
○集成曲譜　近人王季烈、劉鳳叔

（己）韻

詞

○詞林正韻　清戈載　（三）有

曲

○中原音韻　元周德清
中州全韻　明范善溱
○韻學驪珠　清沈乘麐

此目所列，雖仍簡約，然已足供研究詞曲全部文學者之參覽，而非僅與尋常學填詞製曲者採用也。故凡研究所需，專門材料所在，概舉其要。若祇求拈調倚聲，成篇已足，他皆非其所望者，則視此目，反多嫌其不要矣。

目中所列諸書，大抵皆今日尚有板刻傳流者。其但知名目，未見原書，或板本久絶，無從尋訪者，雖揣知其重要，與所列者相埒，甚或過之，亦姑從闕略，不事張皇。

元人雜劇，傳世者百十八本（《西厢》五本，見於《元曲選》者九十四本，餘則見於《古今雜劇三十種》者十七本，别見於明殘本總集者二本——羅本之《風雲會》、楊梓之《豫讓吞炭》）。當另具精選詳目。此目内别集部分所列，姑從《古今名劇選》引關、白、馬、鄭、宫、秦六家之所作，才十本耳。

别集部分所列其他雜劇及傳奇，依據《百嘉室曲選》。

評紀部分，所列略繁，蓋以其爲前人研究之結果或經驗，與所以指示研究材料之所在者，説無精粗，正反皆可取義，藉資參證，不厭其繁也。其較爲瑣屑者，已經削棄，兹所舉示，並非其全也。

詞韻部分，所以特簡者，因戈氏一書，卷後列韻，卷前具説，前人詞韻之研究，至戈氏已集其成，其韻或疏，其説已詳也。故學者倘有志於此，欲尋考舊籍，或欲省舊籍名目，則上自宋時應制之韻，下至《緑漪亭韻》，中間各種書名，及其正變得失，從戈所指，探索不難，此一目中，更無需再據戈書，擇其所引，一味侈陳矣。

三　合併研究——論合併之必要

研究詞曲之道，大别之，有合併研究與分别研究兩種，兩種方法兼至，研究之事斯畢也。兹於二者，次第陳述，而覺合併研究較爲根本，故先之。

詞曲不能合併研究，爲自來詞曲家之通病積弊，前於概説中已略及之矣。推其故：一則由于詞易爲曲，文字解放，形式雖同爲長短句，而精神則一深一廣，一縱一横，一入一出，截然二物，不能相容，嗜好有所專屬者，難强其同研共習；再則由於曲之發生，不久即演爲戲劇，作用著於社會，視其時之詞，僅共個人陶寫者，廣狹懸殊，其用不同，習者就用而爲功，用曲者遂不用詞；三則由于曲樂甫興，詞樂遽亡，二者本來同爲合樂之韻文，占有同樣地位，而不久即覺一枯一榮、一寂一響，人情之欲藉聲音宣發者，又多挽曲而絶詞，遂擯詞出聲樂之域，而僅列之於文事；四則由於後來詞家，忽然不甘小道之稱，托風騷比興之説，以尊其體，而曲則依然故我，未經同樣推崇（至近人姚華，著《曲海一勺》，始以常州詞派之尊詞者尊曲：特姚氏尊曲，瞻翔而能徵實，絶非張惠言等尊詞，一味空浮者可比），相形之餘，詞家遂不屑兼治曲矣。

夫詞曲同爲樂府，上繼聲詩，下承亂彈小曲，體性先屬一致，即文學精神，亦各有擅長，未容輕定高下，是在通人，無不省識。而在古今樂府之中，二者發生時代相續，形式長短一途，可謂關係最密切者，凡具常識，又孰不能辨别？至於古人於詞曲二字之如何互用，自來有詞曲二事之如何並舉（大抵詞以言文，而曲以言聲；詞即曲之詞，曲即詞之曲，特各稱其一，即以概其餘之一，二者實鮮分離獨立之時也。此事極爲平常，有不待劉氏《詞曲概》中，引《左襄》二十九年《正義》之文，“聲隨辭變，曲盡更歌”等等，方能證明詞曲之合一，亦不僅宋氏《樂府餘論》中所引諸説，祇證明宋元之間，詞曲不分也），種種考證理解，原非兹言研究法者，所當泛涉，特既欲言合併研究之法，則不可不先知其必需合併研究之故，兹姑就其效用方面，舉以下之犖犖大者二焉——

（甲）詞與曲合併研究，乃得詞之用。學問專而後精，但有時亦因專而後狹；精者其用宏，狹則其用少。文學之爲用，雖深而且遠，乃惟其遠也，遂感其微而不著；甚且每每一種文學，除知作者藉之可以陶性情，舒暢胸臆，即杳不知其用究何在。詞曲在文學中，更久爲前人目爲體卑逕仄，氣弱聲靡者；自曲體托於戲劇，顯然與世道人心有關，而後學者始不能貌爲無用之物，但詞則似乎終難以言其用也。雖然，雜劇之制，並非創獲於金元，而實始于宋之舞隊；當時隊童口内所歌，固詞中之《調笑令》之流，並非另有歌調也。又宋時官本雜劇，用尋常詞調者有三十本，其目俱見于《武林舊事》一書中；《西廂》故事，宋時之趙德麟，先即以詞調《蝶戀花》詠其情節，且起接引敘，儼然後世雜劇傳奇之演故事，不過具體而微耳。是可知詞曲間之蜕化，不獨曲中小令，當于詞中令、近、引、慢，曲中套數，當於詞中大曲、賺詞，即曲中之雜劇、傳奇，在詞中亦自有其相當之體，雖其間之形式或疏密有間，而脉絡固一系相承，此當非附會之談，但曾考宋元兩代戲曲之史者，皆信之也。换言之，曲之爲用，著於戲劇，而戲劇之濫觴，實在於詞，詞至今日，誠無非嘲風弄月，感時傷世，一人之言，一人之感居多，而詞在昔時，固曾做到與今日之戲曲同一作用，其言事，並非僅涉一人也。若見聞僅囿於今日之詞，曰詞絶無用，是非通於此道者矣。夫愈見後世之曲用，即愈知詞在昔日之用，詞用既易因曲用而互見，則曲如果分究，詞則不將愈晦乎？此原以詞曲一事，在文學中，體即已合，而門既已專，學者正不容從中再事分畫，迎彼拒此，以致所執反爲不完，因益狹其途徑，而益昧其精神也。

顧詞家聞此言，必作色而不快曰："詞爲詩餘，詞由詩成；曲之用乃曲之用。吾人論詞之用，自可上攀《風》《騷》，奚爲降而假道於詞乎？"噫！爲是言者，是誠弊于詞曲未曾合併研究，而且太不知曲者也。夫文學之用，大在感化，但散文僅自有其散文之感化能力，韻文僅自有其韻文感化能力，惟戲曲則兼而有之，蓋一本劇文之中，曲爲韻文，而又自爲散文也。美術之用，大在感化，音樂感人自耳，舞蹈感人自目，而文學感人自心，惟戲曲則又兼而有之，蓋曲詞爲文學，而歌與舞則兼羅其他美術之用也。——由是以言，一切文學之中感化力，蓋莫過於戲曲：論詩文之用，尚且當以能如戲曲爲極軌，又何論詩文以降，區區之詞乎？且詞與曲同爲合樂之文，尋常單詞，雖較鮮舞容，但已能推廣於字句聲韻之諧美之外，而侵入於音樂之域，其用固已高出一般詩賦等等韻文之上矣，《風》《騷》與詞較，固不如也，論詞之用，又奚爲降而假道於不如詞之《風》與《騷》耶！宋時詞樂正著，論者之以詞比附《風》《騷》，絶不如後世之甚，後世詞樂云亡，詞用已晦，詞人徒以不甘小道之嗤，遂百端謀所以推尊詞體，覺含附《風》《騷》，極言比興之外，别無其由。於是一面附會名篇，揣摩内藴（如張惠言之解釋温韋〔菩薩蠻〕詞），一面摹仿寄托，無病呻吟；一面擯斥曲體，而耻與爲伍。自後學者，爲此種風氣所囿，詞之爲詞乃淪于模糊混沌之中，終莫究悉其真像。而詞體因此謬尊，轉落虚僞，反爲卑降矣，可勝慨哉！故論斷文學之體者，必曰"詩"，曰"詞曲"，必不容曰"詩詞"，曰"曲"；蓋詩與詞曲，分明以純粹不合樂、純粹合樂爲類歸，而詞與曲二者，必不容不合併研究也。

（乙）曲與詞合併研究，乃得曲之體。曲爲後起之體，論其用，雖因文而衍聲，因聲而致容，粲然大備，爲詞所不及。但論其體，則宫調、牌名、聯套數、演故事等等，固無一不種遠因於詞，無一不具芻形於詞，無一不從詞中轉變增衍而出——王氏《宋元戲曲史》一書，考之既已詳矣。學者倘僅知有詞而不知有曲，不將疑元人劇曲，無往而非爲元人之所獨創乎？又欲明元人之所獨創者，究有若干，不先剔除因襲於詞者若干，而後乃可以顯乎？且觀五代詞中，雖大都藻采蕃豔，承唐末之風，但如後主等作，亦竟有重用語體白描者；推此應用句調之長短，而遞與語言相合拍，又寥寥短章，氣勢不疲于敷衍之情形，不幾幾與元初曲中小令，同一機軸歟？而不意繼五代詞之後者，越一北宋詞之清俊閑雅，即爲南宋詞之鋪張典重也。南宋詞音節之柔曼，分明與明時南曲接近，乃二者之間，相距尚三百餘年，而爲南宋詞繼承銜接者，竟爲高亢澈越之元代北曲也。此中轉變關鍵，誠然無他，全在一執政民族之更替耳；倘使蒙古人早興三百年，而宋元先後易代，則由五代詞變爲北曲，正有曲徑可通，而詞曲之亡將愈早；倘使趙宋不亡於異族，而亡於朱明，則南宋詞轉爲南曲，於勢爲一反掌間，易之甚也，而詞樂必不遽亡，曲樂將益無多獨創之處矣。夫北曲體調，多由一般詞中脱來，而體格之多合語言，意有五代詞之一種與之相近；南曲體調，多由北曲脱來，而體格則獨近於南宋之詞。如是，究曲者捨與詞之一一比勘，而欲就曲言曲，即謂能得曲體之真者，可乎？

以上就詞曲間歷史之關係，與組織之關係看來，覺二者同爲合樂之文學，而用著於曲，體先於詞，相互以觀，發明斯易，從可知合併研究之必要矣。兹即因此端緒，先得有合併研究中必要之方法四焉：列體、辨體、計調、辨調是也，爲一一述之如次。

四 列體——《詞曲備體》

列體之意，謂將詞曲中由簡至繁，一切體式，羅而列之也。每體先標一名，次説明其形式、精神、來源、變遷、創始之人、盛行之時，而終舉一例。如此各體説明完備，無所遺漏，乃成《詞曲備體》一書矣。兹將詞曲各體，大略列表如後——

- 詞
  - 尋常散詞
    - 令…引…近…慢…摘遍…序子
    - 單調…雙調…三疊…四疊…疊韻
    - 不換頭…換頭…雙拽頭
    - 原調…犯調…集調
    - 攤破…促拍…減字…偷聲
  - 聯章者
    - 一題聯章…分題聯章
    - 演故事者—每詞演一事者…多詞演一事者
  - 大遍—法曲…大曲…曲破
  - 成套者—鼓吹…諸宮調…賺詞
  - 雜劇詞—用尋常詞調者…用法曲者—用大曲者…用諸宮調者

- 曲
  - 小令
    - 尋常小令…摘調
    - 重頭…一題者…分題者
    - 帶過曲…北帶北…南帶南…北南兼帶
    - 集曲…南集曲…北集曲…兼集尾聲者
    - 演故事者…同調重頭…異調間列
  - 套數
    - 尋常散套—南北分套…南北合套
    - 重頭加尾聲
    - 無尾聲者—尋常散套無尾聲…重頭無尾聲
  - 雜劇
    - 四折
    - 有楔子—一用…再用
    - 一折…二折…三折…五折…六折
    - 用北曲…用南曲
  - 院本
  - 傳奇
    - 演他事者…自敘者
    - 一本演一事者…一本演數事者
    - 用南曲…用南北曲各半
  - 時劇

以上兩表中所列各體，則有不甚通曉者，略爲説明，或示例，或指明參考書如下，以供有志編訂《詞曲備體》一書者參究焉。

詞中摘遍一體，乃宋人從大曲内摘取其一遍（此一遍應爲全部中音節較美聽者）單詞而單唱之，遂離原來之大遍，而爲尋常之散詞矣。方以智《通雅》論大遍，謂有序引等數十解，“每解有數叠者，裁截用之，則謂之摘遍”，其説甚是，此種裁截而成之散詞，較其他散詞之來源，固然不同，即與大曲就本宫調所製之引、慢、近、令，亦略爲不同（王灼《碧雞漫志》卷三云：“凡大曲就本宫調製引、序、慢、近、令①，蓋度曲者常態。”）。蓋摘遍乃摘取大曲中之一原遍，句法不更。如宋趙以夫《虚齋樂府》中之〔薄媚摘遍〕，乃摘取〔薄媚〕大曲中入破第一之一遍，句法全與入破第一相合，晏幾道《小山詞》中之〔泛清波摘遍〕，乃摘取〔泛清波〕大曲中某遍，雖〔泛清波〕大曲已失傳，而以〔薄媚摘遍〕例之，應亦與原遍句法相合也。若就大曲本宫調所製之引、慢、令、近，則所以製者，或僅取大曲中某遍爲本，從而增損變化之，所有句法，不必即同原遍也。如散詞中有柳永之〔採蓮令〕，屬雙調，大曲中有〔採蓮〕，亦屬雙調，是〔採蓮令〕即所謂就〔採蓮〕大曲本宫調所製之令也，但以其句法，與宋史浩《鄮峰真隱大曲》中〔採蓮〕大曲之八遍相較，則無一同者，可知其與前一種摘遍情形不同矣。又摘遍不僅摘大曲之遍，亦有摘法曲之遍者，其例如宋柳永《樂章集》内所有之《法曲》第二一調是也。或謂摘遍即大曲各遍中之攧者，殊不可信。〔薄媚〕大曲中有攧（見《樂府雅詞》卷上），倘摘遍即攧，何以趙氏之〔薄媚摘遍〕，通體句法，不與其攧合，而反與其入破第一合乎？且考唐宋以來大曲遍名中，有排遍、衮遍、延遍、攧遍等，並無所謂摘遍也。再則既有遍，又有攧遍，或一字，或雙字，名目已備，又何用别有摘遍之名爲？在散曲尋常小令中，元周德清嘗有摘調之一法，即從一套中摘取一二調聲文並美者，另作小令，與此摘遍情形，正復相合，觀於此，愈覺摘遍一體，確有另列之必要矣。

序子一體，見宋張炎《詞源》中，張氏標舉甚明，而詞家自來忽之。《詞源》下卷“拍眼”一節云：“慢曲有大頭曲，有叠頭曲，有打前拍、打後

① 今校：“序”，原作“近”。今據清《知不足齋叢書》本《碧雞漫志》改。

拍。拍有前九、後十一①,内有四豔拍。引、近則用六均拍。外有序子,與法曲散序、中序不同。法曲之序一片(按,言“片”與言“遍”同。),正合均拍;俗傳序子四片,其拍頗碎②,故纏令多用之,繩以慢曲八均之拍不可,又非慢二急三拍,與〔三臺〕相類也。”序子既在慢、引、近之外,又非法曲中之散序、中序,則在詞體中應别作一體何疑?按此種四片之序子,今傳者惟有〔鶯啼序〕之一調,他如宋鄭意娘作之〔勝如花〕,亦四片,但不以序名,當不是此體也。

疊韻一體,乃將尋常雙調之體,用原韻再叠一倍,成爲四叠也。例如宋詞〔集賢賓〕即唐詞〔集賢賓〕之叠韻也。晁無咎《琴趣外篇》卷一有〔梁州令叠韻〕,四叠,一百字,而晏幾道《小山詞》則有〔梁州令〕,二叠,五十字,且叠韻句法,與令之句法,大同小異,分明是叠〔梁州令〕而成〔梁州令叠韻〕也。此種組織,與他種散詞情形不同,與不换頭之雙調,則方法頗類。

雙拽頭一體,如周邦彦之〔瑞龍吟〕。看《唐宋諸賢絶妙詞選》(即《花庵詞選》上部)卷七。

聯章之詞:多詞詠一題者,如《樂府雅詞》卷上之〔九張機〕,九首相聯,而祇詠一題。分題聯章,指用一調而詠四時、八景,或作十二月鼓子詞等,各首分題,而又有系統相聯者。其演故事者,如宋人之八首、十二首〔調笑轉踏〕,每首演一美人事迹,是爲每詞演一事者(此種若謂之詠事,而不曰“演事”,則爲尤當)。如宋〔趙令畤〕之十首〔蝶戀花〕,僅演一崔張故事,是爲多詞演一事者。

法曲、曲破、大曲、鼓吹、諸宫調、賺詞、雜劇詞,看《宋史·樂志》、《武林舊事》、《欽定詞譜》末卷、《宋元戲曲史》第四章及《宋大曲考》。

曲之小令中,重頭一體,北曲較盛。其有一題者與分題者,情形正同於詞中聯章之一題與分題。南曲重頭,每與無尾之套相混,當以前後異韻與否爲别:異韻則爲重頭,若首尾一韻,則是套曲矣。

---

① 今校:“有”,原作“到”。今據清《詞學叢書》本《詞源》改。

② 今校:“頗”,原作“破”。今據清《詞學叢書》本《詞源》改。

數曲相聯而不成套者，例如明周憲王《誠齋樂府》内之《慶壽樂府》五章，五調相聯，皆北曲，調各爲韻，又無尾聲。

同調重頭演故事之一體，如《雍熙樂府》卷十九所載之《摘翠百詠小春秋》，即以〔小桃紅〕一調重頭，多至百數，統詠《西厢》前後情節者也。曰“同調重頭”者，對下一種異調間列者而言。異調間列一體，如《樂府群玉》卷三所載王日華《雙漸小卿問答》，乃多以〔天香引〕爲問，以〔凌波仙〕爲答，二調相間而列，斯與用一調重頭百首者異也。按同調重頭紀動，而異調間列紀言，二者皆爲散曲之演故事者，故與尋常小令不演故事者異，有不僅以其體段較長，始爲分别另列也。再則異調間列一種，既屬多調相聯，何以不歸入套數？則亦有三故焉：一，此一體用調雖不止一種，而實循環排列，聊便述盡分層各節之意而已，本無聯套之作用也；二，此一體起處非開端之詞，結處無煞尾之聲，全非套曲制度；三，各調自無叶韻，彼此不同，與套曲之規制，根本不符。且試省《樂府群玉》之書，乃專載令曲之選本也，自始至終，無一套曲，體例甚嚴，固知在元人亦久目此體爲令曲之一種矣。

傳奇自敘者，如清徐爔之《鏡光緣》；一本而演數事者，如明高濂之《節孝記》、沈璟之《十孝記》；南北詞各半者，如清吴國榛之《續西厢》等。

所謂“時劇”，指南北曲與小曲雜用之短劇而言，《綴白裘》、《納書楹曲譜》等書内謂之時劇。

表中所列，與以上所論，不過各得大概耳。倘細檢詞曲之總集、選集、别集以及宋元以後之筆記、雜書，元明以來之雜劇、傳奇等，廣事探求，詳爲判别，則别裁異體，當不難常有發現。即如散曲之各種俳體：叠韻、叠字、嵌字、頂真、短柱、連環等等；雜傳奇之各種異體；《東郭記》之組織《孟子》，《懷沙記》之援《離騷》，《香草吟》之羅致藥名，《四癡》、《四豔》之數劇相連，《吟風閣劇》之每折一事——亦皆可標舉著録，歸納類别也。總之，詳别體裁，雖不必盡關大要，要非故作鋪張，好爲立異，則辨析面目，亦即所以體認精神，固以尚矣。

五　辨體——《詞曲辨體》

所謂詞曲有體制，既因列體而大明大備，則可再因調曲間彼此之比較，而得其歷史上、形式上相互之關係，而後詞體之流與曲體之源，自然瞭如指掌。按詞曲各體間之相互關係，大概不外下列五種——

(甲)確是一體，曲由詞變者。此種一看前節所列詞曲各體之表，即已得其大概。如詞中尋常散詞與曲中尋常小令，詞中成套者與曲中套數等，最爲明顯；即詞中犯調與曲中叠曲，詞中聯章與曲中重頭等，亦易由省察而得也。

(乙)並非一體，而極相當者。此種因可以極盡比較之能事，辨之更有意味。如詞中大遍則當於曲中套數，詞中雜劇詞則當於曲中雜劇傳奇，詞中摘遍則當於曲中摘調等皆是。

(丙)僅是一體，詞曲難分者。此種專指諸宮調與賺詞而言。因二者發生，確在宋時，故前表所列，姑置於詞曲之範圍内。實則宋時諸宮調失傳，所用究竟是尋常詞調與否不可知。而金元以後之諸宮調所用，亦斷非尋常曲調，既不能言詞有諸宮調，亦不能言曲有諸宮調也。賺詞一種，體制首尾、調名字句，無一不似元曲，則其去詞甚遠可知，但元曲中又絶無其調，似亦兩無所歸，而進退失據者也。

(丁)由詞變曲，其體發達者。例如詞之成套，變爲曲之成套是。詞中大遍，無論法曲大曲，皆有散序歌頭，非套曲之散板引子而何？大曲之有殺衮，又非套曲之尾聲而何？故言法曲大曲者，雖仍認其爲一調之多遍相聯，但實則確具成套之形式，質言之，即是套詞之一種也。故套之在詞，初爲一調多遍者，繼爲一宫多調者；將變成曲，則諸宫調亦可聯套；已變成曲，則一套中有借宫之制；再進一步，則南北殊聲者，亦可以聯合而爲套矣。

(戊)由詞變曲，其體退化者。例如詞之尋常散詞，變成曲之尋常小令是。蓋在詞中，凡體調雙叠、三叠、四叠者，必不容割去下叠或下數叠而不填;一至曲中,則原調雖有么篇或么篇换頭,嚮例略而不填也(惟有少數小令,如〔黑漆弩〕、〔晝夜樂〕等,仍依詞法,填前後兩叠)。故詞調有二百餘字極長者,至曲調則除增句格、帶過曲或集曲外,大都不滿百字也,前後相較,豈非有退化之勢乎?

凡此變遷消長之間,所發生之異同繁簡,各有程限,亦各有原故,能一並因歸納分析,觀察論斷,而推求詳備,則《詞曲辨體》一書,可以繼《備體》而成矣。即如上文所舉之例中,成套之制,既然由簡至繁,愈變而愈發達——北套如劉致上高監司正宫〔端正好〕之全套,長至三十四調,竟較詞中大曲遍數之最多者尤多;若遍檢元明人之套曲,或尚有超過此數者,亦未可知也——而元劇中,又自來是一人獨唱之制,則每一調之體段,當然不容再長矣。若聯調套成,既已愈聯愈長,每調叠數,又復完全無缺,試問歌者一人喉吻之力有限,何從勝任?在宋之大曲,二十四遍,已是極數,當時歌者作者,齊事簡省,致令流傳之大曲,多者遂僅剩十遍上下;古今人喉吻之力,固不相異也,宋人既不能唱二十四遍,遍各雙叠之大曲,則何能强元人唱三十四調,又調各雙叠之套曲耶?故元套既已有長至三十四調者,則元調之僅僅單遍,固必然之勢也。論元調之單遍,自尚有其他原因,但此種觀察推想,亦足資其論證;而前之所謂推求變遷異同之程限與原故者,著眼之方,亦類如此也。

六 計調——《詞曲調名小典》

計調者,統計詞曲之調,前人已成者,共有若干也,調爲詞曲之本,詞曲完全寄托之所也。自演故事之體制發生,覺全賴調中本文,代言敘事,多所不足,於是詞乃有七言或駢語,附于調前,以助説明,曲乃有語體之科白,間於調間,以資聯絡;然論其全部,要皆以曲爲主,而其餘爲輔,自來無無曲之詞,亦無全白之曲也(明人傳奇,竟有一二通折全白而無曲者,不足爲訓。元人雜劇中之楔子,本爲聯貫情節作用者,但篇末終必附一二曲也)。詞曲皆合樂之文,調之發生與變遷,即樂之發生與變遷也。詞樂變爲曲樂，然後詞樂即亡；但詞樂雖亡，而詞調仍在，今日欲尋詞樂與曲樂間之變遷情形，既因其二者本身，未能並存，而難得其詳，則於幸而並存之詞調與曲調，顧猶可再予放棄輕忽，而不一加詳究歟？詳究之道，固重在得其相互間之關係，而開始之時，要不能不先統計其數，羅列其名，得其大概範圍也。

杜文瀾刻《詞律》，附《詞律拾遺》、《補遺》，載八百七十餘調、一千六百七十餘體，今可假設爲詞調較備之數（《欽定詞譜》之二千三百二十六體，與《歷代詩餘》之一千五百四十調，皆靠不住，因前者於同體多應合而未合，後者於異名異體多認爲異調也。即《詞綜》凡例稱錢芳標輯《詞㬇》，有一千調，恐亦不免《歷代詩餘》之弊）。至于調名，則其繁夥恐足當體調之倍，從來尚無確實之統計。學者茲可分別從事者！

（甲）補列宋元詞調。萬樹與徐本立、杜文瀾所編《詞律》，擯除明清人之創調，而容納元人之所創。其實元人所創之調，大抵是曲，雖列于詞集中者，亦每每難信爲詞樂之調也（如王惲之詞集《秋澗樂府》三四卷中，有〔平湖樂〕、〔绛桃春〕、〔樂府合歡曲〕等，雜於前後詞調之中，實則〔平湖樂〕、〔绛桃春〕皆越調〔小桃紅〕之别名，而如〔樂府合歡曲〕之平仄，在詞之小令中極少，與曲中正宫〔雙鴛鴦調〕相較，則極相似，當亦是曲而非詞也）。今吾人於補録體調時，宜審慎考察，詞方歸詞，曲則歸曲，不可混也。至於萬、徐、杜三氏所據之書，並不十分賅博（徐氏所據書，於《詞律拾遺》之凡例中，開列甚明，不過八十餘種）；後來發見之宋元人詞集，如見於《彊村叢書》等書者，已復不少，即自來筆記詞話中，論及詞調者，三家徵引亦未備。總之，無論三家已引未引之書，學者皆可留意，其中有無遺調，可以補列者也。

（乙）歸總明清詞調。明清人之創調，雖不必以與宋元之詞調同看，要亦爲詞調範圍中之物也。明之王世貞、楊慎等，清之沈謙、顧貞觀等所創，雖無詞樂之可言，尚饒腔韻之諧婉，聚而列之，亦足資考核矣。其材料則要在明清人之詞集中。近人所刻《懷豳雜俎》一書内，其《新聲譜》一種，正是此類事業也。

（丙）統計詞調别名。補列宋元之調時，遇名雖新異而實則其調已見《詞律》者，最不可被其蒙混。故孰爲正名，孰爲某正名之别名。如能羅列明白完備，最得整理詞調之要。如宋賀鑄之《東山寓聲樂府》、張輯之《東澤綺語》、元丘處機之《磻溪詞》①、清吴綺之《記紅集》，皆專門爲舊詞立新名，是全書可以注意者；其他詞譜詞集中，遇有覺得生疏可異之名，即須細加考訂，果爲前人論調之書中所未及者，則不是新調，即是别名矣。至於命名之義，得名之由，一一追究，其事當屬之後文分别研究中，兹姑從省。

曲調以《九宫大成譜》所載爲備。北曲分隻曲、套曲兩種；南曲分引子、正曲、集曲三種。然總數各有若干，除去附載之詞曲，純粹南北曲，又各有若干，北曲中除去隻曲、套曲之複見者，南曲中除去集曲，又各有若干，原書皆未曾核算注明。觀汪汲《南北詞名宫調彙録》所統計，謂《大成譜》中所載名目，除義可箋釋，已入《詞名集解》者外，共一千七百餘調，則連同《詞名集解》之一部分計算，當在兩千左右矣。惟此中尚含有甚多之集曲在内，而吾人所尤欲知者，爲曲之基本調數，共有若干也。學者若據《大成譜》總目三卷，分别核算一番，其事誠亦不難耳。曲調之統計，亦可分下列三事行之——

（丁）前人各書各譜所載曲調數目考。諸書之羅列曲調也，大概愈古者所列愈簡，愈後出者所列愈繁；亦間有不然者，則其書爲切於應用，已經删去僻調，僅存常調，所以反較前人之書爲省也。兹就常見之譜書數種，分南北兩項，列一表式，以備填記。惟宫調分合，各譜不同，難於統一；《九宫大成譜》所分之宫調性質，雖與他譜不能盡合，但名目較多，便於賅括，兹取以爲綱焉。需知《大成譜》以外各書，其宫調成一系統，《大成譜》則獨自成系統，勿彼此合看，而比較其各宫調中，所有調數之消長也。

①　今校："丘處機"，原作"丘象機"。今據民國《武進陶氏涉園續刊》景全本《磻溪詞》改。

宮調＼譜書＼南北	北								南								
	中原音韻	太和正音譜	輟耕録	北詞廣正譜	九宮大成譜				南曲譜	曲律	南詞新譜	九宮譜定	南詞訂律	九宮大成譜			
					詞	隻曲	套曲	曲總						引	正曲	集曲	曲總
仙　呂	四二	同上	三六	五三		八一?	四		九三	九二		三四		二四?	一二?	一四九	
中　呂	三二	同上	三二	四四					七三	同上							
大　石	二一	同上	一九	三二					一七	同上							
越　調	三五			三七					五七	同上							
正　宮	二五	同上	二五	三七					六四	六六							
高　宮																	
小　石	五			五					一	同上							
高大石調																	
南　呂	二一	同上	二〇	二五					一一六	一二五							
商　調	一六　六		同上	一六	三四　六				六四	八〇							
雙　調	一〇〇	同上	六一	一二二					三二	同上							
黄　鐘	二四	同上	一五	三三					五二	同上		四六					
羽　調									九	八							
平　調				五													
仙呂入雙調									九六	一〇二							
般　涉	八			九					一	同上							
道　宮				五													
不知宮調									四六	同上							
總　計	三三五	同上	二三〇	四四七					七二三	七五二			一三四二				

表中前十五行，乃按照《大成譜》所有宮調排列者，後三行乃他書所有，而《大成譜》不列者，故以雙綫隔之。表中所空諸格，皆待學者考查後，自加填注。其已列額字，而又贅“?”記號者，謂該數目中，尚雜有他項之曲，其數不實也。商調一行，有於一格中，又分上下兩數者，則因有兩書中，商調之外，又列商黄調，其下一數即屬商黄調者也。

《曲律》中所載九宮十三調之目，有兩部分：一爲有詞可考者，即表中已填之數目所指；此外尚有一部分爲有目而無詞者。惟此所謂無詞之一部分，在《大成譜》中，每已尋出可以爲例之詞；以至于《大成譜》亦未得其實例者，其數必尚不少，其名亦不可不存，並當統計，附入表中。再則除前表中所已列各書外，遇有其他書籍譜録，如《南音三籟》、曲譜大《欽定曲樂》[1]、《宗北歸音》等，同爲分宮列調者，其調數亦當照樣列入。即如王正祥之《十二律京腔譜》[2]、《崑腔譜》等[3]，以五音十二律部勒諸調，不分宮調排比者，亦可載其列調之總數，以廣比較，不必因其爲樂書之異端，而遽予抹殺也。

（戊）搜羅曲之遺調。載曲調之書，如《九宮大成譜》，不過比較爲備耳。嘗見明永樂間所編行之《諸佛名歌》，其間南北曲調，爲《大成譜》所未收者甚多。北曲如〔善知識〕、〔花桑樹〕、〔青天歌〕、〔二十换頭新水令〕等；南曲如〔調覺兒序〕、〔賞中花〕、〔山歌〕、〔聲聲喜〕、〔風淘沙〕、〔叠字山坡羊〕、〔絮婆婆〕等。更有未分南北者，如〔四季蓮花落〕、〔亦木兒塔哈〕、〔兀出干底里曼〕、〔拍兒答亦刺思〕等[4]，視其名目，頗與元曲中習見之〔忽都白〕，〔倘古歹〕等一類，皆爲蒙古語之譯音，則亦明明爲金元人遺創之樂，或皆北曲，亦未可知也。且《諸佛名歌》一書乃供當時人民

① 今校：“曲譜大欽定曲樂”，各種相關記載中均未見《欽定曲樂》一書。疑本句實指《曲譜大成》、《欽定曲譜》二種譜録。

② 今校：“十二律京腔譜”，原作“十二律京腔樂”。今據清康熙二十三年停雲室刻本《新定十二律京腔譜》改。

③ 今校：“崑腔譜”，原作“崑腔樂”。今據清康熙刻本《新定十二律崑腔譜》改。

④ 今校：“拍兒答亦刺思”，原作“拍兒答亦刺思”。今據《永樂北藏》第一七九册載《諸佛世尊如來菩薩尊者名稱歌曲》改。

傳唱祝福者，其中必首首有詞，無不可歌調，是凡此諸調之音律，明初完全存在也。吾人拈調填詞，當然無援用此等僻調之理，但欲完備一代典章，保全一種文藝，則此類譜樂既佚之調，有不容不爬羅剔抉，各存一格者，所得愈多，愈爲可幸矣。《諸佛名歌》一書所得如此，其他元明曲本中，豈能必其無可補益？祇要下不混於俚歌小曲，上不混于詩餘詞樂者，皆六宫十一調、九宫十三調中物，皆應加以考訂，列爲譜式也——以上乃謂南北原曲也，若南曲之犯調集曲，則明清以來傳奇中所有，又何可勝計？《大成譜》成于乾隆十一年，自此以後，傳奇中之集曲，早又層出不窮，是類集曲，至少亦當同明清人所創詞調一例，蒐集成帙，以資參證焉。

（己）統計曲調别名。曲調别名有限，檢遍譜書，不難立集。然如諸家散曲别集中，亦間有異名，爲諸譜所不載者——如張可久《北曲聯樂府外集》中之〔折桂回〕，實即〔折桂令〕也；喬吉《文湖州集詞》中之〔碧梧秋〕，實即〔梧葉兒〕也；吴仲圭《梅花道人詞》之〔梅邊〕，實即〔閱金經〕；施紹莘《花影集》之〔美娘兒〕，實即〔麻婆子〕，〔雙乘鳳〕實即〔紅繡鞋〕也。凡此同調之異名，理應與調一例，歸而總之，比而列之；並非欲炫新奇，好收冷僻也，蓋惟恐檢别未周，將誤認異名者爲新調，而有礙於前一種搜羅遺調之工作耳。

（庚）編立《詞曲調名小典》。雖然，詞曲調名，合計有三千之數；益以别名，則其量益繁。平常譜書，各以字數（如詞）或宫調（如曲）分作次序，别名則繫於正名之下。吾人平常閲覽時，若遇一詞曲調名，既不知其字數，又不知其宫調，並不知其爲正名，抑爲别名，且不知其爲曲歟，抑爲詞歟，若欲考究時，於勢非於數千名目中，遍加尋檢不可矣，其事豈不過繁，而易於有失誤乎？是欲從事於甲、丙、戊、己四種工作，必先於詞曲詞名，得一易於尋檢之排列方法，務求於發現不常見之詞名時，可以立辨其於前人譜書已著録未；倘已著録，並可以立知其是詞是曲，字數宫調爲何，因得一翻展譜書之綫索，而終得悉其詳細——蓋非如此，必不便於補新調而考舊名也。因於前數端外，計調之法，又有此詞曲合併進行之一則，編立《詞曲調名小典》是也。

此項辭典之編製，一切調名，可各以其第一字爲歸，而以此字之筆畫數目爲序。譬如〔天香〕、〔天仙子〕、〔天净沙〕、〔天上謡〕等，凡調名首爲“天”字者，概歸“天”字項下；〔玉團兒〕、〔玉連環〕、〔玉花秋〕、〔玉漏遲序〕等，則概歸“玉”字項下；而“玉”字五畫、“天”字四畫，則排列時，“天”字一項在前，“玉”字一項在後。第一字同項之中，則以全名之字數爲序。譬如〔天香〕二字名，則在〔天仙子〕等三字名之前，而〔玉漏遲序〕四字名，則在〔玉團兒〕等三字名之後。若全名之字數又相同者，則再以次字筆畫數目爲序。譬如〔一半兒〕、〔一盆花〕、〔一枝花〕三名，同爲“一”字項下三字名，而“半”字五畫、“枝”字八畫、“盆”字九畫，則〔一半兒〕在前，〔一枝花〕在後，〔一盆花〕在最後。

每一調名之下：第一步注明是詞是曲；第二步詞則注明幾字，曲則注明南北某宮調，南曲則再注明引子抑集曲（不注者皆是正曲）；第三步如有别名，則注明“一名某某”；如爲别名，則注明“即某某”。如一名而爲數調者，則標以“一”“二”等數字，分别述之。如此詞曲雜揉，無分畛域，則一篇在手，不但於蒐補詞曲兩方面之佚調時，兼可便於尋檢，並於詞曲調名間之關係，亦得朗朗在目，無可隱遁（詳下文），裨益固甚多也。惟編寫時，宜先用小紙，每一名一頁；紙邊留有餘地注明調名第一字之畫數，第一字與第二字之畫數等。如此倘遇新名，可以隨增新紙，按其字畫之數，插於相當之地位；俟他日搜雜完備，無可增加時，再事謄寫；而聯貫於一片也。兹即以“一”字所屬，大略編排，舉例如下——

一畫　一

一煞曲（曲）（一）北中吕（二）北高宫（三）北黄鐘

一七令（詞）四十五字

一寸金（詞）一百八字

一片子（詞）二十字

一片錦（曲）即十樣錦

一疋布（曲）南越調

一半兒（曲）北仙吕

一年春（詞）即青玉案

一江風（曲）南南吕

一枝春(詞)九十四字
一枝花(曲)(一)南北吕(二)南南吕引子
一盆花(曲)南仙吕
一封書(曲)南仙吕,一名秋江送别
一封歌(曲)南仙吕集曲
一封鶯(曲)南仙吕集曲
一秤金(曲)南仙吕集曲
一封羅(曲)南仙吕集曲
一捻紅(曲)(一)即一萼紅(二)即瑞鶴仙
一痕沙①(詞)(一)即昭君怨(二)即點絳唇
一斛叉(曲)北仙吕
一斛珠(詞)五十七字,一名醉落魄、怨春風
一絲風(詞)即訴衷情
一絲兒(詞)即訴衷情之雙叠體
一萼紅(詞)一百八字,一名一捻紅
一絡索(詞)四十五字,一名玉連環、洛陽春、上林春
一剪梅(詞)五十九字,一名臘梅香
一葉落(詞)三十一字
一錠銀(曲)北雙角
一撮棹(曲)南正宫
一點春(詞)二十六字
一機錦(曲)(一)北雙角(二)北大石角(三)南仙吕
一叢花(詞)七十字
一籮金(詞)即蝶戀花
一封河蠏(曲)南仙吕集曲
一緺兒麻(曲)北雙角

以上每一調名,録於一小紙上,若嫌所載太簡,欲並各調概要,皆繫

① 今校:“一痕沙”,原作“一痕紗”。今據明崇禎刻本《古今詞統》改。

之於調名之下,藉成一詞調曲調完全辭典者,則其内容條例,可以大略序次如下——

詞

（一）調名

（二）宫調　宋以前如何,宋如何,宋以後如何,明清曲譜中如何。能詳則詳。

（三）源流　或源自唐教坊曲,或源自法曲、大曲;令、近、引、慢之繁衍如何;南北曲之轉變如何。

（四）名解　毋穿鑿,毋附會,毋蹈虚。毛先舒《填詞名解》、汪汲《詞名集解》,與明清各家詞話之所載,皆宜慎審採録。

（五）創始者　依成説爲易,自行考訂爲繁,二者宜參酌行之。

（六）别名　列其名,又明其始自何人,如《欽定詞譜》、《碎金詞譜》所列,最善,或將創始者歸入别名之本條亦好。

（七）片數

（八）字數

（九）句數　分片説明。

（十）韻數　平仄分别説明。

（十一）别體　扼要數語,不能繁。别體而有專名者,則另列一調,而於本條下注"參看某條"。

（十二）律要　四聲不能移易之字法,駢散不能隨便之句法,擇要述之。

曲

（一）調名

（二）宫調　用元明譜書通屬者,《大成譜》所屬若與之異,亦及之。

（三）源流　與詞之關係,南與北之關係。

（四）名解　有解之必要，或確有的解者，及之。

（五）創始者　集曲始見於何種傳奇，尤宜注意。

（六）别名

（七）句法　因曲盛行襯字之故，辨調者必求正襯分明，故此處有逐句指有字數之必要。集曲猶需指明所集何調，某調用某某句。句數則亦附及焉。

（八）韻數　同詞。

（九）板數　於南曲則注明，可就南曲定律所載者録之；北曲毋庸。

（十）曲性　南曲聲音方面，分别粗、細、可粗可細三種，前後二種宜注明。配搭方面分聯套、兼用、專用三種，亦宜注明。此項依《曲律易知》一書。

（十一）别體　同詞。《大成譜》所列，凡增字格概可免，蓋所增多屬襯字也；增句者，或減句者，或字句迥異者，方可認爲别體。

（十二）律要　同詞。於一定之格，尤需注明。

上列各項，不必固守其順序，有時就行文之便，或數項並述，或述此項，即附及彼項。兹就詞料與北曲，各舉一例如下：

〔一斛珠〕

詞。《宋史・樂志》有〔一斛夜明珠〕，屬中吕；《尊前集》注商調；《董西厢》屬仙吕，嗣後譜書多從之，故《大成譜》列北仙吕。本唐樂府。明皇封珍珠一斛賜梅妃，謝以七言絶句，明皇命以新聲度之，曰“一斛珠”，見《梅妃傳》。詞始於後主李煜。張先詞名〔怨春風〕；晏幾道詞名〔醉落魄〕，後多從之。雙叠，五十七字，前後各五句，四仄韻。南宋人創别體：或將换頭平仄仄平平仄仄，易爲平平仄仄平平仄，而前後去平仄作結；或將前後次句上四下三句法，易爲上三下四；或改每句叶韻。《董西厢》所用仍本體，惟間入平韻。參看“醉落魄纏令”條。

〔一半兒〕

曲。北仙吕宫。始自元人，就詞調〔憶王孫〕改成。句法七七七三九，五句，五韻，四平一上。上韻在結句，且此句必作“一半兒□□一半兒□”，是格，調亦以此得名。第三句宜作“平仄仄平平仄平”，舊譜多誤。

〔一封歌〕

曲。南仙吕，聯套用。見《節孝記》者，爲〔一封書〕，首八句，及〔排歌〕七句至末句，共十二句，九韻，六仄三平，三十二板。見《十孝記》者，〔排歌〕用四句至末句，共十五句、十一韻，六仄五平，三十八板。（按不云粗曲抑可粗可細者，即明其爲細曲也。集曲無不是一板三眼細唱者。）

七　辨調——《詞曲通譜》

調既搜羅完備，統計精詳，乃可以著手探尋詞調曲調間之變遷矣。其顯而易見者，二者變遷之間，有下列九種關係：

（甲）名同調同，曲借詞用，絲毫不變者。如南曲仙吕引子〔卜算子〕，即詞中〔卜算子〕之一片；〔鷓鴣天〕，即詞中〔鷓鴣天〕之全闋。

北曲仙吕〔點絳唇〕、〔太常引〕，亦即詞中之兩調，並么篇、换頭，無一不同也。此一種沈雄《古今詞話》列有六十調，細按之，或尚不止此數，而六十調中，尚有出入於下列各種關係者。

（乙）名同調同，而詞易爲曲，頗有變動者。如北曲黄鍾宫之〔醉花陰〕，即詞中之〔醉花陰〕，但詞調一片句法爲“七五五四五”，而曲調則爲“七七五四五”，且有於五句後，又增“三三七”三句者。南仙吕〔聲聲慢〕有二體：一體則與詩餘悉同，而另一體則無前腔换頭，且詞調前闋末二句作“六六”，曲調此體末二句則作“七四”也。又詞調〔鳳凰閣〕，變爲南曲商調引子〔鳳凰閣〕，則用其换頭之後闋，而反棄其前闋，甚可異也。

（丙）名同調異，而曲中借名之由，一時無可尋跡者。如曲南仙吕之〔醉落魄〕、〔望遠行〕等，北南吕曲〔感皇恩〕、〔烏夜啼〕等，皆是如此。此種明胡應麟於其《筆叢》中亦曾論及，但疏略不全。

（丁）名相同或相似尚可見，而調之同異已不可知者。如詞中大曲，有〔降黄龍〕之前衮、中衮等，北曲黄鍾宫亦有〔降黄龍衮〕，是其名之相同爲可見也，但大曲〔降黄龍〕已失傳，則與曲之〔降黄龍衮〕，究竟同異如何，已不可知矣。又如王驥德《曲律》載《十三調南曲音節譜目》，謂："是譜蔣氏（指蔣孝，即編此譜目者）原不譜曲，似不易悉爲搜輯；世遠樂亡，陵夷漸爾，惜哉！"又謂："詞隱（指沈璟，編《南曲譜》者）校定新譜（即指《南曲譜》）……而十三調諸曲（指蔣氏譜目中所列之諸曲調），有爲後世所通用者，亦間採並列其中矣。"據此，可見蔣氏譜目中所列之名，而沈氏《南曲譜》内並未採引者，必非世所通用，或且搜輯無從，已經夷亡者也。但驗其名目，則有許多明明與詞調相同，乃沈氏知之而不採之，即《九宫大成譜》亦知之而不採之，究竟諸曲之名，與諸詞之實，豈果然不符乎？亦殊不能遽斷也。

（戊）名異調同，曲借詞用，而僅换一名者。如北仙吕曲〔柳外樓〕，即詞之〔憶王孫〕也；北大石調曲〔歸塞北〕，即詞之〔望江南〕也。

（己）名異調同，而曲中略增格律者。如北仙吕曲〔一半兒〕，亦即詞中之〔憶王孫〕，惟末句必曰"一半兒""一半兒"云云，添出兩個"兒"字，作九字句耳。

（庚）名異調同，而曲中略減格律者。如北雙調〔也不羅〕，實即詞中之〔喜遷鶯〕；南南吕〔一枝花〕，實是詞中之〔滿路花〕，但皆減去换頭不用耳。

（辛）名屬相似，而調確有關者。如南南吕曲〔搗白練〕，與詞調〔搗練子〕，名稱既相似，而調之起處，二者又同爲三字兩句也。又如同宫之〔賀新郎衮〕，明明爲詞中〔賀新郎〕大曲之衮遍，而詞中之〔賀新郎〕亦必就〔賀新郎〕大曲所製之慢詞，二者來源可算一處：今比較其調，雖因原在大曲中取遍不同，故各自成調後，亦大體多異，但詞調之末所有三字句，曲調中顯然亦同樣有之，且沿外尋常之三字句，依然相合者可比，於此乃確知二調實有同源之關係也。

（壬）名雖相似，而調並無關者。如北雙調曲〔川撥棹〕，與詞中之〔撥棹子〕，越調曲〔鬼三臺〕、〔耍三臺〕，與詞中之〔三臺〕、〔伊州三臺〕，皆名雖相似而一時實無從得其相互間之關係也。

以上除戊、己、庚三種外，其餘在《詞曲調名小典》中，極易辨出；此三種則非細校詞曲兩譜，不能詳悉，有非計調以後，即可辨出者也。以上各種關係,及其他歸納所得之各種關係,於辨明以後,必各統計一數,如甲者共有若干,如乙者共有若干……倘凡一詞一曲,彼此淵源變遷間,有多少關係者皆一一並列於一處,得藉比較以顯著之,再另加以説明推解,則《詞曲通譜》一書可成,實開詞學與曲學之新紀元也。

總之,有《詞曲備體》一書,於説明形式以外,兼詳各體之精神,於説明變遷以外,兼詳各體之來源,是詞之爲用,曲之而體,直接已得之矣;更有《詞曲辨體》一書,則二者益因互相比較,而又間接得其詳盡;有《詞曲調名小典》,詞曲調之根本體段彼此曾具如何關係,已從命名上得其大概;更有《詞曲通譜》一書,則二者益因前後對照,而於内容上得其周全。——如是,組織上時覺其分析不開,歷史上更見其繼承無間,而猶可謂詞曲兩事,無合併研究之必要乎?

八　合併研究二——論合併之長處

據以上所述,因合併研究而種種所得者,固已多矣;顧猶屬於探求體用之犖犖大者,若較爲瑣屑之端,則上文尚未能及也。並歸納之,蓋有三事——

(甲)異同顯著。事物之相近者,異多而同少;其異同也本顯著而易知,即不知亦屬不妨。事物之相近者,有異同,亦有不同之同,與不異之異。畢察之,則二者兼得其真,於事亦易求進;若昧其一二,則二者不免混焉雜焉,或各有偏至,或兩失所歸。夫異同見於比較,比較始於兼容;若迎其一而拒其一,則終不能見其異同矣。詞曲必待合併研究,而後異同始顯著,更何待言!

且事情有表裏,亦有因果。既得表之異同矣,自然知推求裏之異同;先得果之異同矣,顧於因之異同乃肯恝然置之乎?惟因合併研究,先顯著甲異同,乃連帶而並令乙異同、丙異同、丁異同……皆顯著焉,而後方益見合併研究之長處也。

譬如詞曲同爲長短句,但在詞有其實即有其名,在曲則雖同其實,而從來無其名,其故何歟?是不可以不思。於是得進而得一異同曰:詞爲詩餘，曲爲詞餘，各爲時代上較先一體之餘——是二者所同也。但詩以四五七言整齊句法而盛，詞繼之，乃以長短繼整齊也。其爲長短也者，故得名；詞本爲長短句，曲又以長短句繼之，是以長短繼長短，其長短也爲不足異，故不得名——是二者所異也。

譬如詞家忌尖新，詞中絶不容有；乃因合併研究，而知曲中固不忌此，而且優容之也。於是設論曰：詞尚新，而必清新；曲尚新，而不妨尖新。新其所同，“清”與“尖”乃其所異也。顧其故又何歟？益事比較與尋巧，則又得曰，詞貴温厚含蓄，不感人於驟，故尖刻則傷格；曲貴疾快豪放，欲動人也鋭，故款俊方得勢——一也。詞境本窄，不得不擯纖巧以自高；曲境本寬，故巨細兼容，纖宏畢具，方見其大——二也。夫“不腐”爲其所同，“寬”與“窄”乃其所異；“疾”“徐”爲其所異，“興感”乃其所同，是豈非先得一異同，乃進而益得此同之所異，與此異之所同歟？

譬如叶韻，平仄兼叶，詞曲之所不異也。但入聲亦與平上兼叶，乃詞中所無；而在曲則四聲歸入三聲以後，即可與三聲叶矣——是二者不異之異也。一首之中，詞能换韻，曲不能换，詞曲之所不同也。但詞由小令演爲引、近、慢、序子以後，則改變能换爲不能换韻矣；曲由散套加入科白，組成爲戲劇以後，套與套之間亦變遷而不復有一韻之限矣！是二者不同之同也。舉此種種，非合併研究，顧能比較而得如此羅羅清楚乎？

（乙）概念正確。詞曲在歷史上，雖爲繼承聯續之兩體，但因時代一先一後，音譜一存一亡，其所知於今人者，或因矜持而太過，或因輕忽而不及；蓋惟其二者關合之處，漠然無人過問，而後二者真實情形，方始昧然不彰於人也。夫察事物者，固應注急部分之精細，尤當得其大體之周全，彼此兼到，而後能得其事物之究竟。若徒向狹處鑽研，小處摸索，執一枝一節即以擬其全體，是焉有不瞀亂謬失者乎？顧察大體者，察此物時，若兼有相似之彼物在旁，可供參證，其所得者，不較單察一物尤正確可信乎？窺一斑，不知窺全豹之可以得豹之真也；但設有一虎焉，在豹之旁，任從比較，則如何爲虎，如何爲豹，當然愈爲鑿鑿矣，詞曲自分究以來，彼此間之觀念，向來多偏，一經相提並論，則彼此自覺爽然釋然矣，兹可以例明之也——

譬如詞家視曲，多鄙爲淺俗，而不屑談；但若稍稍習曲者，即當知詩之六義，詞得其風雅比興者多，而曲得其頌賦者多，何淺之有。聲詩無聲，而後詞樂爲繼；詞樂不作，而後曲樂遞興；同爲一代合樂之文，樂之視古，彼此已同趨纏聲繁促，直五十步與百步耳，有何足鄙？詞之典重，僅傾倒士林；曲之粗豪，乃感著民衆，爲用孰大孰小？爲效孰掩孰彰？更何能相鄙？夫詞家不知曲者，乃有貴詞鄙曲之偏裁，惟合併研究，乃能釋其惑而正其偏耳。

譬如曲家尋常視劇曲爲重，而散曲爲輕；套曲爲寬，而小令爲窄。但若稍稍習於詞者，即當知此種見解，未得平允，蓋詞中令、引、近、慢以前，法曲、大曲亦曾盛行，惟覺其遍數空繁，敷衍故事有所需，刻畫精奇無所用，不如酌之爲小唱矣（宋張炎《詞源》謂慢曲引近爲小唱）。夫詞正以由長製而入短章爲宜，曲固可以抑短章而獨揚長製乎？曲家之偏解，若詳詞家之行徑，必應有所悟，而知所以正矣——是又非合併研究，不能得此他山之攻錯也。

譬如宋之詞女李清照、朱淑真輩，略抒側艷之詞，即動輒爲人所呵歎。而元明婦人之曲，雖同一濃佻，甚且過之，並不聞有責備之詞，豈曲家原屬淫靡猥賤，爲不足責，而詞人之中，大都清高雅正，必不容有失德者耶。斯説也，其爲囈説，不值一笑，固人盡知也。觀於楊慎《詞品》衹淑真〔生查子〕詞，謂非良人家所宜。而其妻之曲集——《楊夫人詞》——中，有輕褻十倍於朱氏《生查子》者（《楊夫人詞》爲徐謂所編訂，有〔風入松〕云："綉羅紅嫩抹酥胸，此夕重逢，妒雲恨雨腰肢重，暈眉心，獺髓分紅，蠟燭寒籠翡翠，麝香暖度芙蓉。"），而升庵不爲隱諱，且從而倡和，論者亦可以悟矣。蓋曲中情詞，爲元明兩代，風氣使然，大都調侃遊戲之作，勿論男女，必不能據詞以定貞淫，斯升庵之所以不責其妻耳。然詞曲同科也，古今同情也，既恕然於元明之曲，奈何獨不省於宋初之詞，亦同此風氣，同此人情。而〔生查子〕作，亦何涉於淑貞之行止耶？夫文人輕薄，同一弊於淫也，既不責曲中之彰明較著者，而肯於寬容，則爲何必獨難詞中之陷意微詞，而深爲周内乎。是可見觀念之失當於詞者，固可藉曲中情況，參互校正，而兩得其中道也。據此，謂合併研究之多效，又非無故矣。

（丙）討論周密。詞與曲合樂同源，長短同式，而深廣異趣，動静殊歸；學者乃得因此之同，見彼之異，因此之是，正彼之非。於是尋考探索之間本無可議者，因彼此對勘而多覺可議，本爲失察者，因彼此對勘，乃特加詳察。問題愈多，討論愈密，乃終真相畢露，癥結具開，而二者同徵於光明翔實之境，不亦善乎，此則又因前甲乙兩端，融會而得者也。

譬如普通之詞，不演故事也！而曲中演故事極盛，曲又因緣詞後而生者，究詞中竟有無演故事者，有之又究爲何體，則可以因曲而連帶書及矣。又如普通之詞今日已不能唱；但曲之唱法，今日尚未曾亡，則唱詞之法，當亦可因唱曲者，考得其大概也。又如普通之詞，無所謂襯字也，但一調數作，字句多寡之間，常有出入，果可用曲中襯字之道，以求其故歟？

譬如普通之曲，北有六宫十一調，南有九宫十三調，而所謂六與十一、九與十三者，曲家從不詳其所自來。詞雖唱法久亡，而詞之有七宫十二調，自張炎著《詞源》以來，好言律者，都能就古樂燕樂之五音、十二律、八十四調剖析其詳，法曲家並究詞源，則自知以詞之七與十二，而求曲之六與十一、九與十三矣。又如普通套曲之文字，往往不能首尾俱純，如擷其一二調精采者，而棄去其餘糟粕，似覺割裂成文，自我作古爲不可。但觀於詞中，音調方面，早有摘遍之辦法（詞中摘遍一體詳之），《中原音韻》之《作詞十法》中，在定格《雁兒落德勝令》一調下，注一“摘”字，又早有摘調之事實，則無所謂自我作古矣。夫詞中音調方面既有摘遍，曲中文字方面即有摘調，彼此間得兹類似之情形，足資參證，討論上豈不愈較周密乎？

九　詞曲比較表

以上一節，理論也。必到極盡詞曲合併研究之能事，方法上尚有一端，爲不可少者，即編列詞曲比較表也。一切合併研究之所得，舉可於此表内顯著之，此表固以見二者之同，亦以見二者之異，並以見二者之似，故勿論巨細、詳略、零整，凡二者有彼此相當之點，彼此可以比較者，即無不可以列入表中也，研究者平日讀書時，臨有所得，即可隨作標題列之，俟積稿較多，乃加以整理，而成次序，而能得詞曲間許多竅竅也。至於所列標題，宜分綱目，而綱目之如何排比，是在所得之材料範圍如何，列表者自行酌定也。玆以淺顯之説，組織一表，舉例如下，僅供實行列此表者作借鏡，非謂此之所列，即爲正式詞曲比較表也。

綱目 \ 項別		詞	曲	備注
名稱	見成因者	樂府、樂章、琴趣、鼓吹	樂府	樂章如柳永之《樂章集》，鼓吹如夏元鼎之《蓬萊鼓吹》。
	見源淵者	詩餘	詞餘	晏幾道詞名《樂府補亡》，黄載萬詞名《樂府廣變風》①，可參證。
	見形式者	長短句		
	見精神者	詞（意内言外）	曲（音曲、意曲、詞直）	
	其他	歌曲、曲子、詞曲	葉兒	詞之所列三名，可證詞曲自來合一。
歷史	創始	唐、宋	宋、元	詞除序子外，各體皆始于唐。
	最盛	兩宋	元、明	
	衰微	元、明	近世	
	其他			
體裁	成套者	鼓吹、諸宫調、賺詞	商北分套、南北合套	
	不成套者	令、引、近、慢、序子	小令、重頭、帶過曲、集曲	

---

① 今校："黄載萬"，原作"黄裁萬"；"樂府廣變風"，原作"樂府之變風"。今並據明刻《唐宋叢書》本《碧雞漫志》改。

續　表

綱目＼項別		詞	曲	備注
體裁	演故事者	雜劇	雜劇、傳奇	
	律	分陰陽平、上、去、入五聲	北陰陽平、上、去四聲；南四聲各分陰、陽。	
	韻	分十九部（平上去十四、入五）	分廿部（平上、去十二、入八）	詞十九，據《詞林正韻》；曲二十，據《韻學驪珠》。
	音詞	七宮十二調	北六宮十一調、南十三調	
	牌調	約九百調	北約四百五十，南約千三百五十。	詞據杜刻《詞律》，曲據《廣正譜》及《南詞定律》。
	源于詩	得風雅比興者多	得賦頌者多	
	進度	妥溜、清新、沉鬱渾脱	妥溜、尖新、豪辣、灝爛	
	其他	深、内旋	廣、外旋	

前人正式合併研究詞曲者極少，即有之，亦必以一爲主，而其他之一，乃附及耳，如明卓珂月、徐士俊令選《詞統》，附有評語，乃以詞爲主也，惟卓徐皆工曲——各有雜劇教程，載《盛明雜劇》——凡于詞曲間有通解者，往往於評語中，自然流露之。近人姚華曾刻《詞統評語》，餘爲《卓徐餘慧》一篇①——見《菉猗室曲話》中——所謂“喜其於變遷之跡，

① 今校：“卓徐餘慧”，原作“卓徐慧”。今據上海中華書局1940年版《菉猗室曲話》改。

有所考證”者也。玆復本姚文，摘取數則，列如下表，再爲隨時讀書列表者作一例。

標題	詞	曲	同異似	所見之書
賓白	詞之前有七言口號——如秦觀〔調笑轉踏〕，趙德麟〔蝶戀花〕等有。	曲之前有散文之賓白。	似	《詞統》徐評
天寶遺事	石曼卿作《拂霓裳轉踏》，述開元天寶遺事。（見《碧雞漫志》）	王伯成有名《天寶遺事諸宮調》（不傳，譜書中散見一二）。	似	《卓徐餘慧》
入作平	詞中入有配作平者——如蕭竹屋〔點絳唇〕“花逕相逢，眼期心諾”之諾字。	北曲入聲皆配入三聲。	同	同上
詞曲相似	詞似曲——如黄庭堅之〔歸田樂〕二首，辛棄疾之〔千年調〕，劉改之〔天仙子〕等，不勝枚舉。	曲似詞——此種更多，于張可久小令尤易得之。	似	同上
拆白道字	宋詞中拆白道字——如秦觀《南歌子贈陶心兒》，黄庭堅《同心詞》。	元曲中亦有拆白道字——如《西厢記》五本，三折〔金蕉葉〕。	同	同上
襯字	詞亦有襯字——如歐陽炯〔定兩番〕“如西子”之如，徐俯〔卜算子〕“遮不斷”之遮。	曲中襯字極多見。	同	同上
流變	詞者，詩之餘也，詞興而詩亡，非詩亡也，事理填塞，情景兩傷者也。	曲者，詞之餘也，曲盛而詞泯，詞非泯也，雕琢太過，旨趣反蝕者也。	似	錢允治《國朝詩餘序》

右表内容，極爲雜亂，毫無系統，是爲讀書時，隨有所得，隨手記録者，俟材料積多，一經整理，自成有用之文矣。學者下筆，即以成見自限，恐轉多有意義之材料，過目不留，後追無及，而可惜耳。

詞曲通義[1]

一 大意

研究學問，雖以分析細密爲貴，但學問本身有時乃整個的，若經不適當之分析，每每流爲破碎，不能作鳥瞰，不能得概觀，根本意義固易於遺忘，部分主張又易於偏頗。如詞曲同爲合樂之聲文，同有由詩由詞蜕化遞變之歷史，體調則小部分相同，大部分相類，二者關係之密切，殆難縷盡。雖音樂文字，性質有殊，歌者，詠者，不能强其兼顧，而研究詞曲之學者，則不宜於二者之間，再分劃鴻溝，顧彼而遺此也。故"詞曲通論"之要，實有過於"詞曲專論"者矣。

大概詞與曲合併研究，乃益得詞之用；曲與詞合併研究，乃益得曲之體。常人看詞，以爲無非嘲風弄月，感時傷世，一人之言、一人之感居多；而不知詞在昔時，固曾做到與今日之戲曲同一作用者，其言其事，並非僅涉一人而已也。常人看曲，以爲是金元人之創格，爲先代所未有；而不知其作用雖因文衍聲，因聲致容，粲然大備，爲詞所不及，若論其體製，則宫調、牌名、聯套數、演故事等等，固無一不種遠因於詞，無一不具芻形於詞，無一不從詞中轉變增衍而出也。常人以爲詞與曲同爲長短句，同爲抒情寫怨之小品文字，上與詩文别，下與小説别，若其詞與曲之彼此間，應無甚别也；而不知在風格上與作用上，二者適處於剛、柔、深、廣，相反相對之地位，有過於詩與詞間，曲與小説間之爲别也。

將詞與曲作合併之研究，但求兩方面之通解，而不涉及專論，且意

---

① 今校：《詞曲通義》一書，1931 年由上海商務印書館出版。

取要而辭取約，俾學者於最短之時間，得最精之通義，是此篇之大旨也。茲分源流、體制、牌調、音譜、意境、性質、派别，七端以立言；不盡之義，列爲餘論，並選名作三十二首，以爲例證。

二　源　流

詞源於詩，而流爲曲；曲源於詞，而流爲小曲，爲亂彈、戲文——此詞曲源流之顯然者也。顧詞曲皆合樂之韻文，先有音樂，後有文字；樂成而文始生，樂變而文亦變，其所以成者，即其所源，其所以變者，即其所流。唐之中葉，邊地胡樂，漸入中土，當時所盛行之七言絶詩樂府，至是大受影響，混和雜揉，而另成新音，非七言絶詩之文字所能附，於是歌者詠者，均按新譜，多填實字，以傳泛聲，而長短句興矣。詞樂傳入金元，不合於異族之聲，不諧於北人之口。顧彼族初又本無何種樂府體裁，而長短句之制，則吻合語調，南北無間，於是變其聲音之柔曼，而沿其句法之長短，詞乃流而爲曲矣。曲樂既成於北人，自然又不諧於南人之口；南人之詞樂雖久已衰，而未盡淪廢；調和於宋詞元曲之間，而别成一格，於是乎有南曲。元人入主中華，勢在北人，故北曲盛；朱明取而代之，治權重還吾漢族，勢在南人，故南曲盛。曲之流行，遍於民間，民間變其聲詞，以暢情思，於是乎有小曲。曲有雜劇、傳奇，而吾國戲劇之體始粗具；但至明季，聲音祇囿於崑腔，過於和雅平静，不能賅括人情，於是海鹽、弋陽，殊方而異樂，特論戲劇之制，則雖後至皮黄京戲，亦仍淵源於元明之劇曲耳。

論文字之源流：詞有詩人之詞，有詞人之詞，有伶工之詞；曲有曲家之曲，有文人之曲，有民間之曲。詩人之詞源於齊梁樂府之“靡”，五七言絶句之“逸”。“靡”者漸成詞之“婉約”；“逸”者漸成詞之“空靈”。至詞人之詞，則專趨“婉約”一途，由“凝重”而入“晦滯”，以至於不可通、不能進之境。曲家之曲，始也出於創造者多，不源於詞人之詞，而轉與詩人之詞相近。元人小令，與唐人絶句、五代小詞，每多沆瀣一氣者，是其證也。至於明人，南曲濫作，盛行“南詞”，蓋隱隱以南宋之詞，爲曲之源本，在詞已屬不可通、不可進者，而曲乃拾其餘慧，曲於是大弊矣。至於清人，一洗元明之粗獷瑣陋，無論傳奇、小令，要以雅馴出之，所謂“文人之曲”興，而曲之全神，亦終不能復矣。至於伶工之詞，不必皆作於伶工，多由文人作之而付與伶工，以成其聲者，急就之章，本不以詞重，於源流無甚關合。若民間之曲，轉與曲家之曲，同一當行，元時倡夫綠巾之作，固不能與伶工之詞同一漠視，而許多無名氏之篇章，尤占有重要地位，俱亦足以表見曲之創造精神也。夫詩樂不能通於民間，而詞樂與詞乃興；詞樂無所合於民間，而曲樂與曲乃興；北曲不能遍於民間，而南曲乃興。“民間”者，樂府之所居也。“民間”變則樂府亦必變。“民間”又因時間而變，此音樂文字所以各有其時代；時代所以與文學之源流有關者，即以民間之故也。

總之，論詞曲之源流，音樂在先，文字在後。於人有士大夫與民間之關係，於地有南與北之關係，於政治有漢族與異族更迭爲主之關係，均不可忽。

三　體　制

詞曲體制，由簡入繁，殊爲紛雜，兹列兩表以賅之，可以各見其演變之迹，並便於詞與曲間作種種比較。

- 詞
  - 尋常散詞
    - 令…引…近…慢…犯調…摘遍…三臺…序子
    - 單調…雙調…三疊…四疊…疊韻
    - 不换頭…换頭…雙拽頭
  - 聯章者
    - 一題聯章…分題聯章
    - 演故事者——每詞演一事者…多詞演一事者
  - 大　遍——法曲…大曲…曲破
  - 成套者——鼓吹…諸宮調…賺詞
  - 雜劇詞——用尋常詞調者…用法曲者…用大曲者…用諸宮調者

- 曲
  - 小令
    - 尋常小令…摘調
    - 重頭…一題者…分題者
    - 帶過曲——北帶北…南帶南…南北互帶
    - 集曲——兼集尾聲者…不集尾聲者
    - 演故事者——同調重頭…異調間列
  - 套數
    - 尋常散套——南北分套…南北合套
    - 重頭加尾聲
    - 無尾聲者——尋常散套無尾聲…重頭無尾聲
  - 雜劇
    - 一折…二折…三折…四折…五折…六折
    - 有楔子——一用…再用
    - 用北曲…用南曲
  - 院本
  - 傳奇
  - 時劇

表内有數種體制名稱，普通不常見者，兹略釋之——

詞中“摘遍”，乃宋人從大曲之許多遍内，摘取其一，單譜而單唱之，遂離開原來之大遍，而爲尋常之散詞矣。如《薄媚摘遍》乃摘取〔薄媚〕大曲中入破第一之一遍是也。

“序子”乃詞調中之最長者，四叠，其拍節破碎，今祇傳《鶯啼序》一調而已。

“叠韻”乃將尋常雙調之體，用原韻再叠一倍，成爲四叠也。如晁無咎之《梁州令叠韻》，四叠，一百字，乃將晏幾道二叠五十字之《梁州令》加倍而成者。

“雙拽頭”乃三叠之慢詞。前兩叠短，而彼此句法完全相同，不啻乃第三叠之雙頭焉。如《瑞龍吟》是。

“法曲”、“曲破”、“大曲”、“鼓吹”、“諸宫調”、“賺詞”、“雜劇詞”等，看《宋史・樂志》、《武林舊事》、《欽定詞譜》末卷、《宋元戲曲史》第四章，及《宋大曲考》等書。

曲中“摘調”，乃從套曲中摘取某一調聲文並美者，單唱之如小令也。

“重頭”乃用同調之曲，重複作數首也。

小令内演故事之異調間列一種，指如王曄《雙漸小卿問答》而言①，見《樂府群玉》内。用數調間隔排列，而便於文字中設成問答，彼此代言，以演故事也。

“院本”看《宋元戲曲史》第十三章。“時劇”看《納書楹曲譜》及《弦索調時劇新譜》。

觀於上表，可知詞與曲之體制之間，有五種關係，應注意者——

（甲）確是一體，曲由詞變者。　如詞之尋常散詞，與曲之尋常小令，詞之成套者，與曲之套數等，最爲顯著。即詞之犯調，與曲之集曲，詞之聯章，與曲之重頭等，亦此一類，不難由比較而得也。

（乙）並非一體，而極相當者。　如詞中大遍，則當於曲中套數；詞中雜劇詞則當於曲中雜劇傳奇；詞中摘遍則當於曲中摘調等皆是。

（丙）僅是一體，詞曲難分者。　此種專指諸宫調與賺詞兩種而言。因二者發生，確在宋時，故前表中姑列在詞之範圍以内。實則宋時諸宫調失傳，所用究竟是尋常詞調與否不可知，而金元以後之諸宫調所用，乃詞曲雜揉之物，今日既不能言詞專有諸宫調，亦不能言曲專有諸宫調也。賺詞一種，體制首尾，調名字句，無一不似元曲，則其去詞甚遠可知；但元曲牌調中，又絶無賺詞所用之諸調，殆亦兩無所歸，而進退失據者也。

（丁）由詞變曲，其體發達者。　如詞之成套，變爲曲之成套是。詞中大遍，無論法曲、大曲，皆有散序、歌頭，即等於套曲之散板引子；大曲之有殺衮，即等於套曲之有煞尾。故法曲、大曲雖爲一調之多遍相聯，實已確具成套之形式；質言之，即套詞之一種也。故套之在詞，初爲一調多遍者，既爲一宫多調者；將變成曲，則諸宫調亦可聯套；已變成曲，則一套中有借宫之制；再進一步，則南北殊聲者，亦可聯合而爲套矣。

（戊）由詞變曲，其體退化者。　如詞之尋常散詞，變成曲之尋常小令是。蓋在詞中，凡體調雙叠、三叠、四叠者，必不容割去下叠或下數叠

---

①　今校：“雙漸小卿問答”，原作“雙漸小青問答”。按鍾嗣成《録鬼簿》卷下作“雙漸小卿問答”，《樂府群玉》載這組演故事小令爲〔慶東原〕，其中稱小卿爲“小蘇卿”或“蘇卿”。今據浦漢明校《新校録鬼簿正續編》及隋樹森校訂《類聚名賢樂府群玉》改。

不填；一至曲中，則雖有么篇或么篇换頭，嚮例略而不填也（惟有少數例外）。故詞調有二百餘字極長者；至曲調則除增句格、帶過曲，或集曲外，大都不滿百字。前後相較，顯然退化也。

凡此變遷消長之間，所發生之異同繁簡，各有程限，亦各有原故，求詞曲之通解者，不可忽焉。

四 牌 調

因詞曲爲純粹合樂之韻文，音樂方面既有音譜之成立與變化，故文字方面亦有牌調之成立與變化。詞樂既亡，詞樂與曲樂間之沿革，遂難詳考；但詞之牌調，固完全存在也，則與曲之牌調一經比較以後，詞樂與曲樂間之關係，亦可以得其大概矣——此牌調不可忽視者一也。更捨去歌唱，而祇專從文字方面之吟諷以言：詞曲乃極講聲律之韻文、美文，不但合樂以後，歌唱美聽，即不明音譜，不能歌唱之人，祇調之於脣吻喉舌之間，曼聲諷誦，亦每覺有一種諧和圓融，足以激增情感者。倘作詞曲而不合牌調，即是根本上遺棄詞曲之特長；倘讀詞曲而錯其句讀，戾其平仄，則並詞曲之形體而毁滅之矣，尚何詞曲之可云——此牌調不可忽視者二也。

杜文瀾刻《詞律》，附《詞律拾遺》，共載八百七十餘調、一千六百七十餘體，可以假設爲詞調較備之數；若《欽定詞譜》之二千三百二十六體，《歷代詩餘》之一千五百四十調，均靠不住也。《北詞廣正譜》載調四百四十七，《南詞定律》載調一千三百四十二，合計一千七百八十九調，可以假設爲曲調較備之數。但從杜書以後所發見之宋元詞集中，可以補出不少新調；益以明清詞人自度之新腔，則將詞調補足一千之數，殊非難事。而元人曲調，後世譜書所失載，如見於永樂間《諸佛名歌》等書者，已經可數；明清人傳奇中之新犯調、新集曲，爲已前譜書所無者，益不勝枚舉，補足曲調至二千之數，或亦在意中也，然則詞調與曲調之數目，大概爲一與二之比也。

詞曲牌調繁衍之迹，不甚相同。詞調繁衍途徑有五：（一）乃由繁入簡，先有大曲，然後有法曲，有摘遍，有慢詞。（二）乃由簡至繁，先有小令，然後有引近，有慢詞，有序子。（三）乃譜拍間之變化，如小令之有添聲、偷聲、減字、促拍、攤破等;令、引、近、慢間之有犯調、集調等。(四)乃自度腔,知音者率意吹管成腔,然後填詞。(五)乃自製腔,善文者率意爲長短句,然後製譜。曲調繁衍,南北情形不同:北曲不過三分之一淵源於古曲與宋詞,其餘三分之二皆屬創造;南曲則三分之一源於宋詞,三分之一源於北曲,三分之一出於集曲。至於今後,詞樂既亡,如清人之用集曲辦法來集詞調者,殊覺無聊;集曲之法,惟南曲在崑腔之中,尚能沿用不輟耳。

詞調與曲調間之變遷,其顯而易見者,約有九種:(一)名同調同,曲借詞用,絲毫不變者,如〔點絳唇〕、〔太常引〕等是。(二)名同調同,而詞易爲曲,頗有變動者,如〔醉花陰〕,在詞每片句法爲七五五四五,在曲則爲七七五四五三三七。(三)名同調異,而曲中借名之由,一時無可尋迹者,如〔醉落魄〕、〔感皇恩〕等是。(四)名相同或相似尚可見,而調之同異已不可知者,如詞中大曲有《降黄龍》之前衮、中衮等名目,而調已失傳,不知與北曲中之〔降黄龍衮〕同異若何。(五)名異調同,曲借詞用,僅换一名者,如曲之〔柳外樓〕即詞之《憶王孫》等。(六)名異調同,而曲中略增格律者,如曲之〔一半兒〕亦即詞之《憶王孫》,惟末句增作九字句,且必作“一半兒”云云之格耳。(七)名異調同,而曲中略减格律者,如曲中〔也不囉〕即詞中《喜遷鶯》,但减去换頭不用耳。(八)名既相似,而調確有關者,如曲之〔搗白練〕與詞之《搗練子》,起處同爲三言兩句。(九)名雖相似,而調並無關者,如詞之《撥棹子》與曲之〔川撥棹〕,詞之《三臺》、《伊州三臺》,與曲之〔鬼三臺〕、〔要三臺〕等是。

詞曲形式,所異於他種韻文者,有三點:(一)乃句法長短;(二)乃平仄和諧;(三)乃叶韻自然。此三者皆表現於所謂牌調中。句法既長短不齊,乃與語調接近;平仄既和諧,叶韻既自然,乃於抑揚頓挫之間,摇曳生姿。唐人短調,多用單數字之句,三言、五言、七言;間有一二雙數字之句配置其間,極爲匀稱,尤見諧婉,而宜於諷詠。至於宋人慢詞,則字數、句數,俱多駢偶,不合語調,文字遂爾艱深,而詞之生氣,乃漸薄矣。及元人之曲,句法之長短,陡然發達,且超過唐人短調;更大興襯字與一韻到底,平仄互叶之制,不但吻合語調,流利生動,且於起落振蕩之間,極盡排奡馳驟之趣,迥非宋詞長調所能及矣。但易北爲南,則又入宋詞長調窠臼。集曲盛行,撏撦堆嵌,益覺餖飣破碎,音樂方面容有所取,文字方面終難振拔矣。其故誠不僅由於調式,而調式與音譜、文字間之關係,固輾轉相生,互爲因果也。

更有一通義,無論填詞譜曲不可不知者:詞曲之作用,原均在唱;不能歌唱,而衹吟諷,則遇拗句澀腔,輒覺不諧;惟拗句澀腔,調於脣吻之間,頗有别趣,每得不諧之諧,特不能人人强同耳。拈調填詞者,果好其調則用之,不好則不用。若既用以後,於昔人歌唱之諧,與夫體式之要,必須一一還其本來,不容隨意改抹,甚至蕩廢滅裂。固不必遏阻目前一己之快,以遷就古人過去之體,亦不可混亂古人已成之體,以逞自己一時之快。不好之則不用之可,若用之而復亂之,終不足爲訓矣。

五 音 譜

詞曲之特點,既在合樂,而樂之表示,端在音譜,故音譜一層,甚爲重要。詞曲事業之全部中,音樂與文字,實各占其半。欣賞詞曲者,可以僅取文而捨音,或僅取音而捨文;若在研究詞曲者之意識中,則音譜與文字,固不應有所軒輊輕重於其間也。惟文字乃通業,而音樂乃專藝;擅長專藝者太少,故自來從事詞曲者,率勤於文而忽於音,音於是乎將廢,殊可惜也!

音譜方面之重要情形,約有五點:(一)詞樂全亡,今日所知者太微,不能追復。(二)曲樂衹傳崑腔,元人曲樂亦亡,今亦難追。(三)崑腔之作用,不僅僅及曲,而且及詞。(四)崑腔之大概,及今後之宜加保存,勿令與宋樂元音同一淪亡。(五)詞樂曲樂之宫調,原於燕樂,而逐代簡省,至於崑腔,習用者僅九種宫調而已。兹將關於此五點者,撮陳大要如次——

昔人於音譜,僅作口傳耳受,不筆之於書,於是許多古樂譜,均隨時代以亡,不能流布後世。宋修内司有《樂府渾成集》之輯,一百二十七册之多,分五音、十二律以類次當時各種音譜,腔字板式均完備;惜其書失傳,自唐至北宋之詞樂,乃完全無考。南宋詞樂,有姜夔《白石道人集》所載之譜,與張炎《詞源》所載之音譜、拍眼諸説,可以省辨一二。但姜譜誤於傳寫,難於通釋,張説過於簡略,無從應用,故詞樂終於不復。兹據張及其他宋人之説,列一簡表如次,略示梗概——

名稱	創始時代	唱名	片數	樂器	拍具	聲音	音譜	拍眼
令	唐		一或二					四揩匀
引近	唐	小唱	二	啞篳篥			有頓而不叠	六均
慢曲	唐	小唱	大頭曲二，叠頭曲三	啞篳篥	以手拍	清圓	有大小頓、大小住、掣、拽等字。頓，不叠。	有打前拍、打後拍，前九後十一，除去四豔拍，則前後八均拍。
三臺	宋		三					慢二急三，共三十拍。
序子	宋		四		拍板			其拍頗碎
法曲	唐		與大曲相仿	倍四頭管	以手拍	清越	稱停聚慢，調停音節。	與大曲相類。散序無拍，歌頭、始拍，中序正合均拍。①
大曲	唐	曲破	十至二十四	倍六頭管②	以手拍	流美	同法曲	每片不同。前衮、中衮六字一拍，煞衮三字一拍。
纏令	宋	唱賺	首尾成套	倍六頭管	以手拍	流美		多用序子之拍
諸宫調	宋	嘌吟説唱			手調兒鼓			

① 今校："中序"，原作"中小"。今據清《詞學叢書》本《詞源》改。
② 今校："倍六頭管"，原作"倍大頭管"。今據清《詞學叢書》本《詞源》改。

觀於此表，可知以音譜、拍眼等爲别，則南宋之時，在所謂詞曲範圍以内者，實有九種不同之體裁，大可注意也。

元曲盛行之時，宋詞已升至大樂之地位；當時祇有《天仙子》、《蝶戀花》等十餘調尚傳唱，觀楊朝英《陽春白雪》所載可知。南曲盛行以後，北曲又漸如宋詞之絶響。元時南曲，如《琵琶記》等，猶用弦索，以爲正音，明人唱南曲，乃改用笛管。直至正德間，金元雜劇與南戲之唱法猶傳（見何良俊《三家村老委談》）。嘉隆之際，魏良輔創成崑腔，風靡一世，元人之南北曲唱法，都爲掩蓋，而遂寂然遏滅，及今雖求如宋詞之姜譜張説者，以供考證，並不可得矣。惟崑腔亦非赤手空拳所能造成者，其中必有若干部分因襲於元樂；徒以元樂如何，毫無所知，今日雖欲就崑腔内辨别出之，竟無從著手也。

崑腔始興，僅用於當時新製之傳奇散曲；自後漸將前人之南曲，前人之北曲，亦皆譜成崑腔，其勢乃大盛，與其先後同時所作之海鹽、弋陽諸腔，均不能抗，於是自明之嘉隆，至於清之乾嘉，三百年間，吾國之樂府一席，惟讓崑腔獨占耳。明季猶無正式譜書。清康熙間，吕士雄等編《南詞定律》，僅及南曲；乾隆間，周祥鈺等編《九宫大成南北詞宫譜》，不但南北曲調各具譜拍，並宋元詞調，亦羅列大半，演成崑腔，此可謂崑腔極盛之業矣。後來許寶善編《自怡軒詞譜》、謝元淮編《碎金詞譜》，即就《九宫大成譜》取材，而加以改訂者。惟以崑腔唱宋詞，在崑腔固無所不可，在宋詞則終覺不倫不類，不足爲訓耳。

崑腔之音譜，即所謂腔格也，分主腔與小腔兩種。主腔因調而異；調之句法、四聲，各各不同，故主腔亦不同。大概平聲以本爲主；上聲自低而高；去聲自高而低；入聲與平聲同。小腔所以聯絡主腔，曼聲應拍。崑腔之拍眼甚複雜：板有正、贈兩種；正板又有頭、腰、底三種；眼有中、小兩種。其應用也，有無板之調，有散板之調（即每句斷處有一底板而已），有一板一眼之調，有一板三眼之調，有一板三眼而又加贈板之調。各調中正板之數有定，其地位因句中字數而異。崑腔之歌唱也，每一字有吐字、收聲、歸韻三種階段；其間有種種口法，要將其字之四聲、陰陽、清濁，完全表示正確而後已。蓋吾國字音，欲説得準，近有所謂國語；欲唱得準，早有所謂崑腔，其他京調、小曲，以及外國樂譜中之唱歌等，皆不足以語此。此崑腔所具之特點，國人語言文字之聲音一日不改，崑腔有保存一日之價值也。惟其音調衹是平和純雅而已，雖北曲兼用乙凡二音而又不用贈板者，亦未見其如何"健捷激裊"，與"惆悵雄壯"也。況人情時有遷變，今之人情已非崑腔之所能感發，其應有之時代已過，今後惟有從事國樂之人，應負其永久流傳之責；勿令與宋詞元曲之樂，同一淪廢耳。

論詞曲宮調之源流與沿革，則大概如下：古代製樂之初，理想之全聲乃以十二律乘七音，共有八十四調之多。後世省聲，僅以十二律乘四聲，得四十八調而已。宋之燕樂，又獨選夾鐘爲律本，四音各得七調，共二十八調而已——此即宋詞宮調之本也。惟宋詞於二十八調中，衹用七宮十二調，共十九調（正宮、高宮、中吕宮、道宮、南吕宮、仙吕宮、黄鐘宮、大石調、雙調、小石調、歇指調、商調、越調、般涉調、中吕調、正平調、高平調、仙吕調、黄鐘羽）。至金元北曲，則僅存六宮十一調，共十七調（比宋詞十九調少高宮、中吕調、正平調、仙吕調、黄鐘羽，而多出角調、商角調、宮調）。至元明南曲，則十三調（比宋詞十九調少高宮、道宮，及中吕調以下五調，而多出一羽調）或九宮。至崑腔，南北兼有，亦衹餘六宮十二調，共十八調（比宋詞十九調少高宮、中吕調、正平調、仙吕調、黄鐘羽，而多出羽調、商角調、宮調、角調），而常用者不過九調（正宮、中吕宮、南吕宮、仙吕宮、黄鐘宮、大石調、雙調、商調、越調）而已。

六　意　境

詞之意隱，曲之意顯。隱者必需揣摩，一經揣摩，容易誤會；顯者可免思索，但不加思索，又容易忽略。誤會者失之太過，是厚誣作者；忽略者失之不及，是深負作者。看他人所爲之詞曲，若不能得其適當之度，真實之境，則自己之作，必亦難於入彀，故意境一層，不可以不省焉。意境之於詞，較曲爲尤要，兹先述詞之意境——

詩中六義，詞得其風與比、興者多，而曲得其賦與雅、頌者多。三百篇之所以爲吾國韻文之極軌者，不必以其六義也，而實以其六義之外之一總義,“真”是也。故後世繼起之韻文,雖用比、興之法,倘情志浮僞者,比、興終不足以增其一毫之價值也。唐五代北宋詞,皆未嘗失真。至南宋,乃不盡然;但亦不過辭甚於意而已,並未秘奥其體,而矜炫其事也。元明乃曲之時代,詞殊不昌。清人爲學,雖能核實,而凡事求尊正統,每每反而失之偏謬。自張惠言等所謂常州詞派者興,而詞之意境,究竟如何,遂成問題矣。張氏曰,詞必合《風》、《騷》之體,用比、興之法;不然,則“蕩而不反,傲而不理,枝而不物”①。所謂“蕩”與“傲”與“枝”,誠然乃詞家之三弊,但濟此三弊,一“真”字已足。若於《風》、《騷》、比、興,泥以“必合”“必用”,則於三弊之外,又將多一“泥而不化”之弊也。後來周濟變其説曰:“夫人感物而動,興之所托②,未必咸本莊雅;要在諷誦紬繹,歸諸中正。辭不害志,人不廢言,雖乖謬庸劣,纖微委瑣,苟可馳喻比類,翼聲究實,吾皆樂取,無苛責焉。”又曰:“夫詞非寄托不入,專寄托不出。”又曰:“初學詞求有寄托,有寄托則表裏相宣,斐然成章;既成格調,求無寄托,無寄托則指事類情,仁者見仁,智者見智。”蓋馳喻尤貴能比其類,翼聲要必先究其實。如此雖卑近亦可取,較之高遠而不擬其類,深美而不符其實者爲佳也。因是知詞法分明有並立者兩種在,即“有寄托”與“無寄托”是,且無所謂“初學”與“學成”之别也。周氏之旨,自較通達,必如此然後詞方不至於泥而不化,不至於失真,不至於墮入隱語、謎語之惡趣,而詞之意境方得保其真實與自然也。

確定一詞之意境,有三準則焉:(一)乃作者之身世;(二)乃全詞之措辭;(三)乃詞外之本事。常州詞派謂温庭筠之〔菩薩蠻〕與《離騷》同一宗旨,但考温氏並無屈原之身世,而此詞又無切實之本事,則“新貼綉羅襦,雙雙金鷓鴣”,絶非《離騷》初服之意,僅不過因鷓鴣之雙飛、製襦之人乃興起自身孤獨之感耳,與上文弄妝遲懶,花面交映之旨實一貫,此就全詞之措辭,可以定其意境者也。又若辛棄疾〔菩薩蠻〕:“江晚正

---

① 今校:“詞必合《風》、《騷》之體,用比、興之法”,非張氏原文。張惠言《詞選序》云:“低徊要眇,以喻其致。蓋詩之比、興,變風之義,騷人之歌,則近之矣。”

② 今校:“之”,原作“有”。今據光緒四年刻本周濟《詞辨》改。

愁予，山深聞鷓鴣。”鷓鴣愁聞，若謂僅尋常之鳴禽興感，則以副上文之行人多淚，長安可憐，豈不太覺淺率？顧當時金人確有在造口追逐隆祐御舟之事實，然後知作者感慨之所在，而可以定此詞之意境矣。至於羅大經謂鷓鴣之鳴，乃指恢復之業行不得也，又未免過矣。故擬定一詞之意境，必於以上三種標準均無所礙，方屬可信；若三者有一於此爲不合，則未容强有所執也。

曲中意境明顯，雖不成問題，但亦有兩層，必須注意：第一，元曲中每有讀去覺其平庸無味者，或過於真率，嫌其淺陋者，或因有方言俚語，不知其用意何在者，若放開主觀，或略加細心以後，則所感便自不同，此等處不可深負古人也。第二，曲既盡情直述者多，而不尚比、興，故有嘲駡，而無諷刺。乃至明人，好藉傳奇之體，作個人尋仇泄恨之具，大者文禍一旦而興，小者疑案百年不决；於是清明坦蕩之文章，一墮而入邪魔惡道，元人之天機一片，嫵媚爛漫之姿，真切淳厚之志，至是乃戕斲殆盡，而曲乃於斯大敝矣！

總之，無論何種文字，皆所以達意，皆貴達作者真意。詞雖尚沉鬱頓挫，有不能不吐，又不能盡吐之勢，要其所吐與所未吐者，確有意境在，確衹有一種意境在，則可以斷定也。曲既是明白説話，則更宜保其真樸而勿墜，又何必荆棘横生，機械百出歟？至詞曲之意境，所以有隱顯之判，截然不同者，亦其性質使然，可以參閲下節。

七　性　質

詞静而曲動；詞斂而曲放；詞縱而曲横；詞深而曲廣；詞内旋而曲外旋；詞陰柔而曲陽剛；詞以婉約爲主，别體則爲豪放；曲以豪放爲主，别體則爲婉約；詞尚意内言外；曲竟爲言外而意亦外——此詞曲精神之所異，亦即其性質之所異也。

詞合用文言，曲合用白話。同一白話，詞與曲之所以説者，其途逕與態度亦各異。曲以説得急切透闢，極情盡致爲尚；不但不寬弛，不含蓄，且多衝口而出，若不能待者；用意則全然暴露於詞面，用比、興者並所比所興亦説明無隱：此其態度爲迫切，爲坦率，恰與詞處相反地位。爲欲極情盡致之故，乃或將所寫情致，引爲自己所有，現身説法，如其人之口吻以描摹之；或明爲他人之情致，則自己退居旁觀地位，以唱嘆出之，或以調侃出之：此其途逕爲代言，爲評贊，又皆詞之所不有者也。

更詳言二者内容之一深一廣也，則有四點——

第一，詞僅宜抒情寫景，而不宜記事，曲則記叙、抒寫皆可。蓋尋常詞中，一經叙事，輒覺義止於事，有傷淺直，雖特殊之工者，其言外之意，亦終不如融情化景者之厚也。詞不但不能叙事，並議論亦不能多發，多發則易流於野放，而不見婉約沉鬱之致矣。惟曲不然：雖小令中，亦有演故事者，並不需有科白以爲引帶，但曲文本身，儘可紀言叙動，初無害於其文字之工耳。

第二，詞僅宜於悲，而不宜於喜，曲則悲喜兼至，情致極放。韻文之内容，莫大於抒情，顧詞之爲詞，非意内而言外不爲工，而歡樂之情，每每言外即無他意可屬。大概詞中一爲情意欣喜之篇，頌禱揄揚之作，輒覺不耐咀嚼與尋繹，勉强爲之，不礙體韻，即傷氣格。此所以大雅之詞集中，必不多存壽詞，不僅以其爲酬應之作而少之也。至於曲則不然：得機趣者即爲工；玩味曲者，亦絶無待於咀嚼尋繹。機趣相投，一觸而得，愁固隨以蹙額顰眉，歡亦從而手舞足蹈。惟其言歡誌喜，亦初無害於文字之工，然後慶祝、頌贊，乃亦成曲家可以有爲之事矣。且元代曲家，志趣大抵樂天，雖極頹唐、極危苦之境，亦必以極放曠、極興會之語出之。滿紙豪情萬丈，令人神旺。故推崇詞體者猶可以藉源本《風》《騷》爲辭，若推崇曲者，則獨不可以此爲附會，蓋曲之内容，實有一種絶對樂天之旨趣在其中也。

第三，詞僅可以雅而不可以俗，可以純而不可以雜，曲則雅俗俱可，無所不容，意志極闊也。孫麟趾謂“牛鬼蛇神，詩中不忌，詞則大忌”，若在曲中，則大不忌。蓋曲因動機、方法、作用種種，都純任自然，故不問局面，雅俗並包，而内容遂闊。詞則一切以雅爲歸，即不啻以雅爲局面；借雅寫俗者有之，借俗寫雅者未聞。故曲係“自然化”，詞則“雅化”也。即以題目而論：詞集中若有“春景”、“夏景”、“閨情”、“送别”等題，則鮮不爲後來作家笑者,意此類字面實淺俗不成題目也。必也,如南宋姜夔等於撰詞之外,並刻意撰題,字斟句酌,成一種清腴峭拔之小品文字者爲方合。若在曲,則滿眼所見者,不但"春景"、"閨情"等俱是題目,即"王大姐浴房中吃打"、"長毛小狗"、"右手三指"、"大桌上睡覺"、"穿破靴"等,亦俱綴於調名之下爲題,毫不爲怪也。

第四,詞僅宜於莊,而不宜於諧,曲則莊諧雜出,態度較活也。詞中最忌打油俳體,或纖巧輕滑。曲家之視俳體與非俳體,則初無軒輊;且俳體之格勢極多,製作不窮,幾占全部著述之半。所以致此者,蓋曲之初創,本屬一種遊戲文字,填實民間已傳之音調,茶餘酒後,以資笑樂者耳,初非同於廟堂之樂章,亦無所謂風詩之比、興也。及關馬喬張之輩繼出,胡侍所謂皆終其身沉抑下僚,鬱鬱不得志者,激而憤世,放而玩世,乃利用此不關緊要之曲體,以供其嬉笑怒罵、嘲譏戲謔,而俳體盛矣。詞之初興,亦同是一種游戲小文,惟創導者之時會,承襲者之人材,有別於曲,遂終形成其端謹嚴密之體,就中情態之弛,至調笑而已甚,若再進而嘲謔,則大非分矣。

魏伯子論南北曲性質之異,略謂"南曲如抽絲,北曲如輪槍;南曲如南風,北曲如北風;南曲如酒,北曲如水;南曲自然者如美人淡妝素服,文士羽扇綸巾,北曲自然者如老僧世情物價,老農晴雨桑麻;南曲柳顫花搖,北曲水落石出;南曲如珠落玉盤,北曲如金戈鐵馬"。諸語固深中南北曲之奥窔,若將南曲易爲詞,則亦異常貼切,夫然後詞曲間性質之別,乃益爲明著,而詞與南曲之關係,亦可以想見矣。

八 派 別

求詞與曲共有之派別,則下列數種是也——

(一)南與北。詞曲在源流上,如人物、地理、政治等,均有關係;若於派別,則地理一層,尤覺有關,即南北之分是也。曲之分別南北,音樂方面無論矣,即文字方面,亦復與音樂相應合,顯呈剛柔兩派。曲如此無論矣,即詞亦復如是。蓋詞以兩宋爲極盛,而兩宋之分,端在南北:一都汴梁，一都臨安[1]，風土不同，人情有異，發爲聲音，演成文字，亦隨之以殊。唐五代詞，雖不在此範圍以内，要其聲音之始，自胡樂變來；胡人北居，其文字之近於北派，亦不能掩耳。

（二）約與放。前節《性質》之中已言之：詞主婉約，而曲主豪放，且又互易其所主者以爲輔，於是詞中亦不免有豪放，而曲中亦不免有婉約也。詞中同一婉約，見於唐五代北宋小詞者，與見於兩宋慢詞者又不同：蓋一則辭意兼約以爲深婉，一則敷辭托意以爲深婉也，豪放之在曲，蓋有二義：一乃意境超脱，一乃遣辭馳騁，均是放也。詞中之有豪放，詞境因以闊大，蘇軾、辛棄疾作，多入詞之高境，而於詞之準則，深厚含蓄，初無背偭。曲中婉約，比較爲然耳，祇見於所謂清麗一派中之一部分，於曲之大體無甚關係，不若豪放之在詞者爲足重矣。

（三）華與質。前節《性質》中謂詞合用文言，曲合用白話，此處所謂華與質之分，並非完全即文言與白話之異，蓋文與話中，又各有華質之别也。温庭筠、韋莊詞之華，文言也；李煜詞之質，亦文言也；張可久曲之清疏雅俊，華也；喬吉曲之鎔鑄凡俗，亦華也。《花間集》之華，鏤金錯采而已；《樂府補題》之華，則運典使事矣。《西厢記》之畫工，猶是生香活色也，《浣紗》、《玉玦》諸記之渲染，則濃鹽赤醬矣——華之不同，有如是者。黄庭堅、石孝友之引俚語入詞，終未覺其有是處；李清照之爲白話，間有"觸著"與"自然"之妙，而終不免淺露之嫌；若小説筆記之中，間有白描之作，則又多入曲境。既入曲境，則無往而不可，祇見有不能質、不善質者，未見有傷於質者——質之不同，有如是者。

（四）律與文。以律爲重，以文就律者，一派也；以文爲重，以律就文者，又一派也。詞中蘇辛，當時人即以爲其作多不合律，雖逞才情，於文爲盛，而究非當行。崑腔作後，沈璟專門倡律，繩墨該嚴；而湯顯祖則祇知有文字，筆意所到，寧可拗折天下人之嗓子。此其最著者也。夫"律"與"文"二者，即詞曲之所以構成者也；於此致力有所輕重，則派别分矣。南與北者，即律之派别也；約與放，華與質者，即文之派别也。此處律與文之對峙，蓋又其根本上兩種不同之發達趨向耳。

---

[1] 今校："臨安"，原作"建康"。今據文意改。

總之,約者往往用華,而精細於律,此南派之大概也;放者往往用質,而馳騁於文,此北派之大概也。倘吾人視詞曲皆爲長短句之合樂韻文一個範圍中物,則何分於"詞"? 何分於"曲"? 亦不過南北之兩派而已。南人之曲,實近於詞,而北人之詞,實近於曲矣。

九　餘　意

前人合詞曲兩事作通解者,鮮有其書。若以一人而兼究詞曲兩事,各有所表見者,則前有王世貞之《詞評》、《曲藻》,繼有李漁之《窺詞管見》與《閑情偶寄》,後有劉熙載《藝概》中之兼概詞曲。近人王國維《宋元戲曲史》出,始溝通詞曲之界,而加以一貫之叙論。王氏於戲曲以外,又兼有《人間詞話》、《録曲餘談》等作;姚華《菉漪室曲話》中亦有將詞曲合觀以後之所得;惜皆瑣屑陳詞,無都條理。故通解所在,前人無多發明,要學者親自體會於其間而自爲鈎稽其端緒也。

若詞曲分科,擇一而事,則最要或最易得而比較合用之書,各舉五種如下:

詞	花間集	後蜀趙崇祚選
	宋詞三百首	近人朱祖謀選
	詞律	清萬樹等編
	詞林正韻	清戈載編
	白雨齋詞話	清陳廷焯著
曲	太平樂府	元楊朝英選
	元曲選	明臧懋循選
	九宫大成譜	清周祥鈺等編
	宋元戲曲史	近人王國維著
	顧曲麈談	近人吴梅著

其他專門詞曲研究之重要書目,甚爲繁瑣,非此處所宜列。

研究詞曲，雖祇有合併研究與分别研究兩途可言，若實際從事詞曲之業，則其事業甚多。於文字有欣賞、批評、選録、編纂、製作五事；於牌調有編纂、考證二事；於音譜有製譜、合樂、歌唱三事；於搬演有考證、演習二事。此中境界，亦正廣闊，前人每有窮畢身之力，未能盡其一端者，"小道"、"末技"之見解，終是不知者之言耳。以言致用，詞則離開社會愈遠，僅供少數文人之陶寫而已；若曲因崑腔猶存，未盡絶響，而字句活潑，拍合語調，體制廣闊，無所拘限，猶能用前人之聲，泄今人之藴，而動衆人之情，故在今後文藝上之地位，應不僅僅於欣賞舊篇，傳歌陳譜而已也，是在有志者之提倡與致力耳。

十　選　例

菩薩蠻　詞　　　　唐　温庭筠

小山重叠金明滅，鬢雲欲度香腮雪。懶起畫蛾眉，弄妝梳洗遲。照花前後鏡，花面交相映。新貼綉羅襦，雙雙金鷓鴣。

水精簾裏玻璃枕，暖香惹夢鴛鴦錦。江上柳如烟，雁飛殘月天。藕絲秋色淺，人勝參差翦。雙鬢隔香紅，玉釵頭上風。

梧葉兒　曲　　　　元　徐再思

芳草思南浦；行雲夢楚陽；流水恨瀟湘；花底春鶯燕；釵頭金鳳凰；被面綉鴛鴦——是幾等兒眠思夢想。

鴉鬢春雲嚲；象梳秋月欹；鸞鏡曉妝遲；香漬青螺黛；盒開紅水犀；釵點紫玻璃——祇等待風流畫眉。

按：以上二詞二曲，可以明詞曲意境，一含情，一盡致，截然不同。

虞美人　詞　　　　南唐　李煜

春花秋月何時了？往事知多少？小樓昨夜又東風，故國不堪回首月明中！　雕闌玉砌應猶在，祇是朱顔改。問君能有幾多愁？恰似一江春水向東流。

此首表示五代詞中有白描一體，與温氏之作以精麗勝者，截然不同。但意境遠大，辭雖清而含蓄愈甚，與温氏一派，同爲詞中至境。

叨叨令　曲　　　　　　元　鄧玉賓

一個空皮囊包裹着千重氣，一個乾骷髏頂帶着十分罪，爲兒女使盡了拖刀計，爲家私費盡了擔山力。您省的也麼哥？您省的也麼哥？這一個長生道理何人會？

以上一詞一曲，略示詞曲用白話之限度。詞中白話，不過爲淺近之文言而已；真正白話，祇有曲中可用，且毫無限制也。

長相思　詞　　　　　　南唐　李煜

雲一緺，玉一梭，淡淡衫兒薄薄羅，輕顰雙黛螺。　秋風多，雨相和。簾外芭蕉三兩窠。夜長人奈何！

大德歌　曲　　　　　　元　關漢卿

風飄飄，雨蕭蕭，便做陳摶也睡不着。懊惱傷懷抱，撲簌簌淚點兒拋。秋蟬兒噪罷寒蛩兒叫，淅零零細雨灑芭蕉。

以上一詞一曲，略表五代小詞與元人小曲，有意境相似之處。兼得唐人七絶風度，與南宋詞之凝晦滯重者，迥不相侔也。

小重山　詞　　　　　　前蜀　韋莊

一閉昭陽春又春，夜寒宫漏永，夢君恩。臥思陳事暗銷魂。羅衣濕，紅袂有啼痕。　歌吹隔重閽。繞庭芳草緑，倚長門。萬般惆悵向誰論？凝情立，宫殿欲黄昏。

讀此首可見五代小詞，多用三、五、七言奇數字之句，配成全調，極盡抑揚頓挫、流利圓轉、摇曳生動之妙，迥非南宋長調，多用偶數字之句，板滯凝重者可比也。平仄之諧和，叶韻之匀稱，情意之綿遠，思致之含蓄，此詞此調，已臻極處。

塞鴻秋　　　　　　元　貫雲石

戰西風遥天幾點賓鴻至,感起我南朝千古傷心事。展花箋欲寫幾句知心事,空教我停霜毫半晌無才思。往常得興時,一掃無瑕玼,今日個病懨懨剛寫下兩個相思字。

此調表示曲中所用襯字與排句之甚,然後文字方覺馳騁,方覺飽滿,方得極情盡致。

鷓鴣天　詞　　　　　　北宋　晏幾道

彩袖殷勤捧玉鍾,當年拚卻醉顔紅。舞低楊柳樓心月,歌盡桃花扇底風。　從别後,憶相逢,幾回魂夢與君同。今宵剩把銀釭照,猶恐相逢是夢中。

蝶戀花　詞　　　　　　北宋　歐陽修

庭院深深深幾許?楊柳堆烟,簾幕無重數。玉勒雕鞍游冶處,樓高不見章臺路。　雨横風狂三月暮,門掩黄昏,無計留春住。淚眼問花花不語,亂紅飛過秋千去。

以上二詞,表示北宋小詞神韻高處。意在流連光景,憂傷身世;辭多閑静婉曲,明俊流利。

寄生草　曲　　　　　　元　白樸

長醉後方何礙,不醒時有甚思!糟醃兩個"功名"字,醅渰千古興亡事,麯埋萬丈虹霓志。不達時皆笑屈原非,但知音盡説陶潛是。

撥不斷　曲　　　　　　元　馬致遠

菊花開,正歸來,伴虎溪僧、鶴林友、龍山客,似杜工部、陶淵明、李太白,有洞庭柑、東陽酒、西湖蟹。哎!楚三閭休怪!

以上二曲,表示初元曲家之作。意在遯世逃情,曠放歡笑;辭多排奡馳騁,奇詭豪辣。

望海潮 詞　　　　北宋　秦觀

梅英疏淡，冰澌溶泄，東風暗换年華。金谷俊游，銅駝巷陌，新晴細履平沙。長記誤隨車；正絮翻蝶舞，芳思交加；柳下桃蹊，亂分春色到人家。　西園夜飲鳴笳，有華燈礙月，飛蓋妨花。蘭苑未空，行人漸老，重來事事堪嗟。烟暝酒旗斜，但倚樓極目，時見棲鴉。無奈歸心，暗隨流水到天涯。

瑞龍吟 詞　　　　北宋　周邦彦

章臺路。還見褪粉梅梢，試花桃樹。愔愔坊陌人家，定巢燕子，歸來舊處。　黯凝竚。因念個人癡小，乍窺門户。侵晨淺約宫黄，障風映袖，盈盈笑語。　前度劉郎重到，訪鄰尋里，同時歌舞。惟有舊家秋娘，聲價如故。吟箋賦筆，猶記燕臺句。知誰伴、名園露飲，東城閑步。事與孤鴻去，探春盡是，傷離意緒。官柳低金縷，歸騎晚，纖纖池塘飛雨。斷腸院落，一簾風絮。

以上二首，表示北宋慢詞至處。凡慢詞之形式精神，於此俱可概見。雖文法已甚鋪排，情景已多分叙，而條理明暢，意境圓融，祇覺其含蓄藴藉，紆迴綿邈，非短調所能有，不傷拖沓敷衍，沉晦滯重也。

雙調夜行船秋思 曲①　　　　元　馬致遠

百歲光陰一夢蝶②，重回首往事堪嗟。昨日春來，今朝花謝，急罰盞夜闌燈滅。

〔喬木查〕秦宫漢闕，做衰草牛羊野③。不恁漁樵無話説。縱荒墳横斷碑，不辨龍蛇。

〔慶宣和〕投至狐蹤與兔穴，多少豪傑！鼎足三分半腰折，魏耶？晉耶？

---

① 今校：此散曲套數文本與周德清《中原音韻》卷下所載基本一致，與《梨園按試樂府新聲》卷上所載版本有明顯出入。今僅依明刻本《中原音韻》校勘。

② 今校："一夢蝶"，明刻本《中原音韻》作"如夢蝶"。

③ 今校："做衰草牛羊野"，明刻本《中原音韻》作"都做了衰草牛羊野"。

〔落梅風〕天教富，不侍奢[①]，無多時好天良夜。看錢奴硬將心似鐵，空辜負錦堂風月。

〔風入松〕眼前紅日又西斜，疾似下坡車。晚來清鏡添白雪[②]，上床與鞋履相別。莫笑鳩巢計拙，葫蘆提一就裝呆[③]。

〔撥不斷〕利名竭，是非絶。紅塵不向門前惹，綠樹偏宜屋角遮，青山正補牆頭缺，竹籬茅舍。

〔離亭宴帶歇拍煞〕蛩吟罷一枕纔寧貼，雞鳴後萬事無休歇[④]。算名利何年是徹[⑤]？密匝匝蟻排兵，亂紛紛蜂釀蜜，鬧穰穰蠅爭血。裴公綠野堂，陶令白蓮社。愛秋來那些：和露摘黄花，帶霜烹紫蟹，煮酒燒紅葉。人生有限杯，幾個登高節？囑付與頑童記者：便北海探吾來，道"東籬醉了也"。

以上示散曲套數之格式與文字，北曲聯套之法已失傳，現在惟有依照元人成法，知其然而不知其所以然。套數之文字，大抵鋪排敷衍者多，普通衹注意煞尾一調，略見精采。馬氏此作，頗爲後人傳誦，按之確有條理，實套曲中不可多得之作，不僅以辭意豪邁勝而已也。

念奴嬌　　北宋　蘇軾

大江東去，浪淘盡千古風流人物。故壘西邊，人道是三國周郎赤壁。亂石崩雲，驚濤裂岸[⑥]，捲起千堆雪。江山如畫，一時多少豪傑。遥想公瑾當年，小喬初嫁了，雄姿英發。羽扇綸巾談笑間，强虜灰飛烟滅，故國神游，多情應笑我，早生華髮。人間如夢，一尊還酹江月！

---

① 今校："不侍奢"，明刻本《中原音韻》作"莫太奢"。

② 今校："晚來"，明刻本《中原音韻》作"曉來"。

③ 今校："一就裝呆"，明刻本《中原音韻》作"一恁裝呆"。

④ 今校："蛩吟罷一枕纔寧貼，雞鳴後萬事無休歇"，明刻本《中原音韻》作"蛩吟一覺纔寧貼，雞鳴萬事無休歇"。

⑤ 今校："算名利"，明刻本《中原音韻》作"爭名利"。

⑥ 今校："亂石崩雲，驚濤裂岸"，明刻宋名家詞本《東坡詞》作"亂石穿空，驚濤拍岸"。

賀新郎别茂嘉十二弟　　北宋　辛棄疾

緑樹聽鵜鴂,更那堪鷓鴣聲住,杜鵑聲切。啼到春歸無啼處,苦恨芳菲都歇。算未抵人間離别:馬上琵琶關塞黑,更長門翠輦辭金闕。看燕燕,送歸妾。　將軍百戰身名裂,向河梁回頭萬里,故人長絶。易水蕭蕭西風冷,滿坐衣冠似雪。正壯士悲歌未徹,啼鳥還知如許恨,料不啼清淚長啼血。誰共我,醉明月?

以上二者,表示詞中豪放一派。詞本以婉約爲主,但似此情志深厚,大氣磅礴,排奡生動之篇,有之適足以擴詞之境。若末流淺薄,面目失之叫囂惡札,見誹於人者,蘇辛原不負責也。

憑闌人　曲　　元　張可久

屏外氤氲蘭麝飄,簾底惺忪鸚鵡嬌。暖香繡玉腰,小花金步摇。

紅繡鞋寧元帥席上　曲　　元　張可久

嗚玉珮凌烟圖畫,樂雲村投老生涯。少年誰識故侯家?青蛇昏寶劍,團錦碎袍花,飛龍閑厩馬。

紅繡鞋春情　曲　　元　任昱

暗朱箔雨寒風峭,試羅衣玉減香銷。落花時節怨良宵。銀臺燈影淡,綉枕淚痕交,團圓春夢少。

以上三首,表示曲中婉約一派。曲本以豪放爲主,似此參用詞法,於字句十分凝鍊,富有静的韻味者,雖楚楚動人,在曲中實爲變格,無甚重要。特如張氏爲元代散曲專家,以融和詞韻入曲,而自成騷雅見長,其合作於曲體並無傷損者。亦爲介於詞曲二者之間,所不可免亦復不可少之一派也。

滿江紅　詞　　北宋　岳飛

怒髮衝冠,憑闌處瀟瀟雨歇。抬望眼仰天長嘯,壯懷激烈。三十功名塵與土,八千里路雲和月。莫等閑白了少年頭,空悲切!　靖康耻,猶未雪;臣子恨[1],何時滅？駕長車踏破,賀蘭山缺。壯志飢餐胡虜肉,笑談渴飲匈奴血。待從頭收拾舊山河,朝天闕。

此乃詞中最爲悲壯沉雄之作,在蘇、辛以外,别成格局。

聲聲慢　詞　　北宋　李清照

尋尋覓覓,冷冷清清,淒淒慘慘戚戚。乍暖還寒時候,最難將息。三杯兩盞淡酒,怎敵他晚來風急？雁過也,正傷心[2],却是舊時相識。滿地黄花堆積,憔悴損,如今有誰堪摘？守著窗兒,獨自怎生得黑？梧桐更兼細雨,到黄昏點點滴滴——者次第怎一個愁字了得？

此詞乃北宋女詞人中特異之作。運用白話,而未反詞之體性,斯爲難得。

翠樓吟　詞　　南宋　姜夔

淳熙丙午冬,武昌安遠樓成,與劉去非諸友落之,度曲見志。余去武昌十年,故人有泊舟鸚鵡洲者,聞小姬歌此詞。問之,頗能道其事。還吴,爲余言之。興懷昔游,且傷今之離索也。

月冷龍沙,塵清虎落,今年漢酺初賜。新翻胡部曲,聽氈幕元戎歌吹。層樓高峙,看檻曲縈紅,檐牙飛翠。人姝麗,粉香吹下,夜寒風細。此地宜有詞仙,擁素雲黄鶴,與君游戲。玉梯凝望久,但芳草萋萋千里[3]。天涯情味,仗酒祓清愁,花消英氣。西山外,晚來還捲,一簾秋霽。

此示南宋詞中姜氏之醇雅超逸一派。

鶯啼序春晚感懷　詞　　南宋　吴文英

殘寒正欺病酒,掩沉香繡户。燕來晚飛入西城,似説春事遲暮。畫船載清明過却,晴烟冉冉吴宫樹。念羈情游蕩隨風,化爲輕絮。　十載西湖,傍柳繫馬,趁嬌塵軟霧。遡紅漸招入仙溪,錦兒偷寄幽素。倚銀

---

① 今校:"恨"原作"憾"。今據中華書局1965年版《全宋詞》改。

② 今校:"正",原作"最"。今據中華書局1965年版《全宋詞》改。

③ 今校:"但",清乾隆江都陸氏本《白石道人歌曲》卷四作"歎"。

屏春寬夢窄,斷紅濕歌紈金縷。暝堤空,輕把斜陽,總還鷗鷺。 幽蘭旋老,杜若還生,水鄉尚寄旅。別後訪六橋無信,事往花委,瘞玉埋香,幾番風雨。長波妒。盼遥山羞黛,漁燈分影春江宿,記當時短楫桃根渡①。青樓彷彿臨分,敗壁題詩,淚墨慘淡塵土。 危亭望極,草色天涯,歎鬢侵半苧。暗點檢離痕歡唾,尚染鮫綃,嚲鳳迷歸,破鸞慵舞。殷勤待寫,書中長恨,藍霞遼海沉過雁,漫相思彈入哀箏柱。傷心千里江南,怨曲重招,斷魂在否?

此示序子一體,爲流傳之詞調中最長者,並示吴氏詞派,極深晦凝重之致。

齊天樂蟬 詞　　南宋　王沂孫

一襟餘恨宫魂斷,年年翠陰庭樹。乍咽涼柯,還移暗葉,重把離愁深訴。西窗過雨,怪瑶珮流空,玉箏調柱。鏡暗妝殘,爲誰嬌鬢尚如許? 銅仙鉛淚似洗,歎移盤去遠,難貯零露。病翼驚秋,枯形閲世,消得斜陽幾度? 餘音更苦。甚獨抱清高,頓成淒楚。漫想薰風,柳絲千萬縷。

此示南宋末年王氏一派,好借詠物小題,暗抒憂時傷世之痛。詞中之用比興,此爲最著矣。而沉思之細、措詞之精,此作尤爲罕有。

水仙子 曲　　元　喬吉

眼前花怎得接連枝②? 眉上鎖新教配鑰匙。描筆兒鈎銷了傷春事,悶葫蘆咬斷綫兒③。錦鴛鴦别對了個雄雌;野蜂兒難尋覓;蠍虎兒甘害死④;蠶蛹兒别罷了相思⑤。

此示元曲於豪放之外,有清麗一派,張可久是其正宗,而喬氏以奇俊爲清麗,尤爲當行,亦最難學。

---

① 今校:"根",原作"耕"。今據中華書局1965年版《全宋詞》改。

② 今校:"眼前花",清鈔本《喬夢符小令》作"眼中花"。

③ 今校:"咬",清鈔本《喬夢符小令》作"鉸"。

④ 今校:"甘",清鈔本《喬夢符小令》作"乾"。

⑤ 今校:"别",清鈔本《喬夢符小令》作"畢"。

一半兒春繡 曲　　元　查德卿

綠窗時有唾絨粘①,銀甲頻將彩綫挦。繡到鳳凰心自嫌,按春纖,一半兒端相一半兒掩。

此示清麗一派中,又有細膩精緻一種。

醉中天大蝴蝶 曲　　元　王和卿

掙破莊周夢,兩翅駕東風,三百處名園一採一個空。難道風流孽種,諕殺尋芳蜜蜂! 輕輕的飛動,把賣花人搧過橋東。

此示元人小曲中多俳體。好拈詠物諧謔小題,以資遊戲,而工巧絶倫,後所不及。

醉太平歸隱 曲　　元　汪元亨

辭龍樓鳳闕,納象簡烏靴。棟梁材取次盡摧折,況竹頭木屑! 結知心朋友著疼熱;遇忘懷詩酒追歡悦;見傷情光景放癡呆,老先生醉也!

此示元曲中爲草堂、楚江兩體者極多,元人意趣,元曲背景,俱於此可見。

西厢記(第三本第二折省簡。紅娘唱) 曲元　王實甫

〔中吕粉蝶兒〕風静簾閑,透紗窗麝蘭香散,啓朱扉摇響雙環。絳臺高、金荷小、銀釭猶燦。將暖帳輕彈,先揭起這繡紅羅軟簾偷看。

〔醉春風〕衹見他釵嚲玉斜横,髻偏雲亂挽,日高猶自不明眸,暢好是懶! 懶! 半晌抬身,幾回轉側,一聲長歎。

〔普天樂〕曉妝殘,烏雲嚲;輕勻了粉臉,亂挽起雲鬟。將簡帖兒拈,把妝盒兒按,開拆封皮孜孜看,顛來倒去,不害心煩。呀! 決撒了也! 厭的扢皺了黛眉,忽的低垂了粉頸,氲的改變了朱顔。(鶯鶯云)小賤人! 這東西那里來的? 我是相國家的小姐,誰敢將這簡帖兒來戲弄我! 我幾曾慣看這等東西! 告過夫人,打下你個小賤人下截來!

〔快活三〕分明是你過犯,没來由把我摧殘。使别人顛倒惡心煩。

---

① 今校:"絨",元本《朝野新聲太平樂府》卷五作"茸"。

你不慣誰曾慣！

〔朝天子〕張生近間，面顔，瘦得來實難看。不思量茶飯，怕見動彈。曉夜將佳期盼，廢寢忘餐。黄昏清旦，望東牆淹淚眼，病患，要安，祇除是出幾點風流汗。（鶯鶯云）紅娘，不看你面時，我將與老夫人看，看他有何面目見夫人。雖然我一家虧他，祇是兄妹之情，焉有外事？紅娘，早是你口穩哩，若别人知啊，甚麽模樣！（紅娘云）你哄着誰哩！你把這個餓鬼弄的七死八活，却要怎麽！

〔四邊静〕怕人家調犯，若早晚夫人見些破綻，你我何安？問甚麽他遭危難，咱祇攛斷得上竿，掇了梯兒看。

〔脱布衫〕小孩兒家口没遮欄，一迷的將言語摧殘。把似你使性子，休思量秀才，做多少好人家風範。

〔小梁州〕他爲你夢裏成雙覺後單，廢寢忘餐。羅衣不耐五更寒，愁無限，寂寞淚闌干。

〔么篇〕似等辰勾，空把佳期盼。我將這角門兒世不曾牢拴，祇願你做夫妻無危難。我問這筵席頭上整扮，做一個縫了口的撮合山。

〔石榴花〕當日個晚妝樓上杏花殘，獨自怯衣單。那一片聽琴心清露月明間，昨日個向晚，不怕春寒，幾乎險被先生饌，那其間，豈不胡顔！爲一個不酸不醋風魔漢，隔牆兒險化做了望夫山。

〔鬥鵪鶉〕你待用心兒撥雨撩雲，我是好意兒傳書寄簡。不肯搜自己狂爲，祇管來覓别人破綻。受艾焙權時忍這番，暢好是奸！對人前巧語花言，背地裏愁眉淚眼。（以下紅娘爲鶯鶯復簡與張，向張生唱。）

〔上小樓〕這的是先生命慳，須不怪紅娘違慢。那簡帖兒倒做了你的招狀，他的勾頭，我的公案。若不是覷面顔，厮顧盼，擔饒輕慢，争些兒把你娘拖犯。

〔么篇〕從今後相會少，見面難，月暗西厢，鳳去秦樓，雲斂巫山。你也赸，我也赸，請先生休訕，早尋個酒闌人散。（以下因張生懇求斡旋唱。）

〔滿庭芳〕你休要呆裏撒奸，你待要恩情美滿，却教我皮肉摧殘。老夫人手執著檀棍兒摩挲看，粗麻綫怎透過針關？待教我拄著拐幫閑鑽懶，縫合唇送暖偷寒，待去啊，小姐性兒撮鹽入火。消息兒踏著犯，待不去啊，禁不得你甜話兒熱趲，好著我兩下裹做人難！（以下張生告紅，鶯簡内實已以詩相約。詩云："待月西厢下，迎風户半開。隔牆花影動，疑是玉人來。"）

〔要孩兒〕幾曾見寄書的顛倒瞞著魚雁，小則小心腸兒轉關。寫著道西厢待月等更闌，著你跳東牆女字邊干。原來那詩句兒裹包籠著三更棗，簡帖兒裹埋伏著九里山。你著緊處將人慢。你衹待會雲雨鬧中取静，却教我寄音書忙裹偷閑。

〔四煞〕紙光明玉版，字香噴麝蘭。行兒邊湮透非春汗。正是："一緘熱淚紅猶濕，滿紙春愁墨未乾。"從今後休疑難，放心波玉堂學士，却情取金雀鴉鬟。

〔三煞〕他人行别樣親，俺根前取次看，更做道孟光接了梁鴻案。别人行甜言媚你三冬暖，我根前惡語傷人六月寒。我爲頭兒看，看你個離魂倩女，怎發付擲果潘安。

〔二煞〕隔花牆又底①，迎風户半拴，偷香手段今番按。怕牆高怎把龍門跳，嫌花密難將仙桂攀。放心去，休辭憚。你若不去啊，他望穿了盈盈秋水，蹙損了淡淡春山。

〔尾〕你雖是去了兩遭，我敢道不如這番。你那隔牆酬和都胡侃，證果的衹是今番這一簡。

以上示劇曲大概，因限於篇幅，科白不能備舉。讀者但看其寫一局外人之談吐，而兼顧生旦兩面。孰詐孰真，孰喜孰懼；冷嘲熱諷，雜遝而來；抉破人情，委曲如畫。益以新辭詭喻，絡繹不絶；機趣翻瀾，韻致濃郁，非散詞散曲所能辦矣。

---

① 今校："隔花牆又底"，上海古籍出版社1987年版王季思《集評校注西厢記》作"隔牆花又低"。

曲録補正[①]

昔海寧王静庵先生有《曲録》六卷，總宋、金、元、明、清五朝戲劇曲書之名，凡三千有餘，分别部居，考訂作者，注明板本，標明出處，閲者歎爲藝林未有之盛業。於考古論世、游藝審音，得此總目，尤資藉助，有過于先生序中之論戲劇原書者也。顧宋、金兩代之雜劇、院本，恰好詳於《武林舊事》、《輟耕録》兩書之内；若元明以來之雜劇、傳奇，則僅據《録鬼簿》、《正音譜》、《傳奇彙考》、《曲海總目》、《也是園》諸目、《九宫大成》諸譜，尚未足以盡之也。他如徐渭《南詞叙録》、支豐頤《曲目表》、焦循《劇説》、《坊本傳奇彙考》及《脉望館》、《千頃堂》諸目，先生皆未徵引。益以曲選、曲話、筆記、雜書及諸傳奇序跋中所見，約略彙之，又可得千有餘目焉。惟劇家取名蹊徑，大抵亦間有標新立異者，故有時一名而有數書，有時又一書而有數名。而總名之内，各具分名；分名之外，别係總名者，亦往往有之。加以雜劇、傳奇異體，元明勝清異代，其間同名異體、同體異代，復易誤會牽混。因是名目既繁，頭緒又别，編録固常虞疏漏，檢訂尤難爲敏求。間取元明以來雜劇、傳奇、曲書之正名、别名約四千條，以辭典方法部勒成帙，繫以作家與提要。更以作家小傳爲經，以其著作爲緯，另編一帙。二者互用，彼此對勘，而後乃覺比次嚴密，一切皆得廓清。若有所增訂，可以立就其處辨明是非掛漏，了無轇轕隱遁之

---

① 編者案：任中敏先生先後撰《曲録初補》與《曲録補正》兩種。其中《初補》爲初稿，於民國十五年至十六年刊登於《國聞週報》第三卷第四十三至四十六、第四十九至五十，及第四卷第二至十一期；《補正》爲修訂版，對《初補》的内容進行了訂正與補充，現存民國間鉛印本，出版年不詳。本次整理，使用底本爲國家圖書館藏民國間鉛印本《曲録補正》，以《國聞週報》本《曲録初補》對勘。又，《補正》中無序、跋且卷四已殘缺不全，今俱依《初補》補。

弊矣。特辭典體裁僅便查檢，非著録之常法，於省覽方面終有未便，因舉原録未備之千名，略如原例，復列如次，以當補録。又，曩年讀曲長洲吴瞿庵先生之奢摩他室，於王先生原録之名，多得目睹其書，覺原録尚有未是者，並管見其他所及共若干條，總爲校訂部份，亦附見于補録之後。曰“初補”者，詞山曲海，登陟難周。雖有窺取，要不過一坯一勺而已。兹所以謬失，猶待再補、三補，陸續訂正而無已也。近日武進董授經先生編輯黄文暘《曲海》，爲《總目提要》四十六卷，全目六百餘種。資此增訂者，又七十餘條。夫提要雖創始於黄書，而總目實詳備於原録。兹於未得黄書提要之前，先陳原録總目之備，倘亦學者之所便，而藝林之所許歟！十六年十月，江都任訥識于滬濱寓樓之能正室。

曲録補正卷一

江都　任訥　中敏

〇元雜劇補三十一種　王録原列五百九十五種，共六百二十六種。

牧羊記　《曲品》“牧羊記傳奇”[①]條云：“馬致遠有劇。”按，其劇名是否即此三字，尚待考。

孟良盜骨　關漢卿撰。見《北詞廣正譜》仙吕〔青歌兒〕調後，與朱凱一本不同。

張天師斷風花雪月　吴昌齡撰，《元曲選》本。王《録》以爲即吴氏《張天師夜祭辰鈎月》一種。按，《元曲選》此劇内並無夜祭辰鈎月情節，應是兩本。

望仙亭　丁野夫撰。野夫字里失考。此下三種俱見《北詞廣正譜》。

① 今校：“牧羊記傳奇”，清乾隆五十六年楊志鴻鈔本《曲品》作“牧羊”。

伯道棄子 李天夫撰[①]。天夫字里失考。

嬌紅記 金文質撰。文質字里失考。

圍棋闖局 晚進王生撰。附見於閔遇五《王、關西廂記》後。《會真六幻》中則題作《對弈》。閔氏跋曰:"元人詠《西廂》詞有云:'董解元古詞章,關漢卿新腔韻,參訂西廂的本,晚進王生多議論,把圍棋增。'豈實夫之後,又出一王生耶。"云云。

小張屠焚兒救母 《古今雜劇三十種》本。以下皆無名氏撰。

風月所舉問汝陽記 見《樂府群玉》。《群玉》卷二載王日華樂府,有〔慶東原〕、〔天香引〕等聯貫之曲十六首,即《録鬼簿》"王曄"條所謂《雙漸小卿問答》也[②]。於首調〔慶東原〕下注云:"《風月所舉問汝陽記》。自'黄肇退狀'至'議擬'凡計一十六首。"云云。按,其名目實係雜劇,應是别人有此劇,而王氏取其情節,自"退狀"至"議擬",演爲小令十六首,猶之元人之取《西廂》情節演爲《小桃紅》小令百首也。

剮王莽 《中原音韻·起例》云:"齊微韻'璽'字,前輩《剮王莽傳奇》與支思韻通押。"

紅葉傳情 鴛鴦會 烏林皓月 梅梢月 謊郎君 藍橋 劉公緘書

以上七種見《太平樂府》卷六孫季昌所作〔端正好〕套曲之中。全套皆集雜劇名目。除此七種外,尚有《鴛鴦被》、《蝴蝶夢》等五十餘名,已見王《録》。此七種中,《紅葉傳情》、《烏林皓月》、《謊郎君》三名,又見於《太霞新奏》卷一沈璟所作〔八聲甘州〕套曲後。此套乃翻自元吴昌齡所作北曲,亦全集雜劇名目而成者。曲後並將所集劇名明白列出,以資考證。"紅葉傳情"做"紅葉題情"[③],按,白樸有《流紅葉》劇,不知即此

---

① 今校:"李天夫",誦芬室讀曲叢刊本《録鬼簿》、明萬曆刻本《論曲》、清藤花亭十七種本《曲話》、清觀古堂書目叢刊本《百川書志》、清錢氏述古堂鈔本《述古堂藏書目録》等均載《伯道棄子》爲李直夫撰。唯清康熙文靖書院刊本《北詞廣正譜》越調〔青山口〕調後載爲李天夫撰《留姪棄子》。

② 今校:"小卿",原作"小青"。今據民國誦芬室讀曲叢刊本《録鬼簿》改。

③ 今校:"紅葉傳情",元本《朝野新聲太平樂府》及明天啓刻本《太霞新奏》並載作"紅葉題情"。

曲否。

千里投人　天台夢　竹林寺　竹葉傳情　柳眉兒　相如題橋　桂英記　瑞香亭

以上八種見《太霞新奏》卷一沈璟〔八聲甘州〕套曲後。《相如題橋》一種不知即關漢卿、屈子敬等所撰之《相如題柱》否。

三氣張飛　見胡侍《真珠船》。未知與王《録》所載《諸葛亮掛印氣張飛》一種同否。

賣嫁　放偷

以上二種見《毛奇齡傳》。傳謂:"先生工爲詞,取元人無名氏《賣嫁》、《放偷》二劇而反之,曰《不賣嫁》、《不放偷》。"

蓮花寶筏　見《納書楹曲譜》。其中有一折譜名《北餞》,葉氏謂其"氣盛詞雄,的是元人手筆,惜爲俗伶所删"云。與清朱佐朝之《蓮花筏傳奇》應無干。

張善友　白兔

以上二種見《曲海總目提要》。

○元、明雜劇補二十七種　作者屬元屬明難定者以下仿此。王録原列二百六十六種,共二百九十三種。

拂塵子　《太和正音譜》有無名氏《拂塵子》楔兒〔端正好〕一首。

馬踐楊妃　漢臣歸莊

以上二種見《詞林摘豔》。

亞聖樂道　見《雍熙樂府》卷四。

楚霸王　遊赤壁　劉知遠　水晶宫　勸農丞　採桑娘　三顧草廬

以上七種見王穉登《吴社編》,原列吴中迎神賽會所扮雜劇十一種。此七種外,尚有四種:三屬元人,一屬明人,俱已見於王《録》。《遊赤壁》不知與元費唐臣之《赤壁賦》及明許潮之《赤壁遊》同否。《劉知遠》不知與上文所列之《白兔》同否。

陶處士栗里致交遊　漢相如晝錦歸西蜀　衛將軍元宵會僚友

以上三種有《陽春奏》本。《陽春奏》末卷共載劇九種,《襄王夢遊高唐記》、《范蠡歸隱五湖記》、《曹植懷思洛神記》皆屬汪道崑,已入《盛明雜劇》，皆用同名。至於《張敞畫眉京兆記》，必汪氏《遠山戲》之易名；《王羲之蘭亭顯才藝》，必許潮《蘭亭會》之易名；《桓元帥龍山會僚友》，必許氏《龍山宴》之易名。皆望而可斷者，亦皆入《盛明雜劇二集》。然則所謂《致交遊》、《歸西蜀》、《會僚友》者，《盛明二集》或亦收入，特已易名耳。當就《盛明二集》以決之。

看傀儡　葫蘆先生

以上二種有《童雲野刻雜劇》本。

人月重圓　明皇望長安

以上二種見凌濛初《西厢記評語》。

舞翠盤　見凌濛初《五劇解證》。

三星下界　大聖收魔　天官賜福　目蓮入冥　華光顯聖　元夜鬧東京

以上六種見沈德符《顧曲雜言》。

王留子　《劇説》引《西河詩話》云："明玉照宫承應有《御前王留子雜劇》。王留子，見元曲。或云，天啓六年，有鐘鼓司僉書王進朝[1]，號王瘤子，善抹臉詼諧，如舊時優伶。留子，即瘤子。"按，據前説則"王留子"爲元明雜劇；據後説，乃伶人名，非劇名矣。俟考。

唐三藏　見《北詞廣正譜》，謂爲無名氏所撰北劇，未知與元吴昌齡之《唐三藏西天取經》一種同否。

〇明雜劇補二十九種　王録原列一百六十一種，共一百九十種。

漢相如獻賦題橋　善知識苦海回頭　孟浩然踏雪尋梅

以上三種周憲王撰，合王《録》所載，共得憲王雜劇三十三種。《百川書志》載三十一種，總名《誠齋傳奇》，蓋猶未備也。前二種《十段錦》[2]本，後一種奢摩他室藏宣德刊本。

---

① 今校："僉書"，原作"簽書"；"王進朝"，原作"王進綽"。今並據民國誦芬室《讀曲叢刊》本《劇説》改。

② 今校："十段錦"，原作"一段錦"。今據清錢氏述古堂鈔本《錢遵王述古堂藏書目録》改。

八仙慶壽　王子一撰，見《詞林摘豔》。

中山狼　王九思撰，一折，崇禎刻本。合之康海一本、清林于閣主人一本，一名而有三劇矣。瞿盦先生此本跋云："李玉《一捧雪》四齣《豪宴》中曾引《中山狼》劇，爲北仙吕〔點絳唇〕全套，與此一折者亦大異。"①按，既與此本異，或與林于閣本同，亦未可知。至《曲海總目提要》，此名屬馬中錫，恐誤。因馬氏所作《中山狼傳》，乃文而非曲也。

歌代嘯　徐渭撰，袁石公校訂本序謂"不知誰作，説者謂出自文長"，而其凡例後則題"虎林冲和居士識"。

唐明皇七夕長生殿　汪道崑撰。道崑號太涵，嘉靖丁未進士。沈德符《顧曲雜言》謂曾見汪太涵四作，爲《宋玉高唐夢》、此劇，及《范少伯西子五湖》、《陳思王遇洛神》。今見於《盛明雜劇》者，太涵仍有四劇，但易此劇爲《張京兆遠山戲》矣。沈氏所見，當係太涵之初編。

和合記　王衡撰，見《劇説》。《香祖筆記》所謂"裴湛和合"者是也。

宋公明鬧元宵　凌濛初撰，附《二刻拍案驚奇》小説後②。濛初字初成，一字稚成，號即空觀主人，烏程人。與吴載伯善，並稱"吴凌"。

威鳳記　義烈記

以上二種汪廷訥撰。見《曲海總目提要》。

督妓　黄方儒撰。方儒初名方蔭，作"方印"者誤，號醒狂，一作醒黄。《劇説》載《陌花軒雜劇》十折，惟《倚門》一種四折，餘六種皆一折。

離魂　救友　雙鬟　招魂

以上四種秦樓外史王驥德撰。外史即王《録》六卷所載之王伯良。四種皆用南曲，吕文謂其"自爾作祖，一變劇體"，見《曲律》。以上諸人皆王《録》已見者，以下補劇兼補人。

---

①　今校：此段引文，民國二十九年中華書局鉛印本吴梅《霜厓曲跋》載爲"李玄玉《一捧雪傳奇》第四折《豪宴》曾引《中山狼》劇，爲北仙吕《點絳唇》全套，與此大異"。

②　今校："二刻拍案驚奇"，原脱"二"字。今據崇禎五年尚友堂刊本《二刻拍案驚奇》改。

誤歸期　玉闌干

以上二種遼王恩鑡撰。錢希言《遼邸紀聞》云:"遼王雅工詩賦,尤嗜宫商。其自製小詞、豔曲、雜劇、傳奇,最稱獨步。有《春風十調》、《唾窗絨》、《誤歸期》、《玉闌干》、《金兒弄丸記》,皆極婉麗才情。尋後安置鳳陽,又編撰《賣花聲》諸詞數百闋,流傳江表。含思悽楚,不減南唐後主'春意闌珊'。至今章華臺前老妓,半是流落宫人,猶能彈出箜篌弦上一曲伊州淚萬行也。"按《明史》,恩鑡乃遼簡王植之曾孫,曾因謀殺朝使,被幽鳳陽。兹於所作諸曲中假定《春風十調》爲小詞,《唾窗絨》爲散曲,《弄丸記》爲傳奇,餘爲雜劇。確否俟考。

賜環記　鎖骨菩薩

以上二種佘翹撰。翹字聿雲,池州人,即王《録》四卷誤爲"余聿雲"者。《量江記》馮夢龍序曰:"陳藎卿云:'聿雲氏中略所爲樂府,尚有《賜環記》、《鎖骨菩薩》雜劇。'余恨未悉睹。"

園林午夢　李開先撰。附《會真六幻》之末,王《録》六卷"一笑散"條已及之。

昆明池　集翠裘　鑑湖隱　旗亭館

以上四種裘殷玉撰,總名《明翠湖亭四韻事》,蓋取每名中一字成之。傳刻本。殷玉號廢莪子,慈谿人。

櫻桃夢　澹居士撰,見《曲目表》。

皮匠參禪　以下無名氏撰。《顧曲雜言》云:"本朝能雜劇者不數人,自周憲王以至關中康王諸公,稍稱當行。其後則山東馮李,亦近之。然如《小尼下山》、《園林午夢》、《皮匠參禪》等劇,俱太單薄。"按,《小尼下山》應即馮惟敏撰之《僧尼共犯》,詳後文《校正》中;《園林午夢》屬李開先,已見上文;此本則不知馮、李之間,究屬諸誰也。

同棺記　山東濟寧某士人撰。見周憲王《團圓夢》劇自序中,即與同演一事。

奪戟記　與《連環記傳奇》同演一事,見《曲品》。

〇明清雜劇補十一種

杏園春　風月舟　海寘亭　尋花舫　留金亭　緑綺園　錦征袍　雙鯉箋　贈雙環　鶼鶼會

以上十種見王正祥《宗北歸音》。此書乃北曲譜，所引應多雜劇，但亦有傳奇在内，頗難辨析。此十本姑補於此，確否雜劇待考。

黑水國　見錢静芳《小説叢考》，但稱"黑水國劇本"，演鄧伯道事。

〇清雜劇補一百五十二種　内十種名目未詳，衹列總名三。王録原列八十四種，共二百三十六種。

戰荆軻　袁于令撰。《劇説》謂杜茶村譏以"舌本生硬，江郎才盡"者，即指《戰荆軻》而言。于令又號凫公，又號幔亭歌者，又作幔亭仙史。《三家村老委談》謂"袁晉作《西樓記》"，是于令原名晉也。

醉新豐　茅維撰，《雜劇新編》本。維字孝若①。

鸚鵡洲　鄭瑜撰，《雜劇新編》本。瑜字無瑜。

第二碑　康衢樂　長生籙　昇平瑞　採樵圖

以上五種蔣士銓撰。首種一名《後一片石》，藏園九種本。後三種及王《録》之《忉利天》皆爲江西祝嘏雜劇。

放楊枝　投溷中　謁府帥　題園壁

以上四種桂馥撰。總名《後四聲猿》。按，徐渭《四聲猿》亦應作四本，皆四事各不相屬者，每事一折之雜劇也。王《録》於明清人其他一折之雜劇，或一齣之傳奇，皆每劇作一本，獨於此類有總名者，劇名視同齣目，衹著録總名，合作一本，實未妥。

京兆眉　翠鈿緣

以上二種南山逸史撰，《雜劇新編》本。以上諸人皆王《録》三卷已載者，以下補劇兼補人。

---

①　今校："茅維"，原作"鄒兑金"；"維字孝若"，原作"兑金字叔介"。今據民國三十年董氏誦芬室刻本《雜劇三集》（即《雜劇新編》）改。按，《重訂曲海總目》將《醉新豐》著録於鄒兑金名下。又，茅維，字孝若，號僧雲，歸安人。

玉鈎洞天　萬花緣　歸農樂　魚龍嬰

以上四種王曇撰，見《曲目表》。曇又名良士，字仲瞿，乾隆舉人。以下就《曲家姓字小典》録入，隨作者姓字筆畫之序以見，至時代之比次，俟與王《録》合併時再定。

三農得澍①　**龍井茶歌　祥徵冰繭　海宇歌恩**②　**燈燃法界　葛嶺丹爐　仙醞延齡　瑞獻天台　瀛波清晏**

以上九種王文治撰。總名《浙江迎鑾樂府》③，每種一折，皆用浙中故實。梁廷枏跋謂"音節和平，頌揚有體"云。傳刻本。文治字禹卿，號夢樓，丹徒人，乾隆進士，官雲南臨安知府。

擬元兩劇　二種名目待考，王叔盧撰，皆譜唐人事。一傷蓮勺棄故劍，一慨武城主者並不識司空世族，皆有爲而發。見《劇説》引毛先舒《擬元兩劇序》。《藤花亭曲話》謂其書成，"以質吴江沈長康。沈謂不合宫調，令其改作。及改而仍不合，乃就商毛西河"云。叔盧蕭山人，名待考。

長生引④　**女專諸　璿璣錦　東城老父鬥雞懺**⑤

以上四種孔廣森撰，總名《温經樓遊戲翰墨》。

紫金環　白頭花燭　顛倒鴛鴦

以上三種李天根撰，見《曲目表》。天根江陰人。

雙燕樓　鷫鸘裘

以上二種吴孝緒撰。孝緒字里待考，光緒戊寅跋張雲驤《芙蓉碣傳奇》謂"留心音律幾三十年，向有雜劇二種"⑥。

---

①　今校："澍"，原作"樹"。今據清道光間刊本《浙江迎鑾樂府》改。

②　今校："海宇歌恩"，原脱"恩"字。今據清道光間刊本《浙江迎鑾樂府》補。

③　今校："浙江迎鑾樂府"，原作"浙江迎鑾新曲"。今據清道光間刊本《浙江迎鑾樂府》改。

④　今校："長生引"，清鈔本《温經樓遊戲翰墨》作"松年長生引"。

⑤　今校："東城老父鬥雞懺"，原作"東城老父聞雞鳴"。今據清鈔本《温經樓遊戲翰墨》改。

⑥　今校：此段引文，光緒九年刊本《芙蓉碣傳奇》跋原作"留心於音律幾三十年，向有《雙燕樓》《鷫霜裘》雜劇二種"。

電目書 吴秉鈞撰,見《劇説》。秉鈞字自成,號琰青,海鹽諸生。

赤豆軍 美人丹

以上二種吴棠楨撰,見《劇説》。棠楨字伯憩,號雪舫,山陰人。

飲酒讀騷圖 吴藻女士撰,一名《喬影》,一折。曲文亦載《香南雪北詞附曲》内,另有具科白之刻本。藻字蘋香,號玉岑子,錢塘人。

金馬門 吕守齋撰,見《劇説》。守齋名待考,乃下文吕洪烈之叔。

回頭寶 狀元符 雙猿幻 寶硯緣①

以上四種吕洪烈撰,見《劇説》。洪烈字藥庵,姚江人,嘗從萬樹學詞曲。

謨觴閣破愁四劇 四種名目未詳,内容謂酒色財氣也。周元公作,見《劇説》。元公字里待考。

奔月 畫薔

以上二種林奕構撰,見《曲目表》。奕構長洲人。

遊湖 述夢 醒鏡 遊梅遇仙 癡祝② **蝨談 青樓濟困 哭弟 湖山小隱 酬魂 祭牙 月夜談禪**③ **問卜 悼花 原情 壽言 覆墓 入山**

以上十八種徐爔撰,總名《寫心雜劇》,吴江徐氏刊本。爔字鼎和,號榆村,一號種緣子④,乾隆間人。

紅樓夢散套 荆石山民撰,婁東黄兆魁訂譜。全書取材統在《紅樓夢》一部小説内,雖亦每套一事,不相聯貫,但與《四聲猿》等,體例又不盡同。有蟾波閣本。

---

① 今校:"寶硯緣",稿本及民國誦芬室《讀曲叢刊》本《劇説》俱做"寶鏡緣",而清康熙二十五年粲花别墅刊本萬樹《風流棒傳奇》吴秉鈞序中做"寶硯緣",未知孰是。

② 今校:"癡祝",原作"癡視"。今據清乾隆徐氏夢生堂刊本《寫心雜劇十八種》改。

③ 今校:"月夜談禪",原作"月下談禪"。今據清乾隆徐氏夢生堂刊本《寫心雜劇十八種》改。

④ 今校:"鼎和",原作"鼎伯";"種緣子",原作"種緣人"。今並據清乾隆徐氏夢生堂刊本《寫心雜劇》改。

仙人感　藤花秋夢　孽海花　暗藏鶯　賣詹郎　東家顰　鈞天樂　一綫天　望夫石　三割股　西江雪　神山月　玉津園

以上十三種袁醰撰。前十種總名《瞿園雜劇正續編》，有光緒戊申鉛印本；後三種見序中，不傳。《孽海花》一名《金華夢》，《賣詹郎》一名《長人賺》。

蘇州夢　再生緣

以上二種張玉穀撰，見《曲目表》。玉穀字蔭嘉，吴縣諸生。

桃花源　張雲驤撰，見《芙蓉碣傳奇序》。雲驤字里見王《録》五卷。

紫姑神　苧羅夢

以上二種陳棟撰，《北涇草堂外集》本。棟字浦雲，會稽人。

西遼記　雁帛書　女雲臺　孝女存孤　儒吏完城　三釵夢

以上六種許鴻磐撰，總名《六觀樓北曲六種》，傳刻本。鴻磐字雲嶠，任城人。

聞雞起舞　琵琶賺

以上二種舒位撰。位有雜劇七種，王《録》五卷載位之傳奇五種，實亦雜劇也。

新豐店馬周獨酌新豐店　**大江西小姑送風**大江西
李衛公替龍行雨行雨　**黄石婆授計逃關**黄石婆
快活山樵歌九轉快活山　**窮阮籍醉罵財神**錢神廟
温太真晉陽分别晉陽城　**邯鄲郡錯嫁才人**邯鄲郡
賀蘭山謫仙贈帶賀蘭山　**開金榜朱衣點頭**朱衣神
夜香臺持齋訓子夜香臺　**汲長孺矯詔發倉**發倉
魯仲連單鞭蹈海魯連臺　**荷花蕩將種逃生**荷花蕩
灌口二郎初顯聖二郎神　**魏徵破笏再朝天**笏諫
動文昌狀元配瞽配瞽　**感天后神女露筋**露筋
華表柱延陵掛劍掛劍　**東萊郡暮夜却金**却金
下江南曹彬誓衆下江南　**韓文公雪擁藍關**藍關
荀灌娘圍城救父荀灌娘　**信陵君義葬金釵**葬金釵
偷桃捉住東方朔偷桃　**换扇巧逢春夢婆**换扇
西塞山漁翁封拜西塞山　**諸葛亮夜祭瀘江**忙牙姑

凝碧池忠魂再表凝碧池　　**大葱嶺隻履西歸**大葱嶺

寇萊公思親罷宴罷宴　　**翠微亭卸甲閑遊**翠微亭

以上三十二種楊潮觀撰，總稱《吟風閣雜劇》，恰好處刊本。潮觀字弘度，號笠湖，無錫人，乾隆元年舉人，官臨邛縣。

盎中花　碧虛仙史撰，演毛奇齡妾曼殊事，傳刻本。

風流塚　鄒式金撰，《雜劇新編》本。式金字仲愔，號木石，明末進士，入清知泉州。

小青　廖景文撰。諸聯《明齋小識》卷六曰"廖古檀先生景文，出宰繁劇，能著循聲。及投紱歸，卜築小檀園，既擅園林之勝，復多絲竹之娱。伶工侍妾，以所撰《小青》雜曲依聲迭奏"云云①。所謂雜曲，頗似指散曲言。然云"小青"，則似戲曲矣。待考。

明世宗私親議大禮　劉暈撰，嘯夢軒本。暈字藹堂，南徐人。

平津閣雜劇四種　四種名目待考，蕊棲居士撰。見《曲海總目提要》。

圓香夢　斷緣夢　江梅夢　曇花夢

以上四種，藤花主人撰，傳刻本。

訊翙　題肆　琴別　畫隱　碎胡琴　安市　看真　遊山　壽甫

以上九種玉芙撰，總名《玉田春水軒雜齣九種》，賜錦樓本，又題作《蘅芷莊人外集》。玉芙姓名待考。

盛世鴻圖　無名氏撰，見《茶香室三鈔》。

以上補録元明清雜劇共二百五十種，王《録》原列一千一百零七種，共約一千三百五十七種。

---

①　今校：此條引文，清同治四年刊本《明齋小識》載云："廖古檀先生景文，性喜風華，才尤跌宕，出宰繁劇，能著循聲。及投紱歸，卜築小檀園於吾里，既擅園林之勝，復多絲竹之娱。伶工侍妾輩，以所撰《小青》雜曲依聲迭奏。"

曲録補正卷二

江都　任訥　中敏

○宋傳奇補一種

趙貞女蔡二郎　《南詞叙録》所列名目，均係南詞戲本，且許多與王《録》四卷所列“明無名氏”之名目相合，其爲傳奇而非雜劇無疑。首列宋元舊篇六十五種，次列本朝四十八種。宋元舊篇内並未劃清宋元界限，惟首兩種注解較詳。疑屬於宋人者即此二種，而餘皆屬元也。此乃第一種，原注曰“即舊‘伯喈棄親背婦爲暴雷震死’，里俗妄作也。實爲戲文之首”云云。按，第二種爲《王魁負桂英》，應即原書一卷所列宋無名氏撰之《王魁》，詳下文校訂部分。

○元傳奇補三十九種　王録原列六種，共四十五種。

鬼元宵　王祥卧冰　王十朋荆釵記　殺狗勸夫　鶯鶯西厢記　司馬相如題橋記　劉錫沉香太子　賀憐憐烟花怨　史弘肇故鄉宴　蘇小卿月下販茶船　陳叔萬三負心　京娘怨燕子傳書　歡喜冤家　樂昌公主破鏡重圓　吕洞賓三醉岳陽樓　周處風雲記　王月英月下留鞋　趙氏孤兒　蘇秦衣錦還鄉　宋子京鷓鴣天　蔣世隆拜月亭　崔君瑞江天暮雪　王公綽　柳文直正旦賀昇平　秋夜欒城驛　秦檜東窗事犯　王孝子尋母　馮京三元記　吕洞賓黄粱夢　賈似道木棉庵記　何推官錯勘屍　柳毅洞庭龍女　吕蒙正破窰記　百花亭　教子尋親　借燭尋珠　多月亭　蔡伯喈琵琶記　王俊民休書記

以上三十九種，見《南詞叙録》之《宋元舊篇》一項内。此項原列六十五種，除首二種假設屬宋人外，尚有二十四種，已見王《録》四卷《明人傳奇》部内，特所列名目詳略有異耳。兹分别校訂于王《録》各條下，見下文卷四。作者時代之屬元屬明，各書所見，本來難於一致。如高明則誠，《叙録》列在元人，王《録》列在明人。由此類推，則二十四種王《録》屬之明人者，或即《叙録》以爲元人者也。名目既同，不必其元明各有一本，因衹歸下文校訂，而不作補録。

〇元明傳奇補四種

子母冤家　見《三家村老委談》。

古紅拂記　馮夢龍《女丈夫傳奇》序云："《詞譜》有《古紅拂記》，不傳。"

斬袪記　與《昆吾記》同演公子重耳事，不傳。見《曲品》。

古西厢　見《南音三籟》，僅傳《月下聽琴》一套。《九宫大成譜》亦載之，不知與前卷所列元人之《鶯鶯西厢記》是一本否。

〇明傳奇補一百七十四種　王録原列三百八十一種，共五百五十五種。

閔子騫單衣記　高明撰，見《南詞敘録》。注云："高則誠作。"

曲江記　東山記　赤壁記　郵亭記

以上四種沈采撰，所謂《四節記》是也。因四記演杜甫、謝安、蘇軾、陶實四人之事，恰合春夏秋冬四節。見《坊本傳奇彙考》。

玉導記　梅鼎祚撰。《曲品》"梅氏《玉合記》條"云："又曾著《玉導》，家君謂之曰：'符郎事已引入《雙魚》。'遂罷。"①按，《雙魚》乃沈璟撰，有傳鈔本。又，王《録》五卷所列《勝樂道人長命縷》一種，亦梅氏撰，詳下文四卷校訂中。《長命縷》乃單飛英與邢春娘事，飛英小字符郎，《曲品》所謂"符郎"，豈即指飛英，而《玉導記》即《長命縷》歟？待考。

題紅葉　詅癡符

以上二種陳與郊撰。《曲品》"祝長生《紅葉》"條云："吾友玉陽生有《題紅葉》，遠勝之。"後一種出處失檢。

四景記　李日華撰。《三家村老委談》云："李日華改《北西厢》爲南，不佳。然其《四景記》亦可觀。"按，前録沈采之《四節記》亦四景也，此"四景"内或亦分四劇。《雍熙樂府》卷十六有所謂"大四景"者，既分大小，可見當時"四景"，必不止一種也。

---

①　今校："罷"，清乾隆五十六年鈔本《曲品》作"止"。

虎符記　張鳳翼撰。合《紅拂》、《祝髮》、《竊符》、《灌園》、《扊扅》五記，總名爲《陽春六集》，《平播記》則單行者也。見《顧曲雜言》。鳳翼號靈墟，又號泠然居士，嘉靖甲子舉人。

彩舟記　汪廷訥撰，環翠堂刻本。

雙修記　**琴心雅調**①

以上二種葉憲祖撰。《坊本傳奇彙考》云，署作"奉佛紫金道人"序云："槲園居士托言紫金也。"《曲品》"陸濟之《題橋》"條云："吾友葉美度有《琴心雅調》八齣，甚佳。"又，"張鳳翼《紅拂記》"條云："吾友槲園生補北詞一套，遂無憾。"是葉氏所作傳奇，除六種以外，尚有《紅拂記》内一套。

女丈夫　**酒家傭**　**楚江情**

以上三種馮夢龍撰。張鳳翼有《紅拂記》，陸弼與欽虹江共有《存孤記》，袁于令有《西樓記》，馮氏改之，而成此三種。俱有墨憨齋本。夢龍，馮姓龍氏，字子猶，一字耳猶，别號姑蘇詞奴。崇禎間知壽寧縣，殉乙酉之變。有《墨憨齋訂本傳奇》十四種，王《録》已列四種，兹補三種，此外尚有七種，亦皆改訂他人之作。因改訂後名目未更，故僅分别入下文校訂，不作補録。

扊扅記　張太和撰。《曲品》"張鳳翼《扊扅記》"條云："張太和亦有記，别一體裁，而多剿襲。"按，所謂"别一體裁"者，豈謂非傳奇歟？太和字幼于。

雙丸記　**雙梅記**　**孿甌記**　**櫻桃記**　**雙鴛記**　**瓊花記**　**青蟬記**　**檀扇記**　**梵書記**　**冬青記**

以上十種史槃撰，見王驥德《曲律》。

神劍記　**神女記**　**二婬記**　**三星記**　**四相記**　**四元記**　**雙棲記**　**雙閣記**　**戒珠記**　**金合記**

以上十種吕文撰，見《曲律》。《曲品》"楊珽《龍膏記》"條云："此張無頗事。往余譜《金谷記》，此君見之，謂龍宫近怪，易爲元載女。是亦

---

①　今校："琴心雅調"，原作"琴心雅詞"。今據清乾隆五十六年鈔本《曲品》改。

一見也，然非本傳矣。”按，所謂“金谷”，疑是“金合”之訛。又，吕氏欲演吕不韋事爲《玉符記》，未果。亦見《曲品》。

題橋記　徐復祚撰。張大復《梅花草堂筆談》論徐氏所作曲，曰“舟中閲《宵光》、《題橋》、《紅梨花》、《一文錢》諸傳，自愧十年”云云。惟徐氏同里孫柚有《琴心記》，《花當閣叢談》謂“《琴心記》極有佳句，第頭腦太亂，脚色太多，大傷體裁，不便于登場。每欲取而改訂之，有志焉而未逮也。”①徐氏既有此志，《琴心》或終出其改訂。張氏所謂“《題橋》或即《琴心》改訂之本”歟？陸濟之另有《題橋記》，已見王《録》四卷。又，王東溆《柳南隨筆》謂“徐氏傳奇有《祝髮記》”。按，《祝髮》屬張鳳翼《陽春六集》之一，徐氏未必又有一本也。近人蔣瑞藻《小説考證拾遺》“東郭記”條又謂吴瞿安先生有《紅梨》、《東郭》，皆是明刊出像本，題名陽初子撰，洛誦生評。按，吴先生有《紅梨》如所言，並無同様之《東郭》，殆出誤會。此數端，末卷校訂中均所未及，故附見于此。

賜恩環　桃花笑　獅子賺　井中盟

以上四種阮大鋮撰，均見《劇説》。《劇説》引《流寇長編》，謂周延儒被召，阮以家優來演自作《賜恩環傳奇》，跪泣求昭雪。按，此與王《録》《忠孝環》一種不知同異如何。以上諸人王《録》四卷《傳奇部》已具，以下補劇兼補人。

金兒弄丸記　遼王恩鑡撰，已詳上卷《雜劇部》。

雙合記　金椀記　紫袍記　蘭佩記

以上四種王澹翁撰，見《曲律》。澹翁字里已見王《録》三卷。

紅葉記　王爐峰撰，見《曲律》。爐峰乃驥德之祖，名待考。

題紅記　王驥德改其祖《紅葉記》而成，見《曲律》。

忠孝節義　方諭生撰，見《南詞叙録》。

天函記　文九元撰，見《曲海總目提要》。

岳飛東窗事犯　用禮重編，見《南詞叙録》。《叙録》於宋元舊篇中

---

①　今校：“不便於登場”後，清借月山房彙抄本《花當閣叢談》有“曲時有未協，以故反不若梁長《浣紗》之傳。然較之宣城之嵌寶揀金，臨川之字�星句鬼，則大有徑庭矣”一段。

已列《秦檜東窗事犯》，此又另列。曰“重編”者，或即就宋元舊篇一種重編者也。“用”字疑訛。

崔鶯鶯西廂記　王十朋荆釵記

以上二種李景雲編，見《南詞叙録》。《叙録》於宋、元舊篇中，二種皆已列過，兹又另列。曰“編”不曰“作”，或亦就宋、元舊篇重編者也。

蓮囊記　沈季彪撰，見《坊本傳奇彙考》。季彪，天啓時人，自署四明山環谿漁父。

如是觀　吴玉虹撰，見《曲海總目提要》。

龍綃記　周侍御撰，見《曲品》“黄維楫《龍綃記》”條中。侍御名待考。

梁狀元題塔記　松衢道人撰，萬曆刊本。

鴛鴦塚　伽藍救

以上二種孟稱舜撰。《鴛鴦塚》一名《嬌紅記》，崇禎刊本；《伽藍救》見《坊本傳奇彙考》。稱舜已見王《録》三卷。

紅拂記　張太和《紅拂記序》云：“《紅拂》已經三演，在近齊外翰者，鄙俚而不典；在泠然居士者，短簡而不舒。”按，泠然居士即張鳳翼，已詳上文。所謂“近齊外翰”。何人，待考。

金魚墜　姜以立撰，見《曲海總目提要》。以立興安人。

三關記　施鳳來撰，見同上。

裙釵壻　秦臺御史撰，見《坊本傳奇彙考》。

綉襦記　柳仙記

以上二種徐霖撰。《金陵瑣事》曰“徐霖善填南北詞，大有才情。余所見戲文，有《繡襦》諸本行世”云云，應與王《録》薛近衮一本異。《柳仙記》見《三家村老委談》。徐霖字子仁，號九峰道人，又號髯翁，吴縣諸生。

紅梅記　袁宏道撰。《坊本傳奇彙考》“紅梅記”云“原係明隆萬前舊本，袁宏道删潤”云云，應與王《録》四卷周朝俊一本異。宏道字中郎，公安人，萬曆進士，官至稽勳郎中。

新機錦　祝允明撰。《南詞敘録》謂“本朝南曲絶少名家。枝山《新機錦》冠絶一時，流麗處不如則誠，而森整過之。”[①]惟《叙録》上文亦多引北散曲作家，《新機錦》或允明之散曲集名，亦未可知，待考。允明字希哲，號枝山，長洲人，弘治舉人，官應天府通判。

衫襟記　凌濛初撰，改高濂之《玉簪記》而成，見《太霞新奏》。

雙真記　張積潤撰，見《景船齋雜記》。積潤字次璧，上海人。

灑雪堂　梅孝己撰，墨憨齋改訂本。孝己黄州人。

橘浦記　梅花墅撰，日本流傳明刻本。題“句吴梅花墅編”。梅花墅另詳後文《校訂》各條。

擲杯記　許經眉撰，見《説夢》。經眉字令則，松郡諸生。

雷鳴記　許宗衡撰，見《曲海總目提要》。有《梨園雅調六十種曲》本。

雙鳳記　陸華甫撰，見同上。

百寶箱　郭彦深撰，見《劇説》。

人天樂　黄周星撰，見《坊本傳奇彙考》。周星號九烟[②]，上元人，崇禎進士，官户部主事。

摘纓記　筆花主人撰，見同上。主人嘉靖以前人，與王《録》五卷清無名氏《摘纓會》一種應異。

分金記　葉良表撰，見《曲海總目提要》。

七子緣　楝翁撰，一名《詩緣記》，見《劇説》。

醉書箴　**繡當爐**

以上二種裘殷玉撰，與《明翠湖亭四種雜劇》總名《玉湖樓六種》。

劉公子賞牡丹亭記　趙賓撰，見王鏊《震澤紀聞》。賓壽光人。

---

① 今校：此段引文，民國誦芬室《讀曲叢刊》本《南詞叙録》載云：“本朝北曲，推周憲王、谷子敬、劉東生，近有王檢討、康狀元，餘如史癡翁、陳大聲輩，皆可觀。惟南曲絶少名家。枝山先生頗留意於此，其《新機錦》亦冠絶一時，流麗處不如則誠，而森整過之。”

② 今校：“號”，原作“字”。按，黄周星字景虞，號九烟。今據民國退耕堂刊本《晚晴簃詩彙》改。

瑶臺夢　立地成佛

以上二種趙進美撰，見《池北偶談》。進美字嶷叔，一字韞退，益都人，崇禎庚辰進士，授行人。

雙報恩　漢眉撰，見《坊本傳奇彙考》。漢眉姓名待考，明末人。

撮合圓　磊道人、癯先生二人合撰，見同上。二人皆明末人。

碧珠記　海棠記

以上二種澹生老人撰。前一種萬曆刊本，後一種署薇室澹生老人，見同上。

鳳求凰　澹慧居士撰，山水鄰刊本。與王《録》五卷李漁一本異。

相如記　韓上桂撰，見黄宗羲《思舊録》。上桂字孟郁，番禺人，以南京國子監左遷照磨。

荷花蕩　擷芳主人撰，一名《蓮盟》，《山水鄰傳奇六種》之一。主人號斐堂，姓名待考。

香山記　羅懋登撰，見《坊本傳奇彙考》。懋登號二南里人，萬曆間陝西人，曾取邱瓊撰《投筆記》加以注釋。

黄粱夢　蘇漢英撰，見《曲海總目提要》，有《梨園雅調六十種曲》本。

遠塵園　護春樓主人撰①，見《坊本傳奇彙考》。

天賜温凉餞②　蘭蕙聯芳樓記　瓊奴傳　陳可中剔目記　玉簫女兩世姻緣　商輅三元記　馮京三元記　鄒知縣湘湖記　馮國珍衣錦還鄉　高漢卿羅囊記　裴度還帶記　韓信筑壇拜將　張良圯橋進履　桂英誣王魁　姜詩得鯉　孟宗泣竹　繡鞋記　芙蓉屏記　銀瓶記　鄧攸棄子記　金錢記　羅帶記　高文舉　羅帕記　鴛鴦記　龍泉記　三益記　洪浩使虜記　李白宫錦袍記　嬌紅記　破鏡重圓　文林四景　麗情四景　百行傳　王陽明平逆記　中山狼白猿　唐僧西遊記

---

① 今校："護春樓"，原作"護春園"。今據民國十七年大東書局本《曲海總目提要》改。

② 今校："天賜温凉餞"，原作"天賜温良餞"。今據民國誦芬室《讀曲叢刊》本《南詞叙録》改。

以上三十七種無名氏撰，見《南詞叙録》"本朝"一項。此項原列四十八種，餘十一種已見王《録》四、五兩卷"無名氏所作"内，兹分别校訂如末卷。此三十七種内，前三種原注"教坊本"；"韓信筑壇拜將"條下有何焯評引錢遵王云："《追賢》一齣乃元曲。"又，《姜詩得鯉》一種，或即王《録》四卷陳羆齋之《躍鯉記》。因《劇説》引譚輅曰："《姜詩得鯉傳奇》相傳是學究陳罷齋作。"①所謂"罷齋"，應即羆齋也。又，《羅帕記》一種，有秦淮墨客重校本。

王祥　見《詞林摘豔》。謂之"王祥戲文"，不知與《南詞叙録》"宋元舊篇"内之《王祥卧冰》及王《録》四卷無名氏之《卧冰記》同異如何。

馬上郎　金鏡記　蘆花記　剸犀劍　文媒記　玉花記　全忠孝　求如願　醒世魔　一笑緣　玉瑑緣　桃花罼　鳳鸞鳴

以上十三種見《坊本傳奇彙考》。前四種明初人撰，末四種明末人撰，《剸犀劍》嘉靖間人撰。《全忠孝》一名《龍泉劍》，《一笑緣》一名《醒世圖》。

斷機記　立命説　完璧記　青袍記

以上四種見《曲海總目提要》。《青袍記》有《梨園雅調六十種曲》本。

西湖記　七滕記　蔡花記

以上三種有《梨園雅調六十種曲》本。《蔡花記》疑即下文《葵花記》之訛。

三生記　《曲品》"王玉峰《焚香記》"條曰"别有《三生記》則合雙卿而成者"云云②。或者此種亦出王氏。

鸞筆記　《曲品》"鳴鳳記"條云："江陵時亦有編《鸞筆記》者，即此意也。"蓋謂其所演與《鳴鳳記》同耳。

秦仙仙傳　玉金記　桂翁記

以上三種見趙琦美《脉望館書目》。"玉金"、"桂翁"有無錯誤，皆

---

① 今校："姜詩得鯉傳奇"，民國誦芬室《讀曲叢刊》本《劇説》作"姜詩傳奇"。

② 今校：此段引文，清乾隆五十六年鈔本《曲品》載曰："别有《三生記》、《茶船記》，則載雙卿事。"

待考。

小十面　《弦索辨訛》載，一齣。

崔君瑞傳　花亭記

以上二種見《詞林逸響》。

彩霞記　《三家村老委談》云："《彩霞》出一優師所作。曲雖俚，然間架步驟，亦自可觀。"

董永　《莊嶽委談》云："今傳奇有所謂《董永》者，詞極鄙俚，而其事實本《搜神記》，非杜撰也。"

春桃記　見《升庵外集》。

賣油郎　張岱《夢憶》云："福王南渡，魯王播遷之越，以先父相魯先王，幸舊臣第。是日，演《賣油郎傳奇》，内有泥馬渡康王故事，與時事巧合，睿顔大喜。"

四德記　《劇説》引湯來賀語云："先年樂府，如《五福》、《百順》、《四德》、《十義》、《躍鯉》、《卧冰》之類，皆取古人之善行，譜爲傳奇。"

紅梨花記　有快活庵評本，在徐復祚《紅梨記》之先。

薛仁貴跨海征東白袍記　王昭君出塞和戎記　金貂記　蘇英皇后鸚鵡記　草蘆記

以上五種皆有富春堂刊本。

葵花記　明初人撰，秦淮墨客校，廣慶堂本。

荔鏡記　明刊本題爲《重刊五色潮泉插科增入詩詞北曲勾欄荔鏡記戲文》①。

〇明清傳奇補四十一種

詩賦盟　鬱輪袍　靈犀錦②　明月環

以上四種西湖居士撰，總名《白雪齋新樂府五種》，另一種爲《金鈿盒》，已見王《録》五卷。居士明清間人。

---

① 今校："北曲"，原作"小曲"；"勾欄"，原缺。今據明嘉靖丙寅重刊本《荔鏡記》改。

② 今校："靈犀錦"，原作"靈犀帶"。今據明刻本《白雪齋新樂府》改。

一文錢　小天台　反三關　天福緣　瓦岡寨　泮宫緣　松筠操　兩重恩　俠彈緣　皈元記　重重喜　晉陽宫　雪香園　萬仙録　紫珍鼎　詩囊恨　鳳和鳴　樓外樓　鴛鴦箋　龍鳳合　龍鳳圖　雙鳳環　雙飛石　鴛鴦佩　雙龍墜　繡衣郎

以上二十六種,見《坊本傳奇彙考》,皆無名氏撰。《一文錢》一名《兩生天》,合元人之《來生債》與明人之《一文錢》兩雜劇而成;《小天台》事實與《雙鴛佩》相同;《泮宫緣》一名《鴛鴦鬧》;《松筠操》一名《高士記》;《兩重恩》與下文心一山人之《玉釵記》大同小異;《鳳和鳴》乃增飾《鳴鳳記》而成;《樓外樓》一名《鵲梁記》;《繡衣郎》與王《録》五卷盛際時之《臙脂雪》相仿。

水泊記　三國志

以上二種見《綴白裘》。《三國志》不知與《鼎峙春秋》同異如何,待考。

如意珠　曇花閣　俗西遊

以上三種見《納書楹曲譜》。

馬陵道　青塚記　孽海記

以上三種見《醉怡情》。

女中傑　見《昭代簫韶·例言》。

十四鹽　見《茶香室叢鈔》。

乞巧　有康熙刊本。

○清傳奇補三百二十三種　王録原列八百零八種,共一千一百三十一種。

竇娥冤　袁于令撰,見《劇説》。袁氏傳奇,連後文之《長生樂》共有七種,總名《劍嘯閣傳奇》。

上國記　李玉撰。

雙鳧影　邱園撰,見《海虞畫苑略》,並謂園乃東海侯岳之後,居烏岳山,因號烏丘山人,善度曲。

揚州夢　憤司馬　泥神廟　扯淡歌

以上四種嵇永仁撰。首種有葭秋堂刊本,餘見《曲海總目提要》。

西厢印　程端撰，見同上。

天涯淚　洪昇撰，見《長生殿》毛奇齡序。

傭中人　梁上眼

以上二種唐英撰。與王《録》《蘆花絮》、《巧换缘》、《三元報》共五種，總稱《古柏堂傳奇五種》，又名《鐙月閑情》，有古柏堂本。

江州淚　采石磯

以上二種蔣士銓撰。前一種有《玉生香傳奇》本。

同亭宴　迴流記　海雪吟　負薪記　錯姻緣　紫霞巾　花月痕

以上七種陳烺撰。前六種有傳刻本，前五種總名《玉獅堂後五種》，後一種見《賭棋山莊詞話》。烺字叔明，號潛翁，亦號東村，亦號榕西逸客①，亦號玉獅老人。以名孝廉選邑令，改授德化學博。

雙烟記　吞氈報②　奇花鑑　同心言　紅樓新曲

以上五種嚴保庸撰，見《曲目表》。

宓妃影　當爐豔　玉臺秋

以上三種黄燮清撰。前二種有《玉生香傳奇》本，後一種亦有傳刻本。燮清一名憲清，字韻珊，自號吟香詩舫主人，海鹽人。以上諸人已具王《録》五卷，以下補劇兼補人。

一封書　丁鈺撰，見《曲海總目提要》。

表忠記　西湖扇

以上二種丁耀亢撰。《表忠記》一名《蚺蛇膽》，傳刻本，與曹子清所撰《虎口餘生》一名《表忠記》者不同。耀亢字西生，號野鶴，東武人，順治中貢生，知惠安縣。有傳奇十三種，今但知名目四，餘二名爲《赤松遊》及《化人遊》，已見王《録》五卷“無名氏所作”内。

繁華夢　全福記

以上二種王筠女士撰。《全福記》有槐慶堂本，乾隆十四年朱珪序謂：“《繁華夢》成，閱之覺全劇過冷，搬演未宜。以聞女士，越年，乃有

---

①　今校：“榕西逸客”，原作“榕西野客”。今據清嘉慶六年刊本《紫霞巾傳奇》改。

②　今校：“吞氈報”，原作“香氈報”。今據清道光二十三年刊本《曲目表》改。

《全福記》,則春光融融矣。”女士長安人。

東海記　王曦撰,宛鄰書屋本。曦字季旭,道光間太倉人。

回心院　王曇撰,一名《遼蕭皇后十香傳》,見《曲目表》。曇已見前《雜劇補》。

昭代簫韶　十本。虞山王廷章朝炳編輯,茂苑范聞賢知愚分纂,亦殿本傳奇也,與張照等所撰局格相同。成於嘉慶十八年,演宋楊業陳家谷盡忠事,源出北宋傳之演義。

焚券記　太平園　吉慶釵

以上三種王澹人撰,見《劇説》。傳奇抑雜劇,尚待考。

青湘樓　毛國翰撰,見《人名辭典》。國翰字大宗,號青垣,長沙人,嘉慶時諸生。

玉釵記　心一山人撰,見《坊本傳奇彙考》。

蝶歸樓　今樵居士撰,傳鈔本及坊本。

浣花舟　石樵山人撰,見《坊本傳奇彙考》。山人吴興人。

蘭桂仙　左璜撰,傳刻本。璜字箕轂,龍眠人,知霍山縣。

萬全記　四顧居士撰,一名《富貴仙》,見《坊本傳奇彙考》,非李漁所撰一本。

犁樂軒　玉堂春　西樓夢　寶石莊

以上四種玉玲瓏館主人撰。主人嘗刻《儒酸福傳奇》,跋謂“自撰傳奇四種。付梓既竣,頓遭劫灰”①。

護花記　朱某撰,見《小説叢考》。朱蕭山人。

迎鑾新曲　朱夼撰,見《秋鐙叢話》。夼字放奔,一作公放,又字山漁,自號莄稗道人,歸安人,乾隆諸生。

十二釵　朱鳳森撰,見《三釵夢雜劇》序中。鳳森字韞山,臨桂人,嘉慶六年進士,知濬縣。

雙鴛祠　仲振履撰,見《藤花亭曲話》。振履字柘泉,號柘庵,又號覽岱庵木石老人,原籍江南,知番禺縣。

---

①　今校:此段引文,清光緒十年玉玲瓏刻本《儒酸福傳奇》跋載爲:“自撰傳奇四種:曰《犁樂軒》、曰《玉堂春》、曰《西樓夢》、曰《寶石莊》。付梓初竣,頓遭劫灰。”

紅樓夢 仲雲澗撰，緑雲紅雨山房刻本，署吴州紅豆村樵。

鏡中淚 江順詒撰，見《賭棋山莊詞話》。順詒字秋珊，自號願爲明鏡生，旌德人。

芙蓉影 西泠長撰，見《坊本傳奇彙考》。西泠長又稱泊庵，吴縣人，疑曾爲錢塘令。

靈犀錦 西湖主人撰，見同上。主人與前列明清間人西湖居士未知是一是二，此劇與居士所撰《靈犀帶》亦未知同異如何。

伏虎韜　文星榜　報恩緣　才人福　千金笑　泥金帶　黄金屋

以上七種沈起鳳撰。前四種有古香林本，餘見沈氏《諧鐸》。起鳳字桐威，號蕢漁，一號紅心詞客，亦署花韻庵主人①，吴縣人，乾隆戊子舉人，歷官祁門全椒訓導②。吴門獨學老人序前四種，謂沈氏所製不下三四十種，清高宗南巡，揚州鹽政、蘇杭織造所編迎鑾大戲皆出其手。戴延年《摶沙録》亦謂起鳳所著諸劇"傳播歌場，時伶爲之增價，里中菊部師，直欲範金事之"云云。

續西厢 吴國榛撰③，甓勤齋殘稿本。國榛字有山，號一蓬居士，光緒間吴縣人。

偷桃記 吴德甫撰④，見《曲海總目提要》。

漁村記 妙有山人撰，傳刻本。卷前附下列韓湘巖之《南山法曲》，疑山人即韓也。

寒香亭 李凱撰，傳刻本。凱字里待考。

---

① 今校："花韻庵主人"，據清刻本《花間九奏》及清嘉慶十年刊《獨學盧全稿》本《花韻庵詩餘》，"花韻庵主人"並非沈起鳳之别號，而是沈氏《蕢漁四種曲》的刊刻者石韞玉，亦即下文之"獨學老人"。

② 今校："全椒"，原作"金椒"。今據清古香林刻本《沈蕢漁四種曲》改。

③ 今校："吴國榛"，原作"吴國溱"。今據民國十五年長洲吴氏百嘉堂刻本《甓勤齋詩殘稿》改。

④ 今校："偷桃記"，據明萬曆間唐振吾廣慶堂刊本吴德修撰《新刻出相音釋點板東方朔偷桃記》，此劇作者爲明人。按，吴德修，字德甫，新都人。

才人鑑 言依山撰[①],見孫原湘《天真閣集》。依山字里待考。

精衛石 阮山撰。陳棟《北涇草堂集》有《百字令》,云:"爲鹿柴題其令兄阮山先生所製《精衛石傳奇》。"阮山姓名待考。

芙蓉劍 汪愷撰,見《劇説》。愷字雲樵,江陵人。

三字緣 汪闇撰,見諸聯《明齋小識》。闇字雲湄,泗鎮人。

後緹縈 汪宗沂撰,傳刻本。宗沂字仲伊,亦號弢叟,亦稱弢盧居士,歙人,光緒進士,官山西知縣。

康衢新樂府 吕星垣撰,傳刻本。星垣字叔訥,陽湖人,官贊皇縣。此爲直隸總督方某所作祝嘏傳奇也。

滕王閣 周暟撰,蔭槐堂原刻本。暟自號梅花詞客,乾嘉間人。

介山記 宋廷魁撰,傳刻本。廷魁號竹溪居士,介山人。

玉門關 青城山樵撰,傳刻本。

昇仙記[②] 盱江韻客撰,傳刻本。

山花錦 樸巢記

以上二種冒襄撰。襄字辟疆,號巢民,如皋人。

衵紅衫 梅沁雪

以上二種姚燮撰,見《墨林今話》。燮字梅伯,號復莊,又號野橋,鎮海人,道光甲午舉人。

珊瑚鞭 胡業宏撰,成于乾隆甲寅,穿柳亭刻本,改《玉嬌李》小説而成。業宏字芑塘,號小新豐山人,桐城人。

乘龍佳話 何墉撰,申昌書畫室本。墉字桂生,號高昌寒食生,清末古越人。

返魂香 香雪道人撰,傳刻本。

晉春秋 看雲山人撰,宛委山人校訂,傳刻本。

---

① 今校:"言依山",原作"言衣亭"。今據清嘉慶五年刻增修本《天真閣集》改。按,依山即言尚熾,字依山,號竹樵,常熟人。

② 今校:"昇仙記",民國誦芬室《讀曲叢刊》本《劇説》卷二載:"明人又有《續西厢昇仙記》,序稱盱江韻客撰。"又,今《不登大雅文庫珍本戲曲叢刊》元明卷收有原題盱江韻客撰之《玉茗堂批評新著續西厢昇仙記》。據此,此劇實爲明人所作。

雨花臺　徐昆撰，成于乾隆二十七年，崔桂林評，貯書樓刻本。昆字後山，號柳崖居士，平水人。

梨花雪　白頭新

以上二種徐鄂撰，總名《誦荻齋曲二種》，傳刻本。首種一名《白霓裳》。鄂字午閣，號汗漫道人，光緒間嘉定人。

鏡光緣　雙環記　聯芳樓

以上三種徐爔撰，與《寫心雜劇十八種》總名《蝶夢庵詞曲》。前一種有夢生堂刻本，後二種見前一種序中。爔已見上文《雜劇補》中。

桃花緣　徐朝彝撰，紅蕉館本，附《夢恬書屋詩鈔》後。朝彝字商侯。

六如亭　徐觀壎撰，見《摶沙録》。與王《録》五卷張九鉞一本異。觀壎字蓀畦，元和人。

續琵琶記　高伯陽撰，見《藤花亭曲話》。

錫六環　兩重天

以上二種孫埏撰，前一種一名《彌勒記》，湖瀾書塾刻本；後一種見前一種孫鏘跋内。埏字尚登，號碧溪，奉化人，乾隆元年副貢。

海棠緣　孫傚撰，見《觚賸》。傚字商聲，康熙間人。

雁門雪　唐菊階撰，見《餘墨偶談》。

萬花亭　郎玉甫撰，見《坊本傳奇彙考》。玉甫江東人。

雙合鏡　支機石　鴟夷恨　紅娘子

以上四種袁醰撰，見《瞿園雜劇》序中。醰已見上文《雜劇補》。

折桂記　秦淮居士撰，見《曲海總目提要》。

梅花夢　張道撰，光緒甲午刊本。道號幼海逸叟，錢塘人。十七歲時，曾取小青事演雜劇四折，後悔少作，乃改譜此。

鴛鴦劍　張琦撰，見吴德旋《初月樓續鈔》。琦初名翊，字翰風，號宛鄰，武進人，道光舉人，知章丘、館陶等縣。

芙蓉樓　玉節記

以上二種張衢撰，見《墨林今話》。衢字喔齋，蕭山人，諸生。

聚星記　張子賢撰，見《曲海總目提要》。

西來記　張中和撰，見同上。

凝碧灣　張韶臺撰，見《憶江南館詞》。韶臺名待考。

藤花夢　張維屏撰，傳刻本。維屏字子樹，一字南山，晚號珠海老漁，一號松心子，番禺人，道光進士，官南康知府。

醉高歌　張簡庵撰，傳刻本。簡庵名里待考。

雙鴦記　**一帆記**

以上二種陸吴州撰，見《劇説》。吴州名待考。

碧桃記　**洞庭緣**

以上二種陸繼駱撰，傳刻本。繼駱字祁生，光緒初常州人。

後琵琶記　曹寅撰，見《劇説》及《在園雜誌》。寅字子清，一字楝亭，號荔軒，漢軍鑲藍旗人，官通政使、江寧織造。另有《虎口餘生》，已見王《録》五卷。

梅花夢　陳森撰，影稿本。森號采玉山人，常州人。

維陽夢　陳楝撰，《北涇草堂外集》本。楝已見《雜劇補》。

武陵春　陳時泌撰，見《曲海總目提要》。

凌波影　陳其泰撰，傳刻本。

唐昌觀　**妙高臺**

以上二種商盤撰，見《質園詩集》。盤字寶意，號蒼雨，會稽人，雍正進士，官順寧知府。

影梅庵　梅垞生撰，見《花朝生筆記》。生嘉道間人。

百寶箱　梅窗主人撰，傳刻本。主人乾隆間人。

兩種情　**五虎由**

以上二種許廷録撰，見《海虞畫苑略補遺》。廷録一名逸，字升聞，號適齋，常熟人。

鶺鴒原　許秋舫撰，見《金壺遯墨》。秋舫名待考。

神山引　**靈媧石**　**茯苓仙**①　**瘞雲巖**　**胭脂獄**　**風雲會**

以上六種許善長撰，總名《碧聲吟館傳奇六種》，傳刻本。善長號玉泉樵子，又稱香消酒醒主人再傳弟子，仁和人，光緒間知建昌府。

---

①　今校："茯苓仙"，原作"茯苓山"。今據清光緒九年碧聲吟館刻本《茯苓仙》改。

菉園記　梁木公撰，見《坊本傳奇彙考》。木公號蓬萊，世居吴郡。

了緣記　圓香夢

以上二種梁廷枬撰，見《藤花亭曲話》。廷枬字章冉，順德人，有《藤花亭十種曲》，餘八種未詳。

鴛鴦夢　採芝客撰，見《坊本傳奇彙考》。葉小紈有《鴛鴦夢雜劇》，下文劉清韻又另有一本傳奇，此一名而有劇三種也。客吴人。

牡蠣園　雪樵撰，載《青溪風雨録》下卷①。

蕙江緣　返魂香

以上二種黄百穀撰，見《藤花亭曲話》，佚不傳。百穀字農師②。

坤靈扇　黄其恕撰，見《詞餘叢話》。其恕字幼吾，長沙人。

鴛鴦印　十二紅　夢呼么

以上三種均黄鈞宰撰，見《金壺七墨》。鈞宰字天河。

練忠貞　荆溪老人撰，見《坊本傳奇彙考》。

劍人緣　湯貽汾撰，出處待檢。貽汾字若儀，號雨生，晚號粥翁，武進人，官至總兵。有《梯仙閣三種》，見《墨林今話》，餘二種名目未詳。

耆英會　喬萊撰③，署名畫川逸叟，卷端題《香雪亭新編耆英會》，傳刻本。清聖祖南巡，曾以家伶演此劇供奉，蒙賜銀項圈一，因名其樂部曰"賜金班"云。

雙星圖　無聲謳者撰，樂餘園刻本。謳者宜黄人。

雙珠記　楊米人撰，傳刻本。米人桐邑人。

摘花樓　萬榮恩撰，見《人名辭典》。榮恩字玉卿，江寧諸生。

雙小鳳　飲墨者撰，見《坊本傳奇彙考》。

青霞錦　翠微樓

以上二種趙瑜撰，見《清波小志》。瑜字瑾叔，錢塘人，入籍武康，補博士弟子員。

---

① 今校："牡蠣園"，原作"牡蠣圓"；"雪樵"，原作"雪橋"；"青溪風雨録"，原作"清溪風雨録"。今並據清嘉慶二十四年一枝山房刊本雪樵居士《青溪風雨録》改。

② 今校："農師"，原作"師農"。今據清光緒刻本《兩浙輶軒續録》改。

③ 今校："喬萊"，原作"喬某"。今據清刻本《香雪亭新編耆英會記》改。

娟紅記 趙野航撰,見吴蘭《雪香蘇山館集》。

名花譜 種花儂撰,傳刻本。其人曾官錢塘令。

玉蟠桃 桃花夢 鴛鴦帕

以上三種蔣培撰,前二種見《摶沙録》,後一種見許寶善《自怡軒詞》。培字秋厓,長洲人。

群珠碎 蔣敦復撰。敦復原名爾鍔,字克父,一字劍人,一字純甫,寶山人。

八珠環記 玉連環記 鳳頭鞋記 瑪瑙簪記 並頭花記

以上五種鄧志謨撰,見《曲海總目提要》。

商山鸞影 劉古石撰,見《詞餘叢話》。古石東海人。

黄碧簽 丹青副 炎涼券 鴛鴦夢 氤氲釧 英雄配 天風引 飛虹嘯 鏡中圓 千秋淚

以上十種劉清韻女士撰,總名《小蓬萊閣傳奇》,有石印本。清韻字古香,東海人,適錢梅坡,有傳奇二十四種,餘不傳。

鸚鵡媒 乞食圖

以上二種錢維喬撰,前一種見《藤花亭曲話》,稱作者爲錢竹初明府;後一種一名《後崔張》,傳刻本。維喬號竹初居士,一號林棲居士,乾隆間人。

鐵漢樓 十錦堤

以上二種蕊棲居士撰,見《曲海總目提要》。

驪山傳 梓潼傳

以上二種磬譜老人撰,傳刻本①。

黄河遠 謝堃撰,傳刻本。

湘湖記 謝氏撰,《劇説》引馬玉起云,毛西河《何孝子引》"言傳奇爲謝氏所作",即《湘湖記》也。與前補明無名氏傳奇《鄒知縣湘湖記》應是兩本。

---

① 今校:"磬譜老人撰",據清光緒間刻《春在堂叢書》本《驟山傳》、《梓潼傳》,"磬譜老人"應作"磬圃老人",且爲二劇中用以叙述創作宗旨的幕間人,並非撰人。按,此二劇作者實爲俞樾。

南山法曲　韓湘巖撰，附刻妙有山人《漁村記》前。湘巖乾隆間人，曾補官金匱。

旌忠傳　戴女士撰，見《賭棋山莊詞話》。女士號澈道人，江寧人，馮芝之母。

金鳳緣　**寫韻軒**

以上二種蕭椿撰，見梅窗主人《百寶箱傳奇》題詞注中。椿字雲槎。

鶴歸來　**紫雲迴**

以上二種瞿頡撰，前一種傳刻本，後一種見孫原湘《天真閣集》。頡字菊亭，琴川人。

儒酸福　魏熙元撰，玉玲瓏館刻本。熙元字玉巖，杭州人，有《餐英館樂府四種》，餘未詳。因咸豐十年兵燹零落。

東郭傳　蘇源撰，稿本。源彭門人。

霧中人　**雁鳴霜**　**木樨香**

以上三種歗嵐道人撰，總名《晚學齋三種曲》[①]。《雁鳴霜》一名《花葉粉》。道人，光緒間歙縣人。

香草亭　鏡曲化農撰，傳刻本。

白門柳　龔鼎孳撰，見《劇説》。鼎孳字孝叔，號芝麓，合肥人，明崇禎進士，入清官至禮部尚書。

九錫記　**三孝記**　**三虎賺**　**三殿元**　**天樞賦**　**文犀帶**　**四郡記**　**合歡殿**　**耳鳴冤**　**百子圖**　**君臣福**　**兩榮歸**　**桃林賺**　**財星見**　**清平樂**　**彩燕詩**　**彩霞幡**　**傑終禪**　**善惡報**　**想世情**　**義貞緣**　**新節孝記**　**臨川夢**　**雙合歡**　**秋千會**　**盧夜雨**

以上廿六種無名氏撰，見《坊本傳奇彙考》。内《百子圖》翻“伯道無兒”之説，以勸世者。另有明人撰刺魏忠賢義子王紹徽者，王《録》五卷已列一本，此再補一本；《桃林賺》與前列明清傳奇之《俠彈緣》同演一事，而實爲兩本；《新節孝記》一名《截髮記》；《臨川夢》譜撫州妓漣漪與某生事，與蔣士銓本異；《雙合歡》與《盧夜雨》同演一事，而兩本應與王

---

① 今校：“晚學齋三種曲”，據清光緒十六年刊本《晚學齋集》，又稱《暗香樓樂府三種》。

《録》三卷茅僧曇所撰雜劇不同。

混元盒　四本，傳抄本。黄文暘《曲海目録》中亦載之。

飛來劍　楊雍建門人撰，見《曲海總目提要》。

玉帶鈎　群星輔　簷頭水　七勝記　通仙枕　百歲圖　群星會　兩香丸　長城記　杞梁妻　訪友記　雙璧記　百壽圖　瓊林宴　斷烏盆　種種情　白玉環　珊瑚釧　丹心照　投唐記　天燧閣　天中天　大椿樓　豹凌岡　天賜福　呼雷駁　瑶觴記　鈎弋宫　墜樓記　豐年瑞　善慶緣　兩卷雲　鴛鴦箋　三世記　雙忠俠　忠義烈　莽書生　銀牌記　天錫貴　目蓮　珍珠米欄記

以上四十一種見《曲海總目提要》，作者屬明屬清，仍多難定。《三世記》與王《録》五卷之《三世修》未知是一本否。

换身榮　天降福　世外歡　秦州樂　成雙譜[①]　**樂安春　生平足　萬年希　鬧華州　臨濠喜　人難賽　三多全**

以上十二種，《太平樂府》本又題《玉鈎十二種》。作者一人抑多人待考。

玉獅記　草木銜恩　聖世壽徵　百子呈祥　豐樂秋登　壽葉三朋[②]　**盛世新聲　永祝長清　箕疇五福　壽徵輻輳　太平有象　多壽記　鬥金瓶**

以上十三種，清内府鈔本。首末二種各十本，餘每種一本。

紅鞋記　唾紅記　負薪記

以上三種，《怡春錦》本。《負薪記》與上文所補陳烺撰者不同。

雙瑞記　一名《中庸解》，疑爲李漁撰，傳刻本。

玉馬佩　傳刻本，與王《録》五卷劉晉充之《天馬媒》事實相仿。《曲海總目提要》屬路述淳。述淳字里待考。

不垂楊　傳刻本，附《紀貞詩存》後。

---

① 今校："成雙譜"，原作"雙成譜"。今據清乾隆刊本《太平樂府玉勾十三種》改。

② 今校："壽葉三朋"，原作"壽錫三朋"。今據清鈔本《演劇十三種》改。

青溪笑　**函髻記**①　**潛龍佩**　**玉梅亭**

以上四種有傳刻本。

汜黄濤　**如夢緣**

以上二種有傳抄本。

緑袍記　見《劇説》。

三春夢　見《冰硔雜録》。

新黄孝子　見《書隱叢説》。

行軍樂　見《三借盧筆談》。

意外緣　見《羊朱翁耳郵》。

後浣紗　**翻精忠**

以上二種見《在園雜志》。《翻精忠》一名《如是觀》,《雨村曲話》有《反精忠》,應是一種,未知與王《録》五卷之《後岳傳》及前補明傳奇吴玉虹之《如是觀》同否。

大紅袍　見《浪跡續談》。

秦晉配　見《右台仙館筆記》。

笑張郎　見《越縵堂日記》。

萬金記　見《缺名筆記》。

一綫天　事詳袁枚《記麻城獄》。

玉蝶釵　見楊文言《南蘭陵紀事詩鈔》。

西湖雪　見《詞餘叢話》。

千古奇冤　見《賭棋山莊詞話》。

六月雪　見王曦《東海記》之包世臣序中。

東海記　先有此本,多沿襲舊訛,王曦乃爲改作。見王本序中。

和番記　見周文泉《補天石》凡例。不知與前補明傳奇《王昭君出塞和戎記》複否。

文昌化　見磬圃老人《梓潼傳》序中②。

---

① 今校:"函髻記",原作"髻函記"。今據民國八年惜陰堂鉛印本《函髻記》改。

② 今校:"磬圃老人",已見上文《驪山傳》、《梓潼傳》條校記中。

以上補宋元明清傳奇五百八十二種，王《録》原列一千二百零一種，共約一千七百八十三種。

〇清時劇補二十七種

時劇者，清初時行之俗劇也。每劇一齣而已，南北曲與小曲雜用，崑腔與亂彈雜用，但内容有事實，文字有科白，與散曲不同。《太古傳宗》之《弦索調時劇新譜》與《納書楹曲譜》二書所載歷代劇曲，例不附科白，故所載此種時劇，亦不附科白，實際非無科白也。其所演事實，多取給于雜劇傳奇，作者則皆不可考。焦循《曲考》已據《納書楹譜》補入《小妹子》與《思凡》兩種，兹特詳之。

小妹子　崔鶯鶯　來遲　大王昭君　小王昭君　琵琶詞　思凡　僧尼會　花子拾金　北蘆林　醉楊妃　羅和做夢　紅梅算命　金盆撈月　曠野奇逢　夏得海　臨湖　踢毬　花鼓　唐二別妻　借靴　磨斧

以上二十二種，見《太古傳宗》之《弦索調時劇新譜》。

孟姜女　私推　踏繖　烹茶　尋夫

以上五種，見《納書楹曲譜》。

曲録補正卷三

江都　任訥　中敏

〇雜劇傳奇總集補十二種　王録六卷載五種，共十七種。

酹江集　元明雜劇十六種。明孟稱舜評點，劉啓胤訂正。今僅知有《東堂老》、《誶范叔》、《風雲會》三種，餘俟考。陳洪綬作《嬌紅記序》，謂"昔時子塞指孟氏有《古今名劇選》"，即指此也。孟氏已見王《録》三卷，劉氏未詳。

改訂元賢傳奇十六卷　明張自慎編。自慎字誠庵，李開先門人，俱見《千頃堂書目》。《池北偶談》云："又有張自慎者，字敬叔，商河人，著《金元樂府》三十餘種。太原萬伯修曰：'北曲一派，海内索解人，眼中不得獨見張就山耳。'就山，自慎别號也。"[①]據此，十六卷内有元劇三十餘種。惟改訂與著作有異，張敬叔與臧晉叔之事業正同。《偶談》以敬叔之改訂爲著作，誤矣。

顧曲齋刻雜劇 元明雜劇共若干種未詳，已知者有十八種。内有關漢卿之《緋衣夢》，爲他刻所無。顧曲齋，明人，字里未詳。

陽春奏八卷 元明雜劇三十九種，尊生館編刻。此下三書俱見《彙刻書目》。尊生館應是明人。

童云野刻雜劇 元明雜劇二十種。雲野，明人或清人。

雜劇新編 明清雜劇三十四種，清鄒式金編。式金，已見上文《清雜劇補》。

梨園雅調六十種曲 皆明傳奇，六套，六十册。明人輯，與王《録》六卷所載毛晉《六十種曲》不同。見《叢書舉要》。

傳奇四十種 皆明傳奇，明人輯，見同上。

山水鄰傳奇 明傳奇五種，明雜劇《四大癡》四種，共九種。明人輯，傳刻本。

太平樂府 清傳奇十三種[②]，清人輯。一名《玉鈎十三種》。或爲一人之作，亦未可知。傳刻本。

玉生香傳奇 清傳奇四種，清人輯，傳刻本。

古今雜劇三十種 皆元人雜劇，清黄丕烈藏訂。元刊本日本覆刊本。

〇散曲專集補一百零三種 王録六卷小令套數部列四十二種，共一百四十五種。

文湖州集詞一卷 元喬吉撰，丁氏善本書室舊藏鈔本。題"文林郎

---

① 今校：此段引文，康熙三十九年刊本《池北偶談》載曰："又有張自慎者，字敬叔，商河人，遊中麓之門，著《金元樂府》三十餘種。太原萬伯修曰：'北曲一派，海内索解人，不得眼中獨見張就山耳。'就山，自慎别號也。"

② 今校："十三種"，原作"十二種"。今據清乾隆刊本《太平樂府玉勾十三種》改。

雙門吟隱校”。

牡丹梅花玉堂春百詠 明周憲王有燉撰，黄蕘圃《藏書題跋》列在詞曲書内。按，宣德九年刊本《誠齋樂府》卷一内載《牡丹樂府》十九首，此百詠中或不盡是曲體也。待考。

博南新聲 樂府餘音①

以上二種楊慎撰。前者見王驥德注本《西厢記》，後者見《脉望館書目》“詞類”。以上諸家王《録》已具，以下補集兼補人。

睢景臣詞一卷 元睢景臣撰，見《揚州府志》。

御製樂府一卷 明宣宗撰，見《千頃堂書目》。徐𤊹《筆精》載〔寄生草〕二首。宣宗名瞻基，仁宗長子，在位十年。此下八種俱見《千頃堂書目“詞曲類”。

蓮詞一卷 明遼簡王植撰。王乃太祖第十五子，洪武二十五年由衛王改封，永樂二十二年薨。

和樂餘音十卷 明徽莊王見沛撰。王乃英宗第九子，成化二年封，正德元年薨。

秋江詞 明唐恭王彌鉗撰。王乃太祖玄孫，史稱其有學行，孝友篤至。

樂府 明承休王彌鋠撰。王乃承休王芝垠子，以父與莊王交訐失令名，能折節蓋前愆。

三徑詞一卷 明樊山王載埁撰。王生平未詳，人稱爲昇甫先生。

夢玩仙閣 神覽滄溟

以上二種各一卷，明新樂王載壐撰。王乃衡恭王祐楎之孫②，號誠軒，博雅文辭，著作甚多。

唾窗絨 明遼王恩鑑撰，已詳上文《明雜劇補》。王乃簡王植之曾孫，因謀殺朝廷遣官，被幽鳳陽。

崇雅堂樂府一卷 明顧應祥撰。此下二種俱見《千頃堂書目》。應

---

① 今校：“樂府餘音”，《脉望館書目》及《趙定宇書目》皆載爲楊慎撰，而今存明刻本《樂府餘音》載爲慎父楊廷和撰。

② 今校：“祐楎”，原脱“楎”字。今據清乾隆武英殿刊本《明史》補。

祥字惟賢，號箬溪，長興人，弘治進士，官至刑部尚書。

貽拙堂樂府二卷　明盛鸞撰。鸞金陵人。

空中語　短柱效顰　閑中一笑　裁冰翦雪　都邑繁華　蓮步新聲　良辰樂事　混俗陶情　詞臠

以上九種各一卷，明劉效祖撰。前八種見《千頃堂書目》及《詞臠》序中。雖經鏤板，旋復散軼。其弟搜集其詞之僅存者，編成《詞臠》，有康熙九年刊本。效祖字仲修，號念庵，北都人，嘉靖庚戌進士，官陝西按察副使。《千頃目》"别集部"尚有效祖之《清時行樂》、《鐙市謡》、《長門詞》各一卷，未知是曲否。

柏齋何先生樂府一卷　明何瑭撰，附刻嘉靖三十年本《碧山樂府》後。瑭字粹夫，號柏齋，懷慶衛人，宏治壬戌進士，官至南京右都御史。

李中麓樂府　中麓小令

以上二種明李開先撰。此下二十四種俱見《千頃堂書目》。開先已見王《録》四卷。

笑詞一卷　明屠本畯撰。本畯字田叔，號憨先生，鄞人，官辰州府。

歸田詞一卷　明王衡撰。衡已見王《録》三卷。

近體樂府一卷　明俞彦撰。彦字仲茅[①]，金陵人，萬曆辛丑進士，官光禄寺少卿。此或是詞，待考。

陌花軒小詞一卷　明黄方蔭撰。方蔭已見王《録》三卷。

溪上閑情一卷　明張四維撰。四維即王《録》四卷之張午山，詳下文校訂中。

蚓竅清娱　閭簷□笑

以上二種各一卷，明陶輔撰。輔字里未詳。

秋碧軒樂府二卷　梨雲寄傲一卷　滑稽餘音二卷

以上三種明陳鐸撰。鐸已見王《録》三卷。

王雪齋稿　王雪齋撰。雪齋名里未詳。

松林暢懷詞二卷　明郭豸撰。豸上黨人。

龍廣山人小令　明司馬泰撰。泰，章丘布衣。

---

① 今校："仲茅"，原作"仲芳"。今據清文淵閣四庫全書本《御選歷代詩餘》改。

東村樂府二卷　明謝九睿撰。九睿，章丘布衣。

西野老人樂府　明袁崇冕撰。崇冕，章丘布衣。

王舜耕詞一卷　明王田撰。田字舜耕，號西樓，濟南人，見《曲律》。並謂其詞較王磐爲富，然大不如磐精練。磐已見王《録》六卷。

小隱樂農集一卷　明南溪散人撰。散人不詳。

喬龍溪詞一卷　明喬龍溪撰。龍溪名待考，章丘人，官僉事，與李開先同時。

酸鄉小稿　明高筆峰撰。筆峰亦李開先同時人。

烟霞小稿　明蘇雪蓑撰。

梧院填詞　明陳元朋撰。以上三人字里皆未詳。

泰然亭樂府　明李先芳撰。《千頃目》注云"藏於家"。先芳字伯承，號北山①，監利人②，嘉靖進士，官至尚寶司少卿。

苑洛餘音一本　明韓邦奇撰，見《脉望館書目》"詞類"。邦奇字汝節，號苑洛，朝邑人，正德進士，官至兵部尚書，謚恭簡。

擬樂府二本　明皇甫百泉撰。見同上。

齒雪餘香　明史槃撰。此下三種俱見《太霞新奏》，三人俱已見王《録》四卷。

敲月軒詞稿　明張鳳翼撰。

宛轉歌　明馮夢龍撰。

情癡寐語一卷　**詞隱新詞一卷**　**曲海青冰二卷**

以上三種明沈璟撰。此下六種俱見《曲律》。璟已見王《録》四卷。

息柯餘韻　明陳鶴撰。鶴字鳴野，號海樵，山陰人，世襲百户。

欸乃篇　明王澹翁撰。澹翁已見王《録》三卷。

方諸館樂府二卷　明王驥德撰，《清吟閣書目》著録有新輯本。

---

①　今校："北山"，原作"佰山"。今據于慎行《尚寶司少卿北山李公先芳墓志銘》改。

②　今校："監利人"，《明史》、《明詩綜》等均載李先芳爲濮州人。清文淵閣四庫全書本《續文獻通考》載其"監利人，寄籍濮州"。于慎行《尚寶司少卿北山李公先芳墓志銘》載"其先湖廣監利人，國初以士伍北徙，因籍濮州"。

唾窗絨　明沈仕撰，見《江東白苧》。清厲鶚《樊榭山房集》有《唾窗絨跋》，謂“卷中稱東海迷花浪仙，蓋隱其名耳”。有新輯本。仕字懋學，一字子登，一字野筠，號青門，仁和人。

鷗園新曲　明夏言撰，見《歷代詞人姓氏録》。言字公謹，貴溪人，正德丁丑進士，官至大學士。

林石逸興十卷　明薛論道撰，見《蒓齋詞話》。論道燕人。

蕭爽齋樂府二卷　明金鑾撰，萬曆刊本、新刊本。鑾字在衡，號白嶼，應天人。

鞠通樂府三卷　賭墅餘音

以上二種，明沈自晉撰，明刊本、新刊本。前一種爲《黍離續奏》、《越溪新詠》、《不殊堂近草》各一卷；後一種或多與雷同，但未必全同。自晉，沈璟之侄，字伯明，晚字長康，號西來公，又號鞠通，精音律。

步雪初聲一卷　明張瘦郎撰，傳抄本，並附見席浪仙之曲三套①。

筆花樓詞譜一卷　明顧仲方撰。名雖詞譜，實係散曲專集。又題作《筆花樓新聲》，傳刻本。仲方名里待考，號五茸寶云居士。

淮海新聲一卷　明朱應辰撰。此下三種有合刻本，清詹應甲校訂。

凌溪燈詞一卷　明朱某撰。

射陂蕪城詞一卷　明朱某撰。

晚宜樓雜曲一卷　明毛瑩撰，晚宜樓集本。瑩字湛光，又字休文，號大休老人，松陵人，明末諸生。

濠上齋樂府一卷　蘿月齋樂府一卷

以上二種無名氏撰，見《千頃堂書目》。

海底眼　審齋樂府　歸田南北小令　吟囊覽　金縷集等②　可雪遺稿　聽雨齋小詞　填詞　月香小詞　新詞樂府　詅癡符　三餘樂事

以上十二種明無名氏撰，見《脉望館書目》。末一種二本，餘各爲一

---

① 今校：“席浪仙”，原作“席閬仙”。今據民國二十一年《飲虹簃所刻曲》本《步雪初聲》改。

② 今校：“金樓集等”，民國十三年商務印書館影千墨庵主人手寫本《脉望館書目》作“金縷等集”。

本。内《金縷集等》及《可雪遺稿》二種疑亦陳鐸撰，因《脉望館書目》將《滑稽餘音》、《金縷集等》、《草堂餘意》、《可雪遺稿》四名聯列，《滑稽》與《草堂》既皆出陳氏，而梁辰魚《江東白苧・叙改陳氏套曲》又有“白下陳公，南都俠客，凝情於可雪，寄傲於梨雲”之句。《梨雲寄傲》已據《千頃堂目》補列於前，此處《可雪遺稿》應即梁氏所謂“凝情於可雪”者也。姑識此以俟考。

諸佛世尊如來菩薩尊者名稱歌曲 此書用南北曲四百餘調，將諸佛世尊如來菩薩尊者之名稱，編成小令二千數百首，於明永樂十五年、十七年間頒行天下。其中唐五代詞調及各宫尾聲雖亦借作隻曲用，然爲數極少，而所用南北曲調中，則頗多自來譜書所未録者。有永樂刊本。

葉兒樂府一卷 清朱彝尊撰，《曝書亭集》本、乾隆刻袖珍本。彝尊字錫鬯，號竹垞，秀水人，康熙中舉鴻博授檢討。此下清人曲集，凡成卷帙又有名目者始列之，若詩文詞集後所附見之散曲，並無專名，僅標曲或南北曲或詞餘者，概未列入。

北樂府小令一卷 清厲鶚撰，《樊榭集》本、乾隆刻袖珍本。鶚已見王《録》五卷。

百末詞餘一卷 清尤侗撰，《西堂全集》本。侗已見王《録》三卷。

自怡軒樂府四卷 清許寶善撰，乾隆癸丑刊。寶善字穆堂，一字敦虞，清浦人，乾隆進士，官監察御史。

洄溪道情一卷 徐大椿撰，傳刻本。通本皆道情體。大椿初名大業，字靈胎，號洄溪，吴江人。

養默山房散套一卷 清謝元淮撰，傳刻本，附有工尺譜。元淮字默卿，松滋人。

振檀集 卷數未詳，清凌霄撰。霄字芝泉，江陵諸生。

香銷酒醒曲一卷 清趙慶熺撰，附詞集後。慶熺字秋舲，仁和人。

小羅浮館雜曲一卷 清趙對澂撰，附詞集後。對澂字野航，合肥人。

江山風月譜一卷 清許光治撰，《别下齋叢書》本。前半爲詞。

櫻桃花下銀簫譜一卷 清沈清瑞撰。清瑞字芷生，長洲人。

花間賸譜一卷 清秦雲撰。一題《裁雲閣曲》,《裁雲閣集》本。雲字膚雨,長洲人。

玉玲瓏館曲存一卷 清魏熙元撰,附《詞存》後。熙元已見上文《清傳奇》補。

花韻庵南北曲一卷 清石韞玉撰,附《詩餘》後。韞玉東吴人。

烟波漁唱 清張應昌撰,板本待考。應昌字仲甫。號寄庵,歸安人,嘉慶舉人,官中書。

○劇曲散曲選集補三十二種 即王録六卷小令套數部之總集原列三十種,共六十二種。

歌林拾翠二集 明坊本,書林奎壁齋刊,題爲《樂府清音歌林拾翠》。兩集共選明傳奇三十種,每種一二齣至十三四齣不等。此下七種體例大抵如此,皆爲劇曲選集。

徵歌集 明人輯,卷數未詳,明刊本。

南教坊 明清人輯,見《北詞廣正譜》。

綴白裘十二編 清玩花主人初編,錢沛思删補。惟程大衡《序》則云"玩月主人初編,錢德蒼增輯"。玩花、玩月想係一人,德蒼即沛思之字也。

怡春錦六集 清武林曲癡子輯。因前五集共選傳奇一百齣,故又名《纏頭百練》。末集乃散曲。乾隆五十七年刊本。

醉怡情 不分卷。清青溪菰蘆釣叟輯,蘇州致和堂本。

樂府遏雲編三卷 清人輯①,傳刻本。以上劇曲選集,以下散曲選集。

江湖清思集 元錢霖集,見《録鬼簿》。霖已見王《録》六卷。

天機餘錦 元人輯。《真珠船》云:"元曲如《中原音韻》、《陽春白

---

① 今校:"清人輯",今南京圖書館藏有明末刻本《彩雲乘新鐫樂府遏雲編》,此書應爲明人輯。

雪》、《太平樂府》、《天機餘錦》等集，率音調悠揚，氣魄雄壯[①]。

天機碎錦　片玉珠璣

以上二種疑亦元人輯，見《千頃堂書目》。《碎錦》未知與《餘錦》同否。

詩酒餘音　元明人輯，見李開先作《喬夢符小令序》中。與王《録》六卷所列曾瑞别集不同。

中和樂章　見《太和正音譜》，與王《録》六卷已列之《明朝樂章》爲一類。

南詞韻選十九卷　明沈璟輯，萬曆刊本，按照《中原音韻》十九部輯詞。王《録》六卷所列《南北詞廣韻選》十九卷，應即廣此書者。璟已見王《録》四卷。

太霞新奏十四卷　明顧曲散人輯，天啓丁卯刊本。散人疑即馮夢龍。

青樓韻語廣集八卷　明方悟輯，崇禎辛未刊本。悟號澹然子，杭州人。

歈指調古今詞一卷　明李開先輯，或兼有詩餘在内。見《千頃堂書目》。

情籟四卷　明騎蝶軒選，前二卷是詩餘，傳刻本。

金元詞餘十卷　清遠齋樂府十卷

以上二種明人輯，見《千頃堂書目》。前者注“不知撰人”，後者注“選南北曲”。

萬花集一卷　明人輯，附《盛世新聲》後。見《千頃目》。

套數選詞　精選樂府　九宫詞　三餘樂事摘錦

以上四種明人輯，各一本，見《脉望目》。《精選樂府》與上文散曲專集内之《月香小詞》合訂一本。

雅音彙編十二卷　編者未詳，疑出明人。見《季滄葦藏書目》。

---

① 今校：此段引文，明嘉靖刻本《真珠船》載爲：“元曲如《中原音韻》、《陽春白雪》、《太平樂府》、《天機餘錦》等集，《范張雞黍》、《王粲登樓》、《三氣張飛》、《趙禮讓肥》、《單刀會》、《敬德不伏老》、《蘇子瞻貶黄州》等傳奇，率皆音調悠揚，氣魄雄壯。”

遴奇振雅　吴歈萃雅

以上二種明人輯，見《吴騷合編》。

詞臾　明人輯，見《度曲須知》。

停雲館袖珍樂府　明人輯，見《太霞新奏》。

詞林選勝　三徑詞選

以上二種明人輯，見《六如居士全集》。前一種魏良輔點板，《脉望目》作三本。

○曲譜補二十一種　王録六卷列十五種，共三十六種。

摧場譜[1]　宋元人輯。方成培《詞麈》論《樂府混成集》，謂"白樸《天籟集》又有所謂《摧場譜》者，惜此二書不傳，古調零落，後人編輯，僅存百一而已"云云。查《天籟集》詞集中無所謂"摧場譜"者，方氏應别有所據，待考。

九宫十三調譜　明陳、白兩家集，有目無曲。此下二種俱見《曲律》。

十三調南曲音節譜　明蔣孝輯。孝字維忠，常州人，嘉靖甲辰進士。

南吕九宫譜十卷　明人輯，見《千頃堂書目》。"南吕"疑是"南北"之訛。

南詞新譜二十六卷　明沈自晉輯，就沈璟《南九宫譜》删補而成，亦稱《南九宫詞譜》。自晉已見前。

南詞譜　明馮夢龍輯，見《太霞新奏》。

九宫譜定九卷　明東山釣史、鴛湖逸者同輯[2]，緑蔭堂刊本。

弦索辨訛　明沈寵綏輯，所以辨證北曲板式等之訛舛者。所登劇曲以外，亦兼及散曲。崇禎己卯刊本。寵綏字君徵，號適軒主人，吴

---

① 今校："摧場譜"，原作"摧揚譜"。今據清嘉慶間桐川顧氏《讀畫齋叢書》本《香研居詞麈》改。

② 今校："東山釣史"，原作"東山釣叟"。今據清初金閶緑蔭堂刻本《九宫譜定》改。

江人。

南詞九宫正始　清徐于室輯，傳刻本。于室華亭人。

北曲譜　清范文若輯，附《范氏三種曲》後，芥子園刊本。

宗北歸音　十二律京腔譜十六卷　十二律崑腔譜十六卷

以上三種清王正祥輯。第一種不分卷，以宫商角徵羽五音部勒北曲，停雲室本。第二、第三種同爲南曲譜，所謂"京腔"乃弋陽腔，傳刻本。正祥字瑞生，茂苑人。

藤花亭曲譜五卷　清梁廷枏輯，見《藤花亭曲話》。廷枏已見上文《清傳奇補》。

金元十五調南北曲譜　清汪宗沂輯。宗沂已見上文《清傳奇補》。

宫調譜　清朱夰輯。夰已見上文《清傳奇補》。以上字句格調之譜，以下工尺板眼之譜。

審音鑑古録　清人輯，道光十四年刊本。琴隱翁序云："是編誰所評輯，一時無稽。"

吟香堂曲譜　清馮起鳳輯，乃《牡丹亭》、《長生殿》兩傳奇之工尺全譜，傳刻本。起鳳字雲章，古吴人。

遏雲閣曲譜　清王錫純輯，傳刻本。錫純字熙臺，南清河人。

霓裳文藝全譜　清太原氏輯，光緒二十二年本。

六也曲譜四集　清張怡庵輯，坊本。

○曲韻補十四種　王録六卷列八種，共二十二種。

中原音韻類編　元卓從之輯，一名《北腔韻類》，附《太平樂府》前，與《中原音韻》凡類皆同，惟每韻有陰、有陽、有陰陽通用之三類。詳《曲律》。應即取《中原音韻》爲藍本者。從之，燕山人。

南詞正韻　明王驥德輯。見《曲律》。

中原正韻　明沈寵綏輯。見《弦索辨訛》序中。

中原全韻十九卷　明范善溱輯，去聲悉分別陰陽，傳刻本。善溱字昆白，號君甫，吴人。

中州全韻二十二卷　明周昂輯，一稱《此宜閣天籟》，此宜閣本。平聲陰陽遵《中原音韻》，去聲陰陽參《中原全韻》，而另定上聲之陰陽。昂字少霞，昭文人。

南曲正韻　韻學通指一卷　韻白

以上三種清毛先舒輯，後二種乃論韻之書，雖不完全涉曲韻，而論曲韻處甚多。傳刻本。先舒字稚黄，仁和人，明諸生。

中原十九韻説　清錢雍明輯，見《韻學通指》。雍明名待考。

韻學驪珠二卷　清沈乘麐輯，枕流居本。乘麐字苑賓，松江人。

音韻大全　問奇一覽

以上二種清王正祥輯，附《十二律京腔譜》後。

中州切韻補贅論一卷　清劉禧延撰，《滂喜齋叢書》本。禧延字辰孫，吴縣諸生。《學藝齋遺書》内載鄒漢勛之《五韻論》亦多論曲韻，堪與此書合觀。

南詞音韻　清陳次升輯，垂成而輟，見《藤花亭曲話》。次升武林人。

○曲目補四種　王録六卷列六種，共十種。

南詞叙録一卷　明徐渭撰，有録有叙，不盡録也。清何焯批本。渭已見王《録》三卷。

舊編南九宫目録一卷　明人輯，傳鈔本，附《南詞叙録》後。

曲目表一卷　清支豐宜輯①，傳刻本。豐宜字午亭，潤州人。

宫調彙録一卷　清汪汲輯，《古愚老人消夏録》本。

○曲評補二十九種②

唱論　元芝庵撰，二十八則，載《陽春白雪》卷端，他書所引者，則多所删削。芝庵燕南人。

務頭集韻四卷　明寧王權輯，見《太和正音譜》序，謂"搜獵群語，輯爲四卷"。既曰"群語"，所録當足斷句，而非全詞，故不列于選集之部。寧王已見王《録》三卷。

---

① 今校："支豐宜"，原作"支豐頤"。今據清道光二十三年刻本《曲目表》改。

② 今校："曲評補"一類，署爲二十九種，實應爲二十八種。

曲藻一卷　明王世貞撰，與《詞評》合刊。世貞字元美，號鳳洲，又號弇州山人，嘉靖進士，官至刑部尚書。

曲律　明魏良輔撰，一名《崑腔原始》。《詞林逸響》、《吴騷合編》之首皆載之。良輔崑山人。

唱曲當知　論詞六則　正吴編

以上三種明沈璟撰，見王氏《曲律》。

顧曲雜言一卷　明沈德符撰，《學海類編》本、新刻本。德符字景倩，嘉興人，萬曆舉人。

曲論一卷　輯者未詳，乃徐復祚《三家村老委談》及何良俊《四友齋叢説》兩書内之論曲語也，古學彙刊本。復祚已見王《録》三卷；良俊字元朗，松江華亭人，以歲貢授翰林院孔目。

品詞大旨　明陳所聞輯，附《北宫詞紀》前。所聞已見王《録》六卷。

衡曲麈談一卷　明張旭初撰，論曲之文四篇，見《吴騷合編》卷端。旭初即王《録》六卷所見之騷隱居士。

度曲須知二卷　明沈寵綏撰，傳刻本。寵綏已見上文《曲譜補》。

构欄一本　明人撰，見《脉望館書目》。疑是記叙劇場歌舞之書。

製曲枝語一卷　清黄周星撰，《昭代叢書》本。周星字九烟，上元人①。

閑情偶記二卷　清李漁撰，《笠翁一家言》本。漁已見王《録》五卷。

曲腋　清尤侗撰，是劇曲總名抑曲評，待考。侗已見王《録》三卷。

曲經　清馮克鞏撰。戴延年《摶沙録》云："馮松恬名克鞏，浙江嘉善人，四庫館議叙得官。能度新聲，著有《曲經》一編。審音定律，分寸合度，歌場老師無以難焉。"②

樂府傳聲一卷　清徐大椿撰，傳刻本。大椿已見上文《散曲專

---

①　今校：黄周星號九烟，已見本書卷二"人天樂"條校記。

②　今校：此段引文，清道光吴江沈氏世楷堂《昭代叢書》本《摶沙録》載爲："馮松恬名克鞏，浙江嘉善人，四庫議叙得官。工書法，能度新聲，著有《曲經》一編。審音定律，分寸合度，歌場老教師無以難焉。"

集補》。

劇説六卷　清焦循輯，新刻本。循已見王《録》六卷。

三婦合評牡丹亭雜録一卷　清吴人撰，《昭代叢書》本。人號吴山，吴縣人。

雨村曲話二卷　雨村劇話二卷

以上二種清李調元撰，函海本。調元字童山，號雨村，一號墨莊，綿州人，乾隆進士。

談曲雜劄　明人撰，見《雨村曲話》。

藤花亭曲話四卷　清梁廷枏撰，傳刻本。

詞餘叢話三卷續三卷　清楊恩壽撰，《坦園叢書》本。恩壽已見王《録》五卷。

顧曲須知　清人撰，見《詞律拾遺發凡》。

曲苑叢談　曲闌閑話

以上二種清人撰，見《小説考證》。

以上總集、專集、選集、譜、韻、目、評共補二百十種，王《録》原列一百零一種，共三百十一種。以上三卷，元明清三朝雜劇、傳奇、時劇、曲書共補一千零七十種，近人著作除外。王《録》二卷至六卷共列二千四百零八種，其中雖有應删除者，然爲數尚小，姑且不計。合此所補，共約三千四百七十八種。

曲録補正卷四

江都　任訥　中敏

此卷就王《録》已有各條，校訂其説，依原録爲序。惟釐正者多，而補充者少，以説明劇名、書名、人名爲主，書之内容則依原録之例，約略及之。劇之内容及人之軼聞、評論概不及。即人之字里，亦大抵因其著作而附見，不立專條。劇名之異文甚多，板本之種類亦雜，均擇舉其要，以免繁縟。

○宋金雜劇院本校二條　王《録》卷一

王魁　《南詞叙録》列宋元舊篇名目六十五種，第二種爲《王魁負桂英》，應即此也。原注曰“王魁名俊民，以狀元及第。亦里俗妄作也，周密《齊東野語》辨之甚詳”云云。參看下文《明傳奇》同條。

纏三旦　雙捉壻　調猿卦鋪　大分界　三拖旦　琴家弄　捧著駱駝　看馬胡孫　明李詡《戒庵漫筆》中有《供閑選勝》一節，内列“院爨八劇”名目，即此八種。李氏若非轉録自前人之書，則可證此八種院本，明時尚流傳也。《調猿卦鋪》，“卦”作“掛”，應從。《捧著駱駝》“捧”作“牽”，亦可從。

○元雜劇校三十七條　王《録》卷二

才子佳人拜月亭　王實甫撰。《太和正音譜》列王氏所作無此種，而有《多月亭》一名。“多月”或即“拜月”之訛。但元人所撰，確有名《多月亭》者，見《南詞叙録》。則“多月”、“拜月”是一是二，尚待考也。

劉夫人寫恨萬花堂　關漢卿撰。《元曲選》云：“一作黄花峪。”①按，漢卿籍貫，説者皆渾稱大都，惟清蔡顯《閑漁閑閑録》云“解州人”，應有所本。

姻緣簿　前人撰。應删，因即《宋上皇御斷鴛鴦簿》也。“鴛鴦”二字，一作“姻緣”。見《録鬼簿》。

翠華妃對玉釵　前人撰。《元曲選》作“對玉梳”。

楚莊王疏者下船　鄭廷玉撰。《元曲選》“莊王”作“昭公”，《古今雜劇三十種》及《録鬼簿》皆作“昭王”，應從。

齊景公駟馬奔陳　前人撰。《元曲選》作“四馬投唐”，注云：“一名駟馬奔陣。”

報冤臺燕青撲魚　李文蔚撰。“撲”應作“博”，賭博也。見《元曲選》。吴昌齡《狄青撲馬》之“撲”疑亦是“博”之訛。博、撲北音皆入作去聲，相近故訛。

---

①　今校：“一作黄花峪”，明末重修吴興臧氏本《元曲選》“黄花峪”條下注曰“一作萬花堂”。

晏元叔風月夕陽樓　李直夫撰。王《録》云:"'元叔'疑當做'叔原'。"按,《録鬼簿》即作"叔原",應從。

浪子回回賞黄花　吴昌齡撰。《元曲選》注云:"一作黄花峪。"

虎牢關三戰吕布　武漢臣撰。《録鬼簿》注云:"鄭德輝次本。"《太和正音譜》注云:"二本。"兩書於武氏所撰《曹伯明錯勘贓》一種,亦皆注云"次本"。

孟月梅寫恨錦江亭　王仲文撰。《太和正音譜》"江"作"香",應從。

崔護謁漿　尚仲賢撰。《録鬼簿》注云:"十六曲次本。"所謂"十六曲",未知何説。

没興花前秉燭旦　前人撰。應去"旦"字,因上文關漢卿之《崔玉簫擔水澆花》、李文蔚之《盧亭亭擔水澆花》①,下文梁進之之《東海于公高門》諸劇,名在《録鬼簿》及《正音譜》二書中,其下皆有一"旦"字,或注云"旦本"。王《録》皆以其非劇名,特爲删去。則於此一種,不能獨異也。又楊顯之之《借通縣跳神師婆旦》,"旦"字亦應删去。

柳眉兒金錢記　石君寶撰。《録鬼簿》"記"作"花"。君寶,各本皆同,王《録》獨作"君實",未知何本。

李元貞松陰記　紀君祥撰。《正音譜》"記"作"夢"。

鹽客三告狀　王廷秀撰。《正音譜》"三"作"雙"。

賽花月秋千記　張時起撰。《録鬼簿》注云"六折"。《正音譜》"記"作"怨"。

太祖夜斬石守信　**風月害夫人**　趙子祥撰。《正音譜》各注云"二本"。

礜夫人　前人撰,應删。王《録》云:"《太和正音譜》無《風月害夫人》,而有此本,疑字形之誤。"按,洪武本《正音譜》則有《害夫人》,而無此本也。

張生煮海　李好古撰。《正音譜》注云"二本"。

蘇子瞻風雪貶黄州　費唐臣撰,一作《蘇子瞻醉寫赤壁賦》,見《正

---

① 今校:"盧亭亭擔水澆花",原作"盧盧亭擔水澆花"。今據清藤花亭十七種本《曲説》改。

音譜》。《北詞廣正譜》亦載費氏有《赤壁賦》。王《録》三卷"元明無名氏《蘇子瞻醉寫赤壁賦》"條應删。

呂洞賓度鐵拐李岳　岳伯川撰。有《古今雜劇三十種》本。卷前後均標"岳孔目借鐵拐李還魂",正名作《呂洞賓度脱李岳》。

梁山泊黑旋風負荆　康進之撰。一名《杏花莊》,見《曲海總目提要》。

火燒介子推　狄君厚撰。應作《晉文公火燒介子推》,見《録鬼簿》及《古今雜劇三十種》。

秦太師東窗事犯　孔文卿撰。《録鬼簿》云:"一云楊駒兒作。"按,張可久有〔罵玉郎〕帶過曲《弔楊駒兒墓園》①。《古今雜劇三十種》本首《地藏王證東窗事犯》未知是此本,抑金仁傑所作一本也。

生死交范張雞黍　宫天挺撰。"生死"應作"死生",《元曲選》、《古今雜劇三十種》、《童云野刻雜劇》皆如此。

嚴子陵釣魚臺　前人撰。即《古今雜劇三十種》之《嚴子陵垂釣七里灘》。《詞林摘豔》癸集載宫大用有《七里灘》,可證。

虎牢關三戰呂布　鄭光祖撰。《録鬼簿》注云:"末旦頭折次本。"

周公旦抱子設朝　金仁傑撰。《録鬼簿》注有"喜春來按"四字,未知何意。

蔡琰還朝　前人撰。前書注云"次本"。

鬧法場郭興阿揚　沈和撰。"阿"應作"何",見《録鬼簿》。

瀟湘八景　歡喜冤家　前人撰。楝亭本及新刊本之《録鬼簿》於後一種皆已著録,惟前一本不録,恐係散曲。

四春園　蕭德祥撰。王《録》三卷所列元無名氏之《王閏香夜月四春園》應即此種。德祥一作德潤。

豫讓吞炭　霍光鬼諫　楊梓撰。前者應作《忠義士豫讓吞炭》,明刻本;後者應作《承明殿霍光鬼諫》,《古今雜劇三十種》本。

馬丹陽度脱劉行首　楊景賢撰。一名《柳梢青》,見《曲海總目提要》。

---

① 今校:"弔楊駒兒墓園",清乾隆刻本《張小山小令》作"楊駒兒墓園"。

宦門子弟錯立身　趙文敬撰。《録鬼簿》注云“次本”。又,“文敬”作“文殷”。

撇□判官釘一釘　花李郎撰。《録鬼簿》於闕文作“燥”。

○明雜劇校十三條　王《録》卷三

美姻緣風月桃源會　小天香早夜朝元　趙南姬身後團圓夢　周憲王有燉撰。“會”應作“景”,“早”應作“半”,“南”應作“貞”,俱據宣德刊本。

風月瑞仙亭　湯式撰。應作《卓文君花月瑞仙亭》,見《北宫詞紀》。

鐵拐李度金童玉女　賈仲名撰,此乃正名,其題目爲《金安壽收意馬心猿》。故《元曲選》簡稱《金安壽》,又有别稱《意馬心猿》者,皆一本也。王《録》三卷所列元明無名氏之《心猿意馬》,應亦此種之誤稱,應删。

杜子美沽酒遊春　王九思撰。“遊春”下應多一“記”字,簡稱《遊春記》,或《沽酒遊春》,或《曲江春》,或《杜甫遊春》,或《杜甫春遊》。崇禎刊碧山樂府本。

東郭先生誤救中山狼　康海撰。王《録》謂僅一折,非。一折者乃王九思作,此四折。有《盛明雜劇前集》本。

四聲猿　徐渭撰。四折四種,應列爲四本:《狂鼓吏漁陽三弄》、《玉禪師翠卿一夢》、《雌木蘭替父從軍》、《女狀元辭凰得鳳》。有顧瀓本、紹興沈氏本、山陰李告辰本、《盛明雜劇》本,一、三兩種另有《陽春奏》本。

梁狀元不伏老　馮惟敏撰。一名《傳臚記》,即《盛明雜劇》凡例中之所謂《梁太素》。另有《海浮山堂詞稿》本。

夭桃紈扇以下四種　葉憲祖撰。總名《四豔記》。另有崇禎刻本。

鞭歌妓等三種　沈自徵撰。總名《漁陽三弄》。

桃花人面　英雄成敗　花舫緣　孟稱禹撰。《劇説》載卓人月作《孟子塞殘唐再創雜劇小引》,叙及孟氏所作,尚有《桃源訪》、《花前笑》、《殘唐再創》三劇名。《桃源訪》應即《桃花人面》,《花前笑》亦作《花前一笑》,馬權奇序孟氏所作《嬌紅記》,又誤爲“花間一笑”,實即王《録》所謂《花舫緣》也。“花舫緣”三字,本卓氏劇名,因《花前笑》所演與之同一事實，故《曲海目》中即首先牽混矣。若《殘唐再創》，一名即《英雄成敗》，假黄巢、田令孜一案，譏刺當世者。因巢由氣憤而造反，故明人輯《四大癡》劇，即引爲《氣癡》一種。有山水鄰本。

蘇園翁等五種　茅僧曇撰。俱有《雜劇新編》本。僧曇即茅維孝若無疑。

藍采和　阮步兵　鐵氏女　挑燈劇　碧紗籠　女紅紗　來集之撰。首種一名《冷眼》，次種一名《英雄淚》，三種一名《俠女新聲》，五種一名《禿碧紗》。五、六兩種總稱《兩紗雜劇》①，四、五、六三種皆有倘湖小築本。集之號倘湖，胥江人，崇禎庚辰進士，安慶府推官。

鴛鴦夢　葉小紈撰。原名《吕真人點破鴛鴦夢》，午夢堂本。王《録》於元劇皆録全名，於明劇多作簡稱，未妥。

〇元明雜劇校十一條　王《録》卷三

陳州糶米　應作《包待制陳州糶米》。

下高麗敬德不伏老　《金貂記傳奇》之前附刻《功臣宴敬德不伏老》劇，演尉遲恭邁年領兵，生擒高麗大將鐵助金牙事。疑即此種。

賢達婦荆娘盜果　此乃元人春牛張撰。見《北詞廣正譜》。其人字里失考。

蟠桃會　宜删。因上文既列周憲王之《群仙佋慶壽蟠桃會》，下文又據《也是園書目》列《衆神仙慶賞蟠桃會》。《太和正音譜》此名應不出此二種。

竪姑姑　洪武本《正音譜》作"聖姑姑"，應從。

田單火牛　疑即屈子敬之《田單復齊》。

張千替殺妻　原名《鯁直張千替殺妻》，元人撰，《古今雜劇三十種》本。

危太僕後庭花　洪武本《正音譜》作《危太僕衣錦還鄉》。

---

① 今校："五、六兩種"，原作"四、五兩種"，今據明末燈語齋刊本《兩紗》改。

包侍制雙勘丁　《劇説》作"勘雙釘"①,一名《釣金龜》。元人撰。事見《輟耕録》。

南極星度脱海棠仙　宜删。上文已屬周憲王。

子陵辭詔　應删。即空觀本《西厢記評語》中作《子陵還詔》,即宫天挺之《嚴子陵垂釣七里灘》也。

○清雜劇校六條　王《録》卷三

秣陵春　吴偉業撰。應屬傳奇部。一名《雙影記》。有振古堂本。

空堂話　鄒兑金撰。兑金字叔介,有雜劇二,即此種及《醉新豐》,皆在鄒式金之《雜劇新編》内。兑金與式金是兩人,式金已見上文《清雜劇補》。

揚州夢　嵇永仁撰。應屬傳奇部。

珊瑚珠　玉山宴　萬樹撰。"珠"應作"球","宴"應作"庵"。

蓬島瓊瑶　花木題名　二種總名《種鱗書屋外集》,田民撰。見《劇説》。

王維　裴航　飲中八仙　杜牧　前三種即王《録》三卷所已載黄兆森之三劇也。《王維》即《鬱輪袍》;《裴航》即《裴航遇仙》,一名《藍橋驛》;《飲中八仙》即《張旭觀公孫大娘舞劍》,一名《飲中仙》。益以《杜牧》,黄氏實有雜劇四種。《杜牧》一名《夢揚州》。

○元傳奇校四條　王《録》卷四

西厢　董解元撰。宜附列在元雜劇之首。王《録》於雜劇、傳奇,分部已定,體裁各别。《董西厢》既爲諸宫調體,固異雜劇,亦殊傳奇,不如從發生時代之先後,附在雜劇之首,示其乃元人北曲之先聲,較爲妥當也。此書明有屠隆《西厢合併》刻本、嚴伯良刻本、閔齊伋刻本、楊慎訂本;清有黄嘉惠刻本、歙中刻本、武林刻本及暖紅室新刻本。

西厢記　王實甫撰。確係雜劇體裁,應改屬雜劇部。王《録》於元

---

①　今校:"勘雙釘",原作"勘雙丁"。今據民國誦芬室《讀曲叢刊》本《劇説》改。

人多本之雜劇，如王氏之《破窰記》、《嚴春園》等，均屬雜劇，則不能於此獨異。此書板本極多，吴蘭修桐華閣本後附書札三通，中謂吴氏在揚州，聞黄修存云“某氏藏《西厢記》，至八十餘種”，此數大約不專指王劇板本而言，連别體續本亦在内也。

天寶遺事　王伯成撰。此種既亦非傳奇，則宜與《董西厢》聯列一處。《雍熙樂府》卷七有《天寶遺事引》中吕一套，即概括此劇全部情節者。按，全書體裁既屬諸宫調，而又用北套曲爲引，似覺不倫。《雍熙》所載，豈另一《天寶遺事》之引歟？待考。

西遊記　吴昌齡撰。應屬雜劇部，即空觀本《西厢記》凡例曰“北曲每本止四折，其情事長而非四折所能竟者，則又另分爲一本，如吴昌齡《西遊記》則有六本”云云。據此，《也是園書目》之“四卷”應爲四册，《曹楝亭書目》之“六卷”實爲六本，當然乃雜劇無疑。

○明傳奇校三十四條　王《録》卷四

殺狗記　徐畛撰。《劇説》云：“殺狗，俗名玉環。”但《六十種曲》内《殺狗》、《玉環》兩記並立，此《玉環》應非彼《玉環》。有墨憨齋訂本。

五倫記　邱濬撰。一名《五倫全備》，一名《綱常記》。王《録》五卷無名氏之《綱常記》應删。

香囊記　邵□□撰。《劇説》云，撰《香囊》者名宏治，荆溪人；《南詞叙録》云，邵乃宜興老生員，字文明。

金印記　蘇復之撰。一名《合縱記》，一名《黑貂裘》。山水鄰本。

還帶記　沈采撰。富春堂刊本。題作《裴度香山還帶記》。

嬌紅記　沈受先撰。《坊本傳奇彙考》謂爲明末盧伯生撰。

寶劍記　李開先撰。《曲藻》作《寶劍登壇記》。

想當然　盧柟撰。《劇説》謂譚元春序作盧柟撰，而托名于陸尚書光祖。又云：“或曰，此陸少年所爲，以其官久而高，不便以詞曲傳。而得意之文，又不忍廢，詭云次梗耳。”書影又云①，刊江門人王光魯所作《想當然》，“猶有元人體裁。其曲分視之則小令，合視之則大套，插入賓

---

① 今校：“書影”，原作“分影”。今據民國誦芬室《讀曲叢刊》本《劇説》改。

白則成劇，離賓白亦成雅曲，不似今人全賴賓白敷衍。《想當然》托盧次楩之名以傳，實出漢恭手”。據此，同是一劇，或云出盧，或云出陸，或云出王，未知孰正也。

耆英會　翠屏山　望湖亭　一種情　四種王《録》以爲沈璟撰，實乃璟侄自晉之作，附璟撰《屬玉堂傳奇十七種》後。自晉已見上文《曲譜補》。《曲海總目提要》於前二種又屬沈自徵，待考。

還魂記　湯顯祖撰。一稱《牡丹亭》。玉茗堂原刊本、三婦合評本、清暉閣本、怡府本、臧懋循改訂本、墨憨齋改訂本。

邯鄲記　前人撰。墨憨齋改訂本名《邯鄲夢》，又另有獨深居本。

靈寶刀　鸚鵡洲　前者任誕先撰，後者陳與郊撰。《曲海總目提要》則皆屬高漫卿。

南西厢　王《録》以爲李日華撰，實則崔時佩作，李氏增校而已。

紅梅記　周朝俊撰。《甬上詩傳》云：“朝俊字夷玉，工填詞，所撰有詞曲十餘種，惟《紅梅花》最傳。”按，《紅梅花》當即《紅梅記》，有玉茗堂評本。

青衫記等四種　顧大典撰。總名《清音閣傳奇》。

四豔記　葉憲祖撰。即王《録》三卷葉氏撰《夭桃》、《紈扇》等四種雜劇之總名，已詳上文。此應删。

雙雄記　萬事足　風流夢　新灌園　一、二爲馮夢龍自撰，三改湯顯祖之《還魂記》而成，四改張鳳翼之《灌園記》而成。俱有墨憨齋訂本。

雙烈記　王《録》作張午山撰。午山實即王《録》三卷所見之張四維。既列四維之《雙烈記》，則午山之《雙烈記》應删矣。四維已見上文《散曲專集補》。

合紗記　史槃撰，一名《白紗記》。王《録》五卷無名氏之《白紗記》應删。演《湘南野乘》所載姚、饒二女，各因白紗與楚客崔兖作合，二女皆歸崔而紗合。故又名合紗。

題紅記　祝長生撰。《曲品》作《紅葉記》。

春蕪記　王《録》謂汪錂撰。按，富春堂刻《尋親記》題“劍池王錂重訂”。據此，“汪”應作“王”，劍池乃其籍貫。重訂與撰著有異，《春蕪》、《尋親》或皆另有撰人也。

玉魚記　湯賓陽撰。“湯”一作“楊”，未知孰是。

玉丸記　朱期撰。《曲品》云，期“别有傳奇，亦平暢”，可見朱氏所撰不止《玉丸》一種。

玉鐲記　李玉田撰。“李”一作“朱”，未知孰是。

狐裘記等　謝天祐撰。《曲品》“天祐”作“天瑞”，《曲目表》作“天佑”。

一文錢　徐復祚撰。此乃雜劇，已見王《録》三卷，此應删。

詞苑春秋　王翊撰。一名《留生氣》。翊乃天啓崇禎間布衣。

幻春園　沈孚中撰。“幻”乃“綰”之訛。孚中號唵庵，明亡時誤傳兵事，爲里人所斃。

續精忠　湯子垂撰。一名《小英雄》。

醉鄉記　乃孫仁孺撰。與《東郭記》總稱《白雪齋二種》，有白雪齋原刊本。王《録》五卷之《白雪道人醉鄉記》一本應删。

水滸記　乃許自昌撰。《傳奇品》歸梅花墅，未知孰是。梅曾改訂《種玉記》，並有《節俠記》。

四大癡　王《録》謂李九標撰，實乃《酒》、《色》、《財》、《氣》四劇之合刻。四劇並非一人之作，第一劇曰《酒懂》，乃李作，餘與李氏無涉。有山水鄰本。《酒懂》原書署作“李逢時九標父”，是逢時爲名，而九標爲字也。

雙金榜　牟尼合　春燈謎　燕子箋　阮大鋮撰。總名《石巢四種》，有石巢園本。

合劍記　泰華山人撰。《曲海總目提要》作真定劉鍵邦，想係一人①。

〇元明傳奇校三十五條　王《録》卷四原列一百十九種，二卷末標一百二十種誤。其中元人作甚多，原《録》概稱明無名氏撰，亦不實。

白兔記　此乃元人撰。原名《劉知遠白兔記》，見《南詞叙録》。

---

①　今校：“合劍記”，按，明鈔本《遠山堂曲品》所載泰華山人《合劍記》“載唐隋事”，而今《古本戲曲叢刊》存劉鍵邦《合劍記》載明末事。二者顯非一劇。

尋親記　富春堂刊本題作王錂重訂。原名《周羽教子尋親記》，一名《教子記》。王《録》又另列《教子記》，應删。

東郭記　《傳奇品》屬汪道昆，實孫仁孺撰。詳上文《醉鄉記》條。

投梭記　乃徐復祚撰。徐氏《花當閣叢談》自述曰"乃復理鉛槧，爲《投梭記》"云云①。

霞箋記　有秦淮墨客校訂本。

節俠記　乃梅花墅撰。傳刻本。

琴心記　乃明孫柚撰。見《三家村老委談》。柚字梅錫，與徐復祚同里。

觀音魚籃記　按，《魚籃記傳奇》有三：第一明人撰，弋陽腔，見《雙錯遷》序中；第二明人撰，即《雙錯遷》；第三清李漁撰。雜劇中亦有此名，已見王《録》三卷。

牧羊記　此元人撰。原名《蘇武牧羊記》，見《南詞叙録》。

合鏡記　《曲品》此條云"别有一本"，可見《合鏡記》有兩種也。

雙紅記　應删。明時俗優合梁辰魚之《紅綃》、《紅綫》兩記爲一，而被以此名也。

犀合記　《南詞叙録》有《八不知犀合記》，不知即此種否。此之情節爲内弟與姊夫之妾通，謀殺姊夫及姊。

五福記　此名王《録》據《曲品》連載兩本，恐即其上文據《傳奇彙考》所載鄭若庸及徐時勉之兩本也。因查高弈《新傳奇品》内曾列兩本，爲無名氏撰。若吕文《曲品》，則明明謂《五福》韓忠獻事，鄭虚舟作。《傳奇品》於二記之作者全不知，《曲品》知其一，而《傳奇彙考》則知其二。一名兩書乃化爲四書，奇矣。

黑鯉記　《坊本傳奇彙考》云"明代松江人所作"。

筌筏記　托爲乩仙筆，實非。

鸞釵記　乃明鄭國軒撰。見《新傳奇品》。但《坊本傳奇彙考》謂："《白蛇記》，浙江鄭國軒編，明初舊本，後改爲《鸞釵記》。"據此，編《白

---

①　今校："爲《投梭記》"，清借月山房彙鈔本《花當閣叢談》載爲"爲《投梭》，記謝幼輿折齒事"。

蛇》者爲鄭，改成《鸞釵》者不知是否亦鄭。且所改者僅改名目歟？抑並及内容歟？亦不可知。

千祥記 黄文暘《曲目》兩列之，一屬明人，一屬清人，未知複否。

鵜釵記 乃明史磐撰。見王驥德《曲律》。

衣珠記 一名《珠衲記》。

江流記 陳光蕊 《南詞叙録》"論文"中列《江流兒》，"名目"中列《江流和尚》，不知與此有别否。

東牆記 乃元人撰。原名《董秀英花月東牆記》，與白樸之雜劇同名。見《南詞叙録》。

鴛簪記 應删。即王《録》五卷夢覺道人之《鴛簪合》。

卧冰記 《南詞叙録》載元人有《王祥卧冰》，未知是此否。

青樓記 原名《宋江水滸青樓記》，四卷，富春堂刊本。

目連救母 乃明鄭之珍撰。富春堂本。

劉盼盼 寶妝亭 冤家債主 生死夫妻 皆元人撰。見《南詞叙録》。

錦香亭 此一名有一雜劇、三傳奇。雜劇屬元王仲文。傳奇乃元人一本《孟月梅錦香亭》，見《南詞叙録》；明人一本已借入《荆釵記》；清人石恂齋一本，見王《録》五卷。

陳巡檢 原名《陳巡檢梅嶺失妻》，明人撰。見《藤花亭曲話》。

朱買臣 劉文龍 唐伯亨 孟姜女 太平錢 鬼做媒 牆頭馬上 進梅諫 詐妮子 劉孝女 皆元人撰。原名《朱買臣休妻記》、《劉文龍菱花記》、《唐伯亨八不知音》、《孟姜女送寒衣》、《朱文太平錢》、《薛雲卿鬼做媒》、《裴少俊牆頭馬上》、《趙普進梅諫》、《詐妮子鶯燕争春》、《劉孝女金釵記》。俱見《南詞叙録》。

賈雲華 明時溧陽人撰。原名《賈雲華還魂記》。見同上。

王魁 並非《焚香記》。《九宫大成譜》"熙州三臺"注云："熙，一作伊。見《王魁》舊傳。"應即此種。參看上文所校宋金雜劇院本同條。

玩江樓 有二本：一元人撰。原名《柳耆卿花柳玩江樓》，見《南詞叙録》；一明人撰。見《南曲譜》。

張資 鴛鴦燈 二名應是一種，因《南詞叙録》有元人撰《張孜鴛鴦燈》。“資”、“孜”孰誤待考。

林招得　原名《林招得三負心》，明人撰。見《南詞叙録》。

東嘉韞玉傳奇　“東嘉”或指元高明，“韞玉”或指清袁于令。四字相連，不類傳奇名目。

○清傳奇校一百十六條　王《録》卷五

玉符記　袁于令撰。一稱《玉麟符瑞玉記》。王《録》四卷無名氏之《瑞玉記》、五卷無名氏之《玉麟符》皆應删。

花筵賺　鴛鴦棒　夢花酣　范文若撰。總名《范氏三種曲》，錢塘李氏芥子園刊本。後附《北曲譜》。

天馬媒　劉晉充撰。有新刻本。晉充名方，崇禎間吴縣人。

昭君夢　薛旦撰。有《雜劇新編》本。應屬雜劇部。

一捧雪　人獸關　占花魁　永團圓　眉山秀　李玉撰。前四種總名《一笠庵四種》，末種有一笠庵原刊本，坊本改名《女才子》。

清忠譜　王《録》屬李玉，實乃李玉、朱㿥、畢萬侯等合撰者。萬侯一説名魏，字萬後。

秦樓月　王《録》亦屬李玉，實乃朱㿥撰。《苼庵傳奇》第十五種也，有文喜堂刊本。王《録》又列一本，屬吴綺，更應删。吴僅爲此本作序而已。

琥珀匙　葉稚斐撰。一名《陶佛奴》。稚斐名時章。

虎囊彈　黨人碑　邱園撰。《劇説》皆屬朱佐朝。

百福帶　御袍恩　前人撰。兩名實係一種。《傳奇彙考》云：“百福帶，演宋高瓊、吕惠卿兩人，以百福帶裹御袍，作會合符驗。又名御袍恩。”①

十五貫　朱素臣撰。一名《雙熊夢》。素臣名㿥，號苼庵，有傳奇十九種。

---

①　今校：此段引文，民國十七年大東書局鉛印本《曲海總目提要》載爲：“百福帶，演宋高瓊、吕惠卿事，多係牽合。以百福帶裹御袍，作會合符驗，故以是名。又名御袍恩。”

翡翠圓　前人撰。“圓”應作“園”。

四元記　**雙錘記**　前人撰。前者一名《小萊子》,後者一名《合歡錘》,與《偷甲》、《魚籃》、《萬全》三記皆有金陵坊本。

凰求鳳　李漁撰。應作《鳳求凰》。一名《鴛鴦賺》。

後西國　周坦綸撰。“國”應作“園”。後吴炳之《西園記》也。

如是觀　張大復撰。一名《翻精忠》。

快活三　前人撰。《劇説》屬朱佐朝。

續情樓　高奕撰。“情”應作“青”。《青樓記》已見上文。

照膽鏡　**龍燈賺**　朱雲從撰。《劇説》皆屬朱佐朝。

人中虎　前人撰。“中”應作“面”。

稱人心　陳二白撰。一名《詩扇緣》,關目與《風流配》相同。王《録》所列無名氏之《詩扇緣》應删。

九奇緣　徐石麟撰。“緣”一作“逢”。

虎媒記　王《録》屬顧景星,非,顧作序而已。序稱“吾友卜子所作”,卜之名字待考。

萬古愁　歸莊撰。應屬散曲别集部,絶非傳奇。因劇曲、散曲之分,以有無科白爲準,《萬古愁》傳本無科白也。此曲作者傳説不一,除王《録》引全祖望題詞,謂當時或以爲謔翁,或以爲道隱,或以爲石霞外,約有四説:一屬歸莊玄恭,明末徐樹丕《識小録》、清《魏禧集》、《全祖望集》及近人黄鈞校訂本跋語皆主之;一屬熊開元魚山,别名《擊筑餘音》,《持静齋書目》及劉紹炎藏本跋語皆主之;一屬王季重思任,桃塢謝氏刻本及金武祥《粟香室隨筆》皆主之;一屬明宗室朱大章,顧家相《勱堂日記》主之。餘更有無他説,尚待考。

放偷記　**買嫁記**　毛奇齡撰。據《毛氏傳》,應屬雜劇。“買”應作“賣”,且應爲《不放偷》、《不賣嫁》,已詳上文《元雜劇補》。

龍鳳山　**鎮仙靈**　石子斐撰。“山”一作“衫”,“仙靈”一作“靈山”,未知孰是。

珊瑚玦　**雙忠廟**　周穉廉撰。穉廉有傳奇三種,總名《容居堂三種曲》,署可笑人。《青燈軒快談》謂其“天分絶人,傲倪軒冕,有傳奇數十種”云。王《録》所列可笑人之兩種中,《珊瑚玦》應删,元寶媒應移列《雙忠廟》後。

夜光球　王維新撰。應作《夜光珠》。見《傳奇彙考》。

遺愛集　陸曜、程端合撰。實係兩本，應分列《峴山碑》、《虞山碑》兩名。前者陸撰，演縣令于宗堯生前德政；後者程撰，演于没後爲城隍神事。

馮驩布義　周起撰。但《劇説》謂紀伯紫見周樹所作《馮驩市義雜劇》，取以示龔鼎孳，遂愈其病。起歟？樹歟？傳奇歟？雜劇歟？待考。

後琵琶記　顧彩撰。不知與上文《清傳奇補》曹寅一種同異如何。彩號夢鶴居士。

風流棒　空青石　念八翻　三種萬樹撰。總名《擁雙豔樂府》，粲花别墅本①。

玉尺樓　王《録》屬盧見曾，非，此乃朱夰撰。《秋燈叢話》云，乾隆辛巳秋，見曾新譜《旗亭記》，夰爲改訂。《玉尺樓》乃夰手筆②。夰已見上文《清傳奇補》。

群仙祝壽　百靈效瑞　吴城與厲鶚合撰。非傳奇，乃雜劇。有新刊本。

梅花簪　張堅撰。優人改名爲《賽荆釵》。堅字齊元，號漱石，别號洞庭山人，時有"江南一秀才"之稱。

無瑕璧等六種　夏綸撰。前五種總名《惺齋五種》，有徐夢元評，世光堂本。亦有連末一種稱《惺齋六種》者。

東厢記　楊國賓撰，見《曲海》。時代甚早，《茶香室叢鈔》謂楊世瀠（道光間琴城人）有《東厢記傳奇》。應係另一本。

烟花債等　崔應階撰。應階字拙圃，江夏人。

風流院本　朱京樊撰。"京樊"應作"京藩"，字价人，明萬曆間人。

---

①　今校："擁雙豔樂府"，清康熙粲花别墅本題爲"擁雙豔三種"。又"粲花别墅"，原作"餐花别墅"。今據清康熙粲花别墅本《擁雙豔三種》改。

②　今校：清道光間吴江沈氏世楷堂《昭代叢書》本戴延年《秋燈叢話》載："時盧雅雨榷鹺維揚，新譜《旗亭畫壁》傳奇。至蘇，朱酒後閲之，即大加涂抹，正其謬誤。雅雨聞而具禮延致。今《玉尺樓》劇本，是其手筆也。"

此劇名目，萬曆原刊本無“本”字。王《録》所列無名氏之《風流院》一種應删。

旗亭記 金椒撰。按，此記明鄭之文有一本，上文盧見曾又有一本。《藤花亭曲話》謂“王之涣狀元及第，語雖荒唐，亦快人心之論”，未知何指。《雨村曲話》謂“全椒蘭皋《旗亭記》，爲詩人增價”云云①。作“金椒”不知誤否，“蘭皋”亦不類名字，待考。

芝龕記 董榕撰。榕字念青，號定巖，一號恒巖，别號繁露樓居士，直隸豐潤縣人，一説河南道州人，雍正乙卯拔貢。

一斛珠 程枚撰。“枚”應作“枝”，號蒼梧寄客。

博望乘槎等五種 舒位撰。應列雜劇部。前四種有傳本可按，末種詳葉廷綰《鷗陂漁話》。

鴛鴦鐃 黄憲清撰。“鐃”應作“鏡”。

犢鼻褌 李□撰。李名楝，字吉士。見《劇説》。

傳燈録 釋智達撰。智達，乾隆間杭州報國寺僧，字心融，號休閑老衲。

相思硯 梁孟昭女士撰。《劇説》謂梁夷素，字孟昭；王《録》謂字夷素。未知孰是。

芙蓉峽 林亞青女士撰。亞青名以寧，仁和人，錢石城御史之妻。

香草吟 **載花舲** 耶溪野老撰。總名《曲波園樂府》。有原刻本。“耶溪野老”應稱“若耶溪野老”，亦有省稱“若耶野老”者，乃徐錬之别號。錬字冶公，會稽人，學詞于史槃輩，時代略先於李漁。

賣相思 研雪子撰。《坊本傳奇彙考》謂《賣相思》署易山静寄軒主人。必錢塘人，以書中叙錢塘人地甚多也。不知即研雪子否。

宣和譜 介石逸叟撰，俗名《翻水滸》。

雙仙記 王《録》謂研露老人撰。實係乾隆丁亥間老人與吴來旬合撰者。有香雪山房本。來旬號郁州山人，淮陰人。

長命縷 勝樂道人撰。有山水鄰本。道人即明梅鼎祚。《三家村

---

① 今校：此段引文，清乾隆刻本《雨村曲話》載爲：“全椒蘭皋所撰《旗亭記》，爲詩人争聲價。”

老委談》云，禹金《玉盒記》過事藻采，旋亦自悔，作《長命縷》，自謂調歸而韻諧，深淺合度，實未盡然也。按，此種疑即《玉導記》，参看上文《明傳奇補》。

精忠旗 以下王《録》皆屬無名氏。此乃明李梅實撰。有馮夢龍墨憨齋改本。梅實杭州人。

麒麟罽 乃明陳與郊撰。見《劇説》引卓人月撰《殘唐再創雜劇序》中。《曲海總目提要》則屬高漫卿，未知孰是。

十義記 明人撰。《坊本傳奇彙考》云，《十義》演男女十人，皆仗義救韓朋夫婦，故名。蓋因古時八義，擴爲十義也。

魚水緣 乃周書撰，有博文堂本。書字澹盧，寶山人，乾隆諸生。

藍橋驛　飲中仙 此兩種連列，乃知其必爲原《録》三卷所已列之黄兆森雜劇《鬱輪袍》及《飲中八仙》也。三卷又另見《裴航》及《公孫大娘舞劍》，蓋已一書化爲三書，兩書化爲六書矣。

石榴記 乃黄振撰。有傳刻本。振字瘦石，自號柴灣村農，如皋人。

雙翠圓 乃夏秉衡撰。演《虞初新志》王翠翹事，秋水堂本。秉衡字谷香，華亭人。

翠翹記 疑即《雙翠圓》。

續牡丹亭 陳軾撰。《劇説》有《後牡丹亭》，應即此。

千忠禄 “禄”一作“録”，一作“戮”。

雷峰塔 方成培曾改訂《雷峰塔》，此不知指方已改者，抑方所改者。

籌邊樓　清風寨　瑶池宴　錦衣歸　歲寒松　英雄概　萬花樓　吉羊兆　開口笑　續情燈　鴛鴦絛　照膽鏡 十二種王《録》于同卷中已分屬王忭、朱佐朝、史集之、朱素臣、邱園、葉稚斐、張大復、薛旦、海米道人、朱雲從諸人，苟無他證確係另本者，未宜複列。

十錯記 應作“十醋記”。因全書三十六齣中，有醋表、醋義、醋成、醋感、醋授、醋功、醋錦、醋阻、醋致、醋慨十齣，故名。金陵坊本。

鬧花燈 與王《録》下文所列之《倒銅旗》情事相同，關目稍異。

長生樂 此袁于令撰。見《曲海總目》。王《録》于此本以外又列一本，可删。

百福帶　王《録》上文於邱園所撰一書已列兩名，此又列一名，可删。

百子圖　有二本：一明人撰，刺魏忠賢義子王紹徽者，見《茶餘客話》；一清人撰，翻伯道無兒之説勸世者，見《坊本傳奇彙考》。

黄鶴樓　乃周皚撰。蔭槐堂原刊本。皚已見上文《清傳奇補》。

上林春　乃明姚子翼撰。子翼已見王《録》四卷。

逍遥樂　明人撰，因演蕭、姚、駱三姓男女配合事，故名。見《坊本傳奇彙考》。

江天雪　前書有曰"樂府《江天暮雪》之曲，流傳誦習，其來已久"者，所謂"江天暮雪"，殆即此種。恐係明人撰。

沉香亭　明初人撰。情節與《驚鴻記》相同，見《坊本傳奇彙考》。非洪昇所作一本。

翻浣紗　不知與王《録》另列之《後浣紗》同否。

報恩亭　"亭"應作"寺"。

補天記　乃小齋主人撰，一名《小江東》，情節於《單刀會》爲翻案。金陵刊本。

三鼎爵　一名《四全慶》，明人抑清人撰，難定。

雙瑞記　疑亦出李漁，一名《中庸解》。有金陵坊本。

玉杵記　**還帶記**　**遍地錦**　**雙金榜**　四種王《録》四卷已分屬明楊之炯、沈采、姚子翼、阮大鋮，苟未能確證其爲另本，亦未宜複列。

山堂詞餘　不類傳奇名目，待考。馮惟敏《海浮山堂詞稿》後附有《僧尼共犯》雜劇，或因此誤稱，亦未可知。

後西厢　此乃葉時章撰，朱雲從續成①。見《劇説》。

喜聯登　一名《雙杯記》。

---

①　今校："朱雲從"，原作"朱佐朝"。今據民國誦芬室《讀曲叢刊》本《劇説》改。

乾坤鏡　陳鱣《新坂土風》云:"《女崑崙傳奇》,一名《畫圖緣》①,又名《乾坤鏡》。明人所作。"指長安進士梅文正事。

文章用　此明固無居士撰。傳刻本。

彩樓記　《詞林摘艷》癸集載此記北曲一套,其爲明人作可知。

鸞釵記　**金花記**　此二種王《録》四卷俱已屬明人,不宜複列。

月華緣　或即王《録》下文所列之《月華圓》,原名《狀元堂》,演吕蒙正事。見《彙考》。

滄浪亭　《曲海總目提要》歸蕊棲居士。

二十四孝　明末人撰,一名《孝順歌》。

碧玉串　一名《雙玉串》,仿《四異記》而作。

錦蒲團　一名《金不换》。

再生緣　有鳳羽堂本,題爲《槐庭雜俎》,一名《楚江情》。槐庭姓字待考。

赤松遊　丁耀亢撰。耀亢已見上文《清傳奇補》。

天緣箭　應作"天箭緣"。

摘纓會　較之上文所補筆花主人之《摘纓記》不知同異如何。

錦上花　雪川樵者撰。傳刊本。

金鈿盒　西湖居士撰。《白雪齋新樂府五種》之一。

五龍祚　即《後白兔》,見《坊本傳奇彙考》。

赤壁記　有二本:明人撰者即李日華《四景記》中四景之一,已詳上文《明傳奇補》;清人撰者演《三國演義》火燒赤壁事,見《坊本傳奇彙考》。

七紅寶釧記　一名《七紅記》,與下一種似出一手,皆上虞魏浣初評,李裔蕃釋。

八黑劍丹記　署秦淮墨客纂輯。原名《留伯仁八黑收精劍丹記》,金陵唐氏廣慶堂本。《梨園雅調六十種曲》内有《八黑記》,應即此。

易鞋記　王《録》四卷所列沈鯨之《分鞋記》略同此。

情生文　乃陳季方撰,見《劇説》。

---

①　今校:"畫圖緣",原作"畫圖圓"。今據清徐氏《汲修齋叢書》本《新坂土風》改。

登樓記　與《桃花記》相似，見《劇説》。

没名花[①]　《曲海總目提要》屬吴士科。士科已見王《録》五卷。

虎口餘生　遺民外史撰。傳刻本。上文所補曹寅之《表忠記》亦有此名，未知同異如何。

忠孝録　乃蔡東撰。原名《錦江沙》。東會稽人，見《坊本傳奇彙考》。

緑牡丹　王《録》上文列吴炳一本，此本可屬明温育仁。育仁烏程人，體仁之弟，作此以刺復社者。

全德記　此乃明王穉登撰。原名《竇禹鈞全德記》，有金陵唐氏廣慶堂本。穉登太原人，與長洲王百穀字穉登者，應是兩人。

麒麟記　題爲《新編孔夫子周遊列國大成麒麟記》，寰宇顯聖公撰，不詳其名。

鬼法師　《南曲譜》中正宫過曲〔黄鐘賺〕一調乃集傳奇名目。有曰《鬼法師風流道迪》者，"道迪"或即法師之名也。

鬧烏江　有二種：一爲明朱寄林撰，已見王《録》四卷；一爲清人撰，與上文所補之《彩霞幡》彷彿。

玉連環　《曲海總目提要》屬鄧志謨。

編行堂雜劇　《鷗陂漁話》卷二附記《編行堂集》事甚詳，未及雜劇。謂集祗一册，豈雜劇即在其中歟？

〇雜劇傳奇總集部校一條　以下王《録》卷六

盛明雜劇二集　乃明沈泰編。泰字林宗，號福次居主人，杭州人。

〇小令套數部校二十九條

雲莊樂府一卷　元張養浩撰，《千頃堂書目》作《雲莊休居自適小樂府》，一卷。

北曲聯樂府三卷外集一卷補遺一卷　元張可久撰。"補遺一卷"四

---

①　今校："没名花"，原作"後名花"。今據民國十七年大東書局鉛印本《曲海總目提要》改。

字應删，因元刊本無之，此一卷乃清勞權所輯附。又，名目上原有“張小山”三字，不可删，猶小令之曰“張小山小令”也。

吴鹽一卷蘇堤漁唱一卷 前人撰，元時曾單行，後併入前一種内。《蘇堤漁唱》一種，清丁丙另有輯刊本。除《漁唱》原有之一卷外，并曾輯《北曲聯樂府》内其他各卷所有湖上之曲。

惺惺道人樂府一卷 元喬吉撰。名目見《詞綜》及《歷代詞人姓氏録》。王《録》謂“李開先刊本”，非李氏所刊，乃其自輯之《喬夢符小令》也。

誠齋樂府七册 明周憲王有燉撰。所謂“七册”，或“十册”，乃指誠齋之雜劇三十餘種而言，絶非散曲。《顧曲雜言》所謂“周憲王所作雜劇最夥，其刻本名《誠齋樂府》”是也。誠齋散曲確亦爲此名，但祇上下二卷，有宣德甲寅刊本。《千頃堂書目》作十卷，注“一作二卷”。蓋亦劇曲散曲未曾認明也。

僑庵小令一卷 明李禎撰。按，明鈔本《僑庵詞》後附有《僑庵北樂府》，僅十七首，不知即此一卷否。

碧山樂府一卷續一卷沜東樂府二卷和李中麓詞一卷 王《録》謂皆明人王九思撰，實則《沜東樂府》二卷乃康海撰，有嘉靖甲申刊本；《碧山樂府》有嘉靖癸巳、辛亥兩刊，另有崇禎庚辰刊，附李開先百闋《傍妝臺》及王氏和李之百闋，總名《南曲次韻》。

陶情樂府二卷 明楊慎撰。有二種：一董魯泉編，卷數未詳，李君錫爲之編續集一卷，嘉靖乙巳刊；一簡紹芳編，四卷，嘉靖辛亥刊，宣統甲寅岷陽精舍重刊。

十段錦詞二册 前人撰。此恐係楊氏《十段錦詞話》之誤，疑非曲，更非散曲。

西樓樂府一卷 明王磐撰。原名《王西樓先生樂府》，嘉靖辛亥刊。王磐字鴻漸，號西樓。王《録》所謂“號舜耕”者，舜耕乃王田之字。田濟南人，亦號西樓。誤田爲磐，明時久然，《曲律》辨之甚詳。

一笑散 明李開先撰。應係李氏劇曲、散曲之總名。内《園林午夢》確爲雜劇，已詳上文《明雜劇補》。

山堂詞稿一卷 明馮惟敏撰。應作《海浮山堂詞稿》，四卷，嘉靖丙寅刊，汪氏環翠堂另有選本。

樓居樂府　明常倫撰。此非書名也。倫號樓居，故《藝苑卮言》稱其樂府爲如此。倫之散曲名《寫情集》，二卷，正德間附刻《常評事集》後。

環翠堂樂府　明汪廷訥撰。汪氏所作《彩舟》、《投桃》兩傳奇之總名，亦曰《環翠堂樂府》。散曲是否亦用此名，待考。

楊夫人樂府　五字恐亦泛稱楊夫人所作之曲，並非書名。楊慎妻之散曲集名《楊升庵夫人詞曲》，五卷，題作徐渭編訂，實恐出於當時坊賈之手。嘉靖刊本。

朝野新聲太平樂府八卷　元楊朝英編。八卷，應作九卷。元至正刊本、陶氏新刊本、坊本。

樂府新編陽春白雪前集五卷後集五卷　前人編。丁氏善本書室舊藏有殘元本二卷，其內容已當此本之前五卷。若全書幾卷，不可知也。

雍熙樂府二十卷　王氏《録曲餘談》已考明爲郭勛輯。

北宮詞紀六卷南宮詞紀六卷　陳所聞編。《南紀》五六兩卷皆小令，並非專選套數者。萬曆甲辰刊。

白雪齋吴騷合編四卷　明騷隱居士撰。居士乃張旭初。旭初字楚叔，號騷隱生。王《録》所謂“楚叔文”者，“楚叔父”之訛也。崇禎丁丑刊。

四詞宗合刻八册　明汪廷訥輯。馮海粟、金白嶼、王西樓、梁少伯四家之曲也。惟“海粟”疑係“海浮”之訛，因餘三家皆有專集，皆明人；海粟無專集，獨爲元人，殊不類。若海浮，則與三家先後同時，且有專集也。

中州元氣十册　元明人輯。按，孫能傳等萬曆三十三年所纂《内閣藏書目》云：“《中州元氣》四册，不全，莫詳編集姓氏①，皆古樂府詞曲也。凡十册，今闕其六。”

仙音妙選　百一選曲　樂府群珠　元明人輯。李開先編《張小山小令》曾取材于此三書，是三書明嘉靖間俱傳也。《群珠》有兩種：一專選小令，有傳鈔本；一兼録套數、劇曲，《北詞廣正譜》中所採甚多，是其

---

①　今校：“編集”，原作“編者”。今據清遲雲樓鈔本《内閣藏書目録》改。

書清初猶傳。

樂府群玉　五卷，元人輯，范氏天一閣舊藏明鈔本。

樂府新聲三卷　元人輯，元刊本、陶氏新刊本。

詞林摘豔十卷　明張禄輯，有嘉靖乙酉小字本、辛亥徽藩大字本。禄一名均，字天爵，號友竹山①。人，吴江人。

盛世新聲十二卷　明梨園輯。套曲四百餘，小令五百餘，有正德十二年刊本。《詞林摘艷》即就此書改訂者，此應列在《摘艷》之前。

南北宫詞紀年一卷　按，《南北》中紀年體裁難用，疑即上文之《南北宫詞》，"紀年"一兩字乃"十二"之訛耳。

詞林逸響　明許宇輯，分風、花、雪、月四卷，風、花散曲，雪、月劇曲。有天啓癸亥刊本。宇字仰拙，吴江人。

○曲譜部校五條原録六卷

樂府混成集一百五册　宋修内司編。"混"一作"渾"，或省稱《樂府渾成》，一名《樂府大全》。其林鍾商一調已載詞二百餘闋，皆平常所不見者。王驥德《曲律》卷四略載其目與譜，《内閣藏書目》云："《樂府混成集》一百五册，不全，莫詳編輯姓氏，皆詞曲也。内有腔板譜，分五音十二律類次之。原一百二十七册，闕二十二册。"

曲律四卷　明王伯良撰。此書與《詞律》不同，非曲譜也，應入曲評部。王伯良應作王驥德，有天啓刊本新刊本。

南九宫譜二十二卷　明沈璟撰，一稱《南曲全譜》，一稱《南九宫十三調曲譜》，《嘯餘譜》本稱《南曲譜》。曾經龍驤補綴，然後版行。驤字仲房，永新人，官太學。另有查某增訂本。

南音三籟二卷　此書甚多衡定散曲高下之語，見《太霞新奏》，疑爲南曲選本，而非曲譜。

---

①　今校：此本《曲録補正》此後缺數頁。依《曲録初補》，後文應有"小令套數部"類《盛世新聲》、《南北宫詞紀年》及《詞林逸響》三種；"曲譜部校"類《樂府混成集》、《曲律南九宫譜》、《南音三籟》及《隨園曲譜》五種；"曲韻部校"類《中州音韻》、《中原音韻》兩條；以及"曲目部校"類《録鬼簿》、《曲品》、《傳奇彙考》三條。

隨園曲譜　清胡介祉與楊緒等同輯,名目無"曲"字,即稱《隨園譜》。《南詞定律》多依據此書以成。

○曲韻部校二條　原《録》卷六

中州音韻　原録謂元卓從之撰。按,卓氏所撰,名目爲《中原音韻類編》或《北腔韻類》,已詳上文補《嘯餘譜》所載。此書究何人撰,待考。

中原音韻一卷　元周德清撰。原録謂末附《務頭正語作詞起例》,專論務頭及作詞法。按,此言前半爲音韻,後半爲正語起例及作詞起例,故標名曰《中原音韻正語作詞起例》,並無"務頭"字樣。務頭不過爲作詞十法中之第七法,又於後文每首定格内指明一二語,並非專論務頭者。

○曲目部校三條　原《録》卷六

録鬼簿二卷　元鍾嗣成撰。按,鍾氏所撰散曲有小令五十九首,見《太平樂府》、《樂府群玉》及此書内;套曲一首,亦始見於《太平樂府》。

曲品三卷　明鬱藍生撰。生即吕文,已詳上文《明傳奇補》。

傳奇彙考中册　《坊本傳奇彙考》另爲八册,原稿乃丁氏善本書室舊藍,闕字較坊本爲少。以上共校三百條。